CW00401297

COLLECTION FOLIO

Maryse Condé

Les belles ténébreuses

Mercure de France

Après de longues années d'enseignement dans diverses universités américaines (UC Berkeley, Virginia, Harvard, Columbia et Princeton), Maryse Condé, née en Guadeloupe, partage aujourd'hui son temps entre Paris et New York. Elle a publié plus d'une vingtaine de romans ainsi que des pièces de théâtre et des ouvrages pour enfants. Son œuvre est largement traduite à travers le monde.

Pour Mounirou qui sait déjà que la vie n'est pas un jeu vidéo

« Mais vous préférez
La vie de ce monde
Et cependant la vie future
Est meilleure et perpétuelle. »

LE CORAN
sourate du Très-Haut

L'embaumement est un art noble, mais très secret. Tous les renseignements à ce sujet m'ont été fournis par la lecture passionnante du livre de Jessica Mitford : *The American Way of Death*, 1963.

Toutes les citations du Coran sont tirées de Jacques Berque, *Le Coran, Essai de traduction*, Éditions Albin Michel, collection « Spiritualités vivantes », 2002.

Le vert

I

Kassem sortit du ventre de la terre comme il était sorti de celui de sa mère vingt ans plus tôt, couvert de sang, terrifié. Muet aussi. Il avait fallu que la matrone, négligeant Drasta qui, elle, ne souffrait de rien — passé comme une lettre à la poste celui-là après six accouchements — lui meurtrisse les fesses à coups de taloche pendant une vingtaine de minutes pour qu'il fasse entendre son premier cri. Cri faiblard. Cri de souris. Couinement qui laissait bien augurer des couacs ultérieurs. Un éclat de brique lui avait labouré le front et le liquide pissait, rouge, brûlant.

Il était midi, heure de gloire du soleil sous ces latitudes qui ne sont pas « tempérées » comme les pays d'Europe et, pourtant, le jour était noir. Des myriades de papillons qu'on aurait dits vomis par la nuit l'obscurcissaient. À seconde vue, Kassem s'aperçut que ces papillons étaient en réalité des lambeaux de chair humaine et des rognures d'os qui voltigeaient. Aussi loin que le regard pouvait s'étendre, ce n'était, sous cette calotte ténébreuse, que constructions en miettes, béton déchiqueté, débris de verre ou de pierre, bois calciné, fumant. Après les explosions assourdissantes, un silence de mort pesait, à peine troublé par les râles et les gémissements des blessés enfouis sous les décombres. Il ne restait rien de rien de l'orgueilleux complexe baptisé Dream Land. Pas de doute, c'était l'œuvre de terroristes. Qui étaient-ils ? Dans un attentat-suicide, au moins, les responsables de l'horreur trouvent sur-le-champ la mort qu'ils méritent. On peut dire que, croyant se sacrifier, ils se punissent eux-mêmes. Dans le cas présent, les bombes avaient été placées par des lâches qui, à cette heure, couraient encore, jubilaient et se frottaient les mains.

Détruits, les coquets pavillons disséminés dans la verdure. Détruits, les sept étages du bâtiment central. Ceux-là s'étaient laissés tomber d'un coup, comme les funestes jumelles américaines, sur le hall de réception avec ses vasques de marbre, et sur les trois salles à manger : « Le Palais de Neptune », fruits de mer comme son nom l'indique, « La Grotte du Minotaure », viandes cuites de mille manières, spécialité tournedos, « L'Absinthe », brasserie à la française. S'il n'avait pas obéi à l'ordre de Paolo, le chef italien qui ne le supportant pas ne lui épargnait pas les corvées, et n'était pas allé chercher des tomates en dés Del Monte jusque dans la réserve, il serait passé de vie à trépas. Comme les autres. Comme tous les autres.

Kassem était arrivé dans ce pays quelque huit mois

plus tôt. À peine son diplôme de l'école hôtelière en poche, il n'avait pas hésité à s'expatrier pour trouver du travail. Pour s'expatrier, il faut posséder une patrie, n'est-ce pas ? Lui n'en possédait pas. Il était né à Sussy, un petit bled près de Lille dont les mille habitants n'avaient pas arrêté de les considérer, lui et les siens, comme des terres rapportées. Pourquoi ? Cela mérite explication. Son père était un Guadeloupéen et sa mère une Roumaine, que les migrations des temps modernes avaient réunis là, qui s'y étaient mariés et y élevaient leurs sept enfants. Cinq garçons. Deux filles. Pourtant, allons plus avant. À ce départ inopiné à l'autre bout de la terre il y avait d'autres raisons. Plus secrètes et confuses. Kassem se serait fait tuer plutôt que de les avouer. Toutes les vérités ne sont pas bonnes à regarder dans les yeux.

Mais, je vous entends, vous voulez en connaître davantage. Vous voulez savoir dans quel pays Kassem était venu travailler, où se passait l'attentat. Je ne vous en dirai rien. Il vous suffit de savoir qu'il s'agissait d'un de ces pays de soleil, assombri, hélas ! par la dictature de leur Président à vie, dont les habitants, las de crever de faim à petit feu, viennent trouver une mort plus rapide dans les incendies des taudis de Paris. On les appelle pays du tiers-monde ou encore pays en voie de développement ou encore pays du Sud. Moi, c'est cette dernière expression que je préfère. Ce mot « Sud » est investi d'un pouvoir d'évocation singulier. Vous vous rappelez ce tube de Nino Ferrer ?

On dirait le Sud
Le temps dure longtemps
Et la vie sûrement
Plus d'un million d'années
Et toujours en été.

Mais je m'égare.

Kassem sursauta : Ana-Maria ! Où était Ana-Maria ? Il n'y avait pas songé.

Il s'en voulut de penser à elle avec tant de retard. Sans doute être passé si près de la fin, l'avoir frôlée comme on dit, l'avait rendu oublieux, égoïste. Sa bien-aimée était morte, elle aussi. À vingt ans. Une grand-mère italienne lui avait légué ce prénom charmeur. Disons la vérité, cela s'arrêtait là. Ana-Maria n'était pas un prix de beauté. Assez quelconque en fait, à part ses longs cheveux bruns ! Ils s'étaient connus dans l'avion, un charter de la Western Atlantic. Non, la Western Atlantic n'est pas sur la liste noire des compagnies aériennes. Aucun crash à son passif. Sièges 68 C et 68 D. Proximité oblige, Kassem et Ana-Maria avaient engagé la conversation. Rien d'original dans leurs échanges comme on va s'en apercevoir.

— C'est la première fois que vous allez là où nous allons ?

— Oui. Je ne connais pas l'Afrique. Et vous ?

— Moi non plus. D'ailleurs, c'est la première fois que je quitte la France.

— Vous êtes français ? Vous avez fait vos études dans quelle ville ?

— Paris ! Et vous ?

— Moi, à Grenoble. Je suis de Grenoble.

En treize heures de vol, tout y était passé et ils s'étaient aperçus qu'ils se ressemblaient. Enfances solitaires. Adolescences studieuses. Tant et si bien qu'au moment où l'avion commençait sa descente, on survolait un paysage de pierraille, il s'était laissé aller à lui proposer de faire un bout de trajet dans cette existence où il cheminait tout seul. Elle avait accepté avec enthousiasme et, à l'arrivée, il se trouvait affublé d'une partenaire qu'il ne désirait qu'à moitié.

À présent, dans un vacarme sans pareil, les policiers, accourus de tous les commissariats, arrêtaient leurs Jeeps tandis qu'infirmiers, médecins urgentistes, secouristes et brancardiers sautaient des ambulances et que les hommes du feu braquaient leurs lances à eau.

À vrai dire, cet attentat n'était pas une surprise. Des lettres signées d'organisations les plus diverses engorgeaient le courrier de deux ministères : celui du Tourisme et celui de l'Intérieur, promettant la pire des terreurs. Effrayé par les forces de l'ordre, Kassem trouva plus prudent de courir s'enfermer chez lui. Avec la malchance qui le caractérisait, quelqu'un finirait par trouver quelque chose à lui reprocher.

Il habitait au fond du parc. En attendant leur mariage — qui se célébrerait à Grenoble pour répondre aux vœux d'Ana-Maria, elle y avait de la famille — ils partageaient un pavillon dans la Cité réservée au personnel avec trois autres gâte-sauces. Leur appartement se trouvait au troisième étage du bâtiment C. La vue imprenable donnait maintenant sur un champ de ruines. Brutalement, la douleur laboura le cœur de Kassem. Il ne verrait plus Ana-Maria. Il n'entendrait plus sa voix cristalline. Il ne l'enlacerait plus au moment de l'amour. Désespéré, il se versa une rasade de vodka Smirnoff, alcool qu'il avait tendance à consommer sans modération.

Ana-Maria était morte.

Cela signifiait des rêves qui n'écloraient pas. Des biens matériels, automobile, appartement de trois pièces, résidence secondaire, éventuellement yacht pour des croisières en mer, qu'elle ne posséderait jamais. Enfant unique, elle rêvait d'une maison pleine de gamins comme au bon vieux temps, celui d'avant la pilule. Lui, blasé par la présence de six frères et sœurs, ne souhaitait avoir qu'une fille qu'il baptiserait Ophélia, prénom qu'il adorait depuis qu'il avait appris au lycée ce poème de Rimbaud :

Voici plus de mille ans que la triste Ophélie
Passe, fantôme blanc, sur le long fleuve noir ;
Voici plus de mille ans que sa douce folie
Murmure sa romance à la brise du soir.

Il s'assit devant la télévision et l'alluma. En cas de catastrophes, rien ne l'égale. Elle vous fait palpiter en direct. *Eye witness!* Précisément, CNN qu'on captait jusque dans ce coin perdu était à son affaire. Gros plan sur les débris calcinés et toute cette désolation. On interviewait un survivant. Un vacancier américain qui remerciait Dieu de lui avoir laissé la vie. Et pourtant, il s'effondrait, sa femme et ses deux enfants semblaient avoir eu moins de chance que lui et avaient disparu. Gardons espoir ! lui recommandait le journaliste pressé de passer à une autre détresse. *God bless America !*

Cependant, un branle-bas à la porte interrompit Kassem. Des policiers firent irruption. Casquettes plates. Uniformes bleu nuit. Mines malveillantes.

— Je n'ai rien fait, bégaya-t-il, exécutant sans qu'on le lui demande un impeccable « haut les mains », on ne savait jamais.

Sa protestation se perdit dans un déluge de coups de pied et de coups de poing, ponctués d'éructations brutales, qui s'abattit sur lui. En fait, on lui reprochait d'être le seul survivant du personnel des cuisines. Des témoins l'avaient remarqué, rôdant avec l'œil sec d'un criminel sur les lieux de son forfait. Plus grave, on lui reprochait de se nommer Kassem.

Habitué à cette confusion, aggravée par sa complexion et sa tignasse de berger berbère, Kassem plaqua un sourire sur sa bouche tuméfiée :

— Ce n'est qu'un prénom. Je ne suis ni arabe ni musulman. C'est mon pater qui m'a baptisé comme cela. Mon pater, un authentique Français de Guadeloupe.

— Un Français de Guadeloupe ?

Ces choses-là existent-elles ?

— Qu'est-ce que tu racontes ? l'interrompit rudement un policier.

— Il donnait, poursuivit Kassem qui refusait de se

laisser démonter par cette ignorance, des prénoms commençant par K à tous ses enfants. Comme le sien. Il s'appelait Kellermann, nous avons eu Kellermann Jr., Kléophas, Karloman, Klodomir. Les filles, Kumétha et Kathrina. Et pour finir, moi, le dernier, Kassem.

Cette histoire peut paraître abracadabrante à qui ignore la mégalomanie des pères guadeloupéens. Le Larousse nous renseigne :

« Kellermann François, duc de Valmy, maréchal de France. »

Kellermann Mayoumbe avait reçu ce prénom sonore de son père qui, sur le plan matériel, ne possédait peut-être que la peau de ses fesses mais avait de l'orgueil à revendre. Au début des années soixante-dix, la misère l'avait poussé à quitter les abords de l'usine Bonne-Mère qui, à l'issue d'une longue agonie, s'apprêtait à fermer définitivement ses portes sur ses ouvriers. Comme il avait toujours été bon élève, il avait eu l'idée de passer un concours national des P.T.T. Il avait été reçu et avait atterri à Sussy où une figure de Noir était du jamais-vu. Il y était facteur. Les gamins et les chiens poursuivaient son vélo à chacune de ses tournées — en ce temps-là, il n'y avait pas de camionnettes jaunes de La Poste —, les premiers pour l'insulter, les seconds pour essayer de déchirer ses mollets à belles dents.

Les policiers ne crurent pas un mot de ce boniment, invraisemblable avouons-le, et poussèrent Kassem à travers le parc jusqu'à une Jeep. Ils traversèrent Samssara en diagonale. Samssara n'était pas la capitale.

Le nom de cette bourgade reculée ne figurait même pas sur les cartes établies par les géographes français de la fin du XIXe siècle. Sa fortune était née bien plus tard du lac Abrégo, s'ouvrant tel un magnifique œil bleu dans un paysage aride et déchiqueté. Des promoteurs avaient eu l'idée de vaincre artificiellement le désert. Ils avaient fait pousser des palmiers royaux, des cocotiers, des araucarias, des lauriers-roses, des bauhinias et avaient déroulé des kilomètres de gazon anglais. Depuis, les jets et les Boeings y vomissaient chaque jour des Suédois, des Danois, des Finlandais, des Allemands, des Américains, bref tous natifs-natals de nations à devise forte et à soleil faible. C'est la règle, hélas! Ce qu'on n'avait pu empêcher, c'est qu'avec ces touristes des hordes de miséreux accourent de tous les coins du pays pour profiter comme ils pouvaient de cette manne. Afin de juger et punir ces indésirables, le gouvernement avait édifié des postes de gendarmerie, des tribunaux, des prisons. Samssara était devenue la ville la plus policière qu'on puisse imaginer.

La Jeep s'arrêta devant le commissariat central, une redoutable bâtisse. Rares étaient ceux qui en ressortaient comme ils y étaient entrés.

À la différence de ses frères, mauvais sujets notoires — ils s'étaient baptisés la « Bande des Quatre » —, Kassem n'avait jamais eu affaire à la police, hormis pour des vérifications d'identité qui relevaient du délit de faciès. En fait, il était le chéri de son papa à cause de ses bonnes manières. Bien noté à l'école. Toujours le tableau d'honneur. Soliste à la chorale. Une raie bien droite, tracée dans ses cheveux brillantinés. Il découvrit avec stupeur la brutalité de cette engeance. La réalité dépassait la fiction et tout ce qu'on lui avait rapporté. Une nouvelle volée de coups de pied et de coups de poing l'atteignit aux bons endroits. Puis, les soudards s'en allèrent.

Kassem passa trois jours et trois nuits à pleurer, recroquevillé, suffoqué par la puanteur des latrines. Deux fois par jour, la porte s'ouvrait et une main lui tendait une gamelle remplie d'un infâme brouet qui était peut-être de la soupe et qu'il n'avait pas le cœur d'avaler.

Enfin, un matin, les policiers le jetèrent sur le trottoir. Le maire de Sussy, joint par e-mail, avait juré que depuis qu'il était petit, malgré sa fâcheuse couleur, il était l'honneur de sa bourgade natale. Quant au curé, joint sur son portable, il assurait que nul ne chantait aussi bien que lui le *Beatus Vir* de Vivaldi.

Samssara semblait une ville morte.

Les policiers avaient profité de l'attentat pour boucler les habituels suspects : chômeurs, S.D.F., putains, bana-bana sénégalais, marchands de tapis arabes. Dans les rues désertes, on ne rencontrait plus que des chiens. Ceux-là, on ne peut les empêcher ni de rôder ni de copuler là où ils le veulent. Dans son désarroi, ne sachant où aller, Kassem décida de retourner à Dream Land.

Quel spectacle ! Cet Éden tropical à trois cent cinquante dollars américains la nuit n'était plus qu'un Gethsémani de terre retournée. Dans des effluves nauséabonds, pompiers et sauveteurs fouillaient encore obstinément les décombres. À défaut de survivants, ils espéraient trouver des cadavres. Installés sous un auvent, les avocats de la compagnie internationale Dreamfields, propriétaire de Dream Land, remettaient des lettres aux rares employés qui avaient échappé à l'hécatombe. À l'évidence, Dream Land n'était pas l'oiseau Phénix et ne renaîtrait pas de sitôt de ses cendres. Ce que les plus chanceux pouvaient escompter, c'était d'être recasés dans un autre coin de ce paradis terrestre qui se rétrécissait comme une peau de chagrin. Que restait-il ? La Thaïlande ? Singapour ? la Malaisie ?

Les avocats se mirent à quatre pour examiner le cas Kassem, car, malheureusement, c'était un cas. D'abord, ce prénom suspect. Et puis, il n'était employé à Dream Land que depuis huit mois. Ils conclurent qu'ils ne pouvaient rien pour lui.

Kassem hasarda :

— Au moins, puis-je espérer un passage de retour pour la France ?

Un des avocats le toisa :

— Tu es français, toi ?

— Oui, affirma-t-il, plein d'assurance.

Pourquoi tremblait-il toujours comme s'il débitait un mensonge ? Il est vrai que dans son cas aussi, la réalité dépassait la fiction.

— Ma mère est roumaine. Mais, mon père, martela-t-il, est de la Guadeloupe et je suis né à Lille !

Quelle salade ! Les avocats ne l'apprécièrent pas du tout. D'un commun accord, ils hochèrent négativement la tête et répétèrent qu'ils ne pouvaient rien pour lui ! Découragé, Kassem reprit le chemin de son pavillon. Deux gardes postés devant l'entrée l'arrêtèrent.

— Halte-là !

— C'est là que j'habite ! balbutia Kassem.

Ils lui intimèrent l'ordre de ramasser ses affaires en vitesse, puis d'évacuer les lieux.

Où irait-il ?

Visiblement, les gardes s'en foutaient. Tout ce qui leur importait était qu'il aille se faire pendre ailleurs. Un sentiment de fatalisme l'envahit. Advienne que pourra ! Qu'il sombre comme le *Titanic* s'il devait sombrer. En poussant la porte, il s'aperçut qu'une feuille de papier était glissée dessous. Décorée d'un soleil levant, elle émanait d'une association qui invitait tous les musulmans à se réunir le soir à l'immeuble Nasiri.

— C'est idiot ! Je ne suis pas musulman ! s'exclama Kassem.

Protestation ridicule ! D'une part parce qu'aucune oreille ne pouvait l'entendre, l'appartement étant désert. D'autre part parce qu'il avait en poche l'équivalent de soixante euros. En pareil cas, on n'est pas regardant sur les religions. Si les musulmans pouvaient le secourir, grand Dieu merci, il était prêt à se déclarer musulman. Il entassa ses vêtements dans son sac à dos, ramassa les photographies d'Ana-Maria et reprit le chemin de la ville.

II

Le soleil était maintenant tombé dans le lac et il faisait très frais. Les chiens errants avaient disparu. Les rues étaient jonchées de papiers gras, voletant dans le silence tels de grands papillons. L'immeuble Nasiri était situé à deux pas de la mosquée Djemal Kadir. Au moment de l'accession du pays à l'indépendance, il avait, paraît-il, abrité de houleuses réunions politiques. Pour l'heure, les bureaux à moitié vides de Médecins sans frontières y côtoyaient ceux de Attention sida!, Défense et protection contre la tuberculose, Gare à toi, Ebola! bref, d'une quantité d'organisations humanitaires d'Europe et d'Amérique du Nord, témoignant de cette solidarité du monde qui, quoi qu'on en dise, ne se dément pas. Kassem prit son courage à deux mains, se préparant à bredouiller aux gardes postés à l'entrée une explication plausible. Mais, surprise!, ceux-ci ne le regardèrent même pas et ne tentèrent pas de l'arrêter.

Il entra et fut saisi. Tous ces individus en djellaba ou en gandoura, toutes ces femmes en tchador! Il n'en avait jamais tant vus, et se sentit mal à l'aise. Il allait s'enfuir quand il remarqua un groupe de garçons, qui portaient comme lui des tee-shirts et des Levi's délavés. Les oiseaux de même plumage s'assemblent. Il s'approcha d'eux.

Ils bavardaient avec animation :

— Elle se vide depuis huit jours.

— On dit que c'est Garoulamaye, son cuisinier

musulman, qui l'a empoisonnée avec les beignets au miel qu'il lui préparait pour son quatre heures.

— Cela ne tient pas debout, ils étaient amants. Pourquoi tuerait-il celle qu'il adore ?

— Bien sûr, cela ne tient pas debout. Qui veut noyer son chien…

Kassem ne put réfréner sa curiosité et interrogea timidement :

— De qui parlez-vous ?

Tous les yeux le fixèrent :

— D'Onofria, voyons !

— Tu n'es pas au courant ?

Onofria était la fille bien-aimée du président-dictateur à vie, Jean-Benoît Cinque, couramment appelé Big Boss. Où Kassem avait-il la tête ? Depuis des jours, la description de sa maladie occupait les pages des journaux télévisés et les émissions de radio. Les journalistes n'épargnaient aucun détail : fièvre, nausée, diarrhées, vomissements. Les jeunes gens dévisagèrent l'ignorant. Apparemment, ce qu'ils virent ne leur plut pas.

— D'où sors-tu, toi ? lui demanda brutalement l'un d'eux. Tu n'es pas d'ici ?

On ne l'avait jamais vu se prosterner à la mosquée, ni le soir siroter verre sur verre de thé à la menthe dans un des cafés de la place Quadrémicha. Kassem allait répondre qu'il était employé au Dream Land quand l'attention se détourna de lui aussi vite qu'elle l'avait entouré. Un groupe faisait son apparition. Des gardes escortaient un homme d'une trentaine d'années. De quelle race était-il ? Métis de mille sangs. Taille au-dessous de la moyenne. Plutôt frêle. Vêtu d'une gandoura sombre comme sa peau. Son visage saisissait. Ses yeux clairs — inattendus — semblaient jeter des faisceaux de lumière. Sous la calotte noire des cheveux, un front ample trahissait des dons intellectuels, tandis que la bouche ourlée débordait de sensualité et que le menton creusé d'une fossette suggérait la tendresse. Kassem n'avait jamais contemplé un être aussi attirant.

— C'est lui ! C'est lui ! chuchotèrent les jeunes gens en proie à une vive excitation.

Le docteur Ramzi An-Nawawî était l'héritier d'une des plus anciennes familles de Samssara, et l'idole du Nord. On le disait diplômé de la faculté de médecine de Leeds, en Angleterre. Pourtant, ce n'était pas un docteur comme les autres, un vulgaire guérisseur de maladies humaines. Il se consacrait exclusivement à la recherche et avait construit dans une aile de sa villa un laboratoire ultramoderne où il se livrait à des expériences sur des rats, des chats, des singes, des végétaux. Lesquelles exactement ? Allez savoir ! Les uns affirmaient qu'il s'agissait de greffes d'organes. D'autres soutenaient qu'il pouvait créer la vie. Ce mystère ne faisait qu'alimenter l'admiration générale. On le comparait à Victor Frankenstein, à Louis Pasteur, au Sud-Africain Christiaan Barnard, des gens qui tous avaient fait avancer la cause de l'humanité.

Ce jour-là, il parla une heure durant de sa voix agréable, légèrement affectée. Bien que l'attentat contre le Dream Land n'ait pas été revendiqué, point n'était besoin d'une boule de cristal pour deviner à qui on l'attribuerait. Aux gens du Nord, aux musulmans, bêtes noires du régime. En outre, un événement plus catastrophique encore était survenu, les médias n'avaient pas encore osé le révéler : la mort d'Onofria. Le cuisinier Garoulamaye avait été inculpé d'empoisonnement et arrêté. C'était le prélude à une chasse où les musulmans prendraient la place des communistes dans l'Amérique de McCarthy ou des Juifs dans l'Allemagne nazie. Il avait donc loué les autobus de la compagnie Ram-Dam afin de conduire ses coreligionnaires en sécurité jusqu'à la capitale du pays voisin. Celui-ci quoique anglophone était ami. Le rendez-vous était fixé à l'aube devant le cimetière Cameroun. Départ prévu à quatre heures du matin. Un tonnerre d'applaudissements salua cette offre — on n'en attendait pas moins de sa légendaire générosité —, qu'il calma de la main. Dans l'immédiat, il cherchait des guides interprètes pour accompagner les candidats au départ et adoucir leur exil dans un pays à l'idiome inconnu. Bien entendu, ces guides interprètes seraient payés.

PAYÉS !

Kassem, qui n'entendit que ce mot, crut d'abord que ses oreilles lui jouaient un tour. Puis, la joie s'irradia en lui. C'était son radeau de la Méduse, le canot de sauvetage, la bouée qu'il espérait voir danser sur la mer démontée de ses détresses. Comme tous les écoliers de la région de Lille, il avait affronté le Channel en ferry et vomi dans des sacs de papier — avant de pouvoir tout simplement prendre place dans l'Eurostar —, pour participer à des séjours linguistiques d'une ou plusieurs semaines dans le Kent en Angleterre. Le *Queen's English* n'avait plus de secrets pour lui. Aussi courut-il bon premier donner son nom à la préposée, une fille en tchador qui l'inscrivit, trop heureuse car les candidats ne se bousculaient pas. C'est qu'on enseigne mal l'anglais dans les écoles du monde francophone. Rares sont ceux qui après des années et des années d'étude arrivent à construire correctement une phrase et à se faire comprendre.

Cette fille-là était d'aspect peu banal et faisait la paire avec le docteur Ramzi. Le teint pointillé de grains de beauté qui faisaient l'effet de mouches sur sa peau de velours crème. Les yeux étincelants sous le tracé circonflexe des sourcils. La bouche charnue. Elle lui mit irrésistiblement à l'esprit la première strophe d'un poème de Baudelaire, son poète favori après Rimbaud :

Bizarre déité, brune comme les nuits,
Au parfum mélangé de musc et de havane,
Œuvre de quelque obi, le Faust de la savane,
Sorcière au flanc d'ébène, enfant des noirs minuits.

Un désir poignant s'éveilla en Kassem. Il faut savoir qu'à son âge il comptait peu d'aventures féminines. Seulement deux à la vérité. La défunte Ana-Maria. Et un professeur auxiliaire du lycée Paul-Éluard à Sussy qui l'avait déniaisé par surprise après un cours de sciences. À quoi cela tenait-il ? Il n'était pas mal fait de sa personne. Sans doute lui manquait-il l'assurance, la confiance en soi. Pourquoi ? C'est une longue histoire que je raconterai une autre fois. Il faut remonter à Kellermann, son père trop autoritaire, à Drasta, sa mère trop effacée, épouse trop adorante, préoccupée de satisfaire les moindres désirs de son mari mais, en apparence du moins, peu soucieuse de ses enfants, à ses frères qui l'avaient humilié et brutalisé, à ses sœurs qui l'avaient ignoré. La famille, on y revient toujours ! C'est le nœud de vipères initial !

La réunion finie, les gens apeurés coururent se barricader chez eux. Kassem se retrouva seul dans la rue noyée d'ombre, avec son sac à dos à moitié vide. Après avoir hésité, il partit vers le refuge de la cathédrale Saint-François-d'Assise. Le musicien Bono venait d'y donner un concert qui avait réuni les plus grands noms pour lutter contre la faim dans le monde. Quotidiennement, grâce à deux prêtres argentins énergiques, on y offrait aux nécessiteux une soupe chaude et une paillasse pas trop rêche.

Kassem grelottait dans l'air nocturne quand, place des Martyrs-du-29-Février, un 4 x 4 gris freina à sa hauteur. La portière s'ouvrit et l'un des mastodontes qui escortaient le docteur Ramzi lui fit signe de monter.

III

Le docteur Ramzi était assis comme un scribe égyptien, le dos contre les coussins, dans un maintien à la fois digne et gracieux. Face à lui, la jeune fille en tchador, sourcils froncés, pianotait fiévreusement sur un ordinateur portable. De sa voix si particulière, Ramzi s'adressa à Kassem :

— Cette ville autrefois si paisible n'est plus sûre aujourd'hui. Je dirai vulgairement que c'est devenu un coupe-gorge comme tant de centres urbains de notre planète. Malheur à celui qui s'aventure dans ses ruelles à pied, après la tombée de la nuit. Veux-tu que nous te déposions chez toi ?

— Chez moi ?

De près, Kassem était ébloui par l'harmonie de ses traits. Il lui était difficile de soutenir son regard. Il eut honte de répondre qu'il n'avait pas de chez lui, d'avouer son dénuement à pareil grand seigneur. Aussi, il laissa échapper le premier mensonge qui lui vint à l'esprit :

— Je retournais à Dream Land.

Ramzi s'étonna :

— À Dream Land ? Mais on me dit que ce n'est plus que poussière ; il n'y reste pas une pierre debout.

Pris de court, Kassem se tut. Ramzi sembla deviner sa détresse et reprit avec douceur :

— Ce soir, tu es mon hôte.

D'un geste de la main, il arrêta toute protestation :

— « L'hôte est un don de Dieu. » Ne me fais pas pécher en refusant cette invitation. Hafsa, préviens la maison qu'on ajoute un couvert et qu'on prépare une chambre.

Abandonnant son ordinateur, la jeune fille fouilla

dans sa serviette, en tira un téléphone portable, un minuscule objet qui lançait des éclairs émeraude, et se mit à mitrailler d'ordres un interlocuteur invisible. Redoutable démonstration d'efficacité! Quelles étaient ses fonctions? Secrétaire? Assistante? Comme s'il avait deviné les pensées de Kassem, Ramzi répondit à ces interrogations :

— Sans Hafsa, je ne serais qu'un écervelé. Elle est à la fois ma bouche, mon oreille, ma mémoire et mon bras droit.

Est-elle aussi sa maîtresse? se demanda Kassem, jaloux, sans savoir lequel des deux il enviait le plus.

Il s'aperçut que Ramzi l'observait discrètement à travers ses longs cils et se composa une attitude.

Le 4 x 4 atteignit le quartier résidentiel, s'arrêta devant une villa longue, basse et éclairée a giorno au milieu d'un jardin d'une luxuriance tropicale. C'était un fouillis de toutes qualités d'arbres et d'arbustes surprenant sous ce climat semi-désertique. Un peu en retrait, portes closes, se profilait un deuxième bâtiment, sans doute le laboratoire où se pratiquaient les expériences tenues secrètes.

Alertés par le bruit de la voiture, une nuée de domestiques accoururent foulant l'herbe de leurs pieds nus. L'un d'eux conduisit Kassem jusqu'à une chambre à coucher meublée de façon inhabituelle. Deux poufs de cuir guilloché flanquaient un téléviseur à écran géant extra-plat. Sur une table recouverte de marqueterie, véritable œuvre d'art, était posé un ordinateur Toshiba dernier modèle et son imprimante laser. Aux murs, des calligraphies dans des cadres vieil argent faisaient face à des vues géantes des gratte-ciel de New York et de l'opéra de Sydney. Un miroir en pied réfléchissait la reproduction d'un Mondrian. Sur le lit était étalé un caftan de soie. Par terre, une paire de babouches attendait d'être enfilée.

Kassem éprouva l'impression d'usurper une identité. Mais toutes les identités ne sont-elles pas usurpées ? Imposées en tout cas. Lequel d'entre nous a choisi en connaissance de cause son lieu de naissance, sa langue, sa religion ? Lequel d'entre nous a décidé : Je veux être ceci ou cela ?

Pourtant, il était troublé. Ne ferait-il pas mieux de dire la vérité à Ramzi :

— Écoute, vieux, je ne suis pas un de tes coreligionnaires. Qui je suis ? En vérité, je ne le sais pas trop. C'est peut-être le lot de la plupart des humains.

Oui ! Mais s'il avouait la vérité, Ramzi le chasserait et il se retrouverait à la rue. Il balaya un scrupule qui, dans sa situation, relevait du luxe.

Baigné, parfumé, habillé de frais d'un vêtement qui lui allait comme un gant, il rejoignit donc Ramzi au salon. Une pièce vaste comme un hall de gare, décorée de multipliants et de lataniers en pots. Ramzi lui indiqua une place sur le divan à côté de lui pendant qu'un domestique se livrait au rituel du thé vert à la menthe.

— Connais-tu Porto Ferraille ? interrogea-t-il.

Kassem avoua qu'arrivé à Dream Land huit mois plus tôt il avait travaillé sans relâche et qu'il n'avait guère eu le temps de songer à passer les week-ends dans la capitale. En outre, ses moyens financiers étaient des plus limités. Malgré ses trois ans d'études, il n'était qu'un aide-cuisinier, juste bon à couper-hacher menu les herbes, à rôtir et à piler les graines d'épices.

L'autre insista :

— C'est une fort belle ville. *Le Guide du routard* lui consacre trois pages élogieuses. Tu pourrais m'y accompagner. Je dois m'y rendre demain.

— Tu ne quittes donc pas le pays avec les autres ? s'étonna Kassem.

Ramzi secoua la tête :

— Non. Non. Non. Je m'en voudrais de me mêler à ces hordes de fuyards.

Hordes ! Le ton méprisant choqua Kassem. Ramzi continua :

— Entre nous, sache que la religion est un pain que je ne goûte guère. Je te dirai que je la considère comme le fléau de l'humanité. Regarde ce qui s'est passé et se passe encore dans le monde à cause d'elle.

Il disait peut-être la vérité. Néanmoins, Kassem fut abasourdi. C'était comme s'il avait entendu un évêque critiquer les saints Évangiles.

— En outre, continua Ramzi, je suis chargé d'une mission importante. Onofria était mon amie, j'ose dire ma sœur. Elle est souvent venue à Samssara. À son invitation, je viens de passer un mois au Palais. Rien ne laissait présager une fin aussi brutale. Elle était belle et radieuse.

Sa voix fléchit. Il sembla au bord des larmes à cette évocation :

— Pour ses dix-sept ans, je lui ai offert un coffret de maquillage. Tu sais, la nouvelle ligne de produits Nefertiti qui a tant de succès. Fond de teint, rouge à lèvres, fard à joues, fard à paupières. Les jeunes filles en raffolent.

Kassem n'en avait jamais entendu parler. Ana-Maria ne se maquillait pas. Ramzi se ressaisit :

— Vu les liens qui nous unissaient, une de mes cousines — j'en ai près d'une centaine, mon père a eu quinze frères —, la cinquième femme de Big Boss, a obtenu que je sois chargé d'embaumer son corps. Big Boss orchestre des cérémonies funéraires à la mesure de son chagrin. Le deuil national durera quarante jours et sera ponctué par des « coutumes » dont on va ressusciter la tradition. C'est dire que Big Boss entend réhabiliter ces pratiques interdites par les colons qui n'avaient pas tant de scrupules quand ils nous rouaient de coups à mort. Cent vierges de l'âge d'Onofria descendront au tombeau avec elle, accompagnées de ses chiens, ses singes et ses peluches favorites. On s'attend à ce qu'une foule d'au moins un million de personnes s'incline devant sa dépouille. Celle-ci reposera huit jours dans un cercueil de verre filé commandé à Murano afin que tous puissent la contempler une dernière fois.

Kassem décida d'être franc :

— Je ne t'accompagnerai pas à Porto Ferraille. J'ai hâte de retrouver un emploi rémunéré. Depuis la catastrophe du Dream Land, je n'ai plus un sou en poche et aucune perspective d'en avoir de sitôt.

— Mais je suis riche pour deux, répondit Ramzi, lui prenant la main en souriant.

En bon Guadeloupéen, Kellermann Mayoumbe haïssait les « makoumè ». Très tôt, il avait mis ses cinq fils en garde contre ces pervers, nombreux à Sussy ainsi qu'à travers le monde, hélas! qui sodomisent les garçons. Ils devaient redoubler de vigilance, car leur exotisme de métis ne manquerait pas de leur attirer de douteux hommages. Kassem retira sa main et dit précipitamment :

— Excuse-moi, mais je ne pourrai pas te donner ce que tu attends de moi.

Ramzi le fixa d'un air ahuri :

— Ce que j'attends? répéta-t-il.

Puis, il partit d'un éclat de rire :

— Tu es dans l'erreur! Je ne le cache pas, il m'est arrivé quand j'étais en Angleterre de croquer plus d'un blanc-bec. Mais dans le cas présent, c'est tout bien, tout honneur. À parler comme le vulgaire, je dirais que tu n'es pas mon type.

Illogique, Kassem fut profondément mortifié. Ramzi poursuivit :

— Tu es un petit frère. Mon père, je te l'ai dit, avait quinze frères. Moi, je n'ai jamais connu ce bonheur. Ma mère a quitté ce monde au moment où j'y faisais une entrée par le siège. Elle venait d'Islamabad, au Pakistan. Mon père, qui était trafiquant, l'avait achetée avec un lot de bétail, chèvres, chameaux, ânons, ânesses. Elle ne s'est jamais acclimatée à Samssara.

Au contraire, en ce qui concernait Kassem, Ramzi n'avait rien à voir avec ses frères, soudards sans finesse qui, pendant toute l'enfance, l'avaient brutalisé. En fait, il était à la fois séduit et à la torture. Un homme normal peut-il tomber sous le charme d'un autre homme ? Qu'aurait pensé Keller ?

— Si j'accepte, que ferai-je à tes côtés ? interrogea-t-il, honteux et de sa méprise et de ses sentiments.

— Tu m'assisteras dans mon travail d'embaumement. Plus je regarde tes mains, plus je les admire.

— Ce sont des mains de cuisinier ! fit Kassem, surpris.

L'autre s'extasia :

— Fortes et douces à la fois. Elles sont merveilleusement équipées pour les extrêmes. Amener à la vie et œuvrer pour la mort.

Tandis que Kassem examinait avec un peu de terreur ses mains, trésors qu'il avait apparemment méconnus jusqu'alors, Ramzi se pencha en avant :

— Tous les peuples ont rêvé de préserver les formes humaines le plus longtemps possible après la mort. Ainsi, le philosophe Démocrite souhaitait que son corps soit conservé dans du miel. L'historien Diodore de Sicile nous raconte que ses compatriotes utilisaient l'huile de cèdre pour conserver la tête de ceux qu'ils avaient tués au combat. Toutefois, en ce qui concerne l'embaumement, seuls les Américains des États-Unis le pratiquent sur une échelle comparable à celle des Égyptiens de l'Égypte ancienne. Deux peuples de hautes culture et civilisation se rapprochent donc sur ce point. L'embaumement consiste à ôter du cadavre le sang, les viscères, le cerveau…

Tous ces détails dégoûtaient Kassem. Il l'interrompit vivement, et murmura :

— Puisque tu le veux, je serai donc ton assistant. Je te remercie de ta bonté.

À ce moment, Hafsa glissa jusqu'à eux. Son voile avait été remplacé par une mantille, plus légère, qui ne parvenait pas à comprimer une chevelure en larges cannelures. Le désir mordit à nouveau Kassem qui s'efforça de n'en rien trahir, car Ramzi l'observait d'un regard auquel rien n'échappait.

— J'ai prévenu les pilotes, dit-elle. L'avion sera prêt à décoller à quatre heures du matin. Tu pourras donc arriver très tôt à Porto Ferraille et disposer de toute la journée.

Ramzi désigna Kassem :

— Je te présente ton adjoint, mon nouvel assistant.

Hafsa sembla surprise, mais elle ne protesta pas. Ramzi ordonna :

— Je voudrais que tu lui procures de la documentation au plus vite.

Obéissante, Hafsa prit note.

— La bonne littérature sur ce sujet, ainsi que sur tant d'autres, est en anglais, continua Ramzi. Mais, je sais que, comme moi, tu es familier de la langue de Shakespeare et que ce ne sera pas un obstacle. Remarque, tu ne pourras obtenir qu'une information élémentaire. Je suis l'unique maître de cet art. J'ai inventé un fluide spécial qui, injecté dans les canaux artériels à la place du sang, augmente l'élasticité de la peau et lui confère un tonus velouté infiniment supérieur à celui qu'elle a naturellement.

— Je l'ai vérifié pour ma sœur, soupira Hafsa qui s'était assise près d'eux. Ses joues étaient encore plus satinées, ses lèvres encore plus carminées que de son vivant.

— Tu as perdu ta sœur ? interrogea Kassem avec compassion.

Ce fut Ramzi qui expliqua :

— Avant elle, sa sœur jumelle Assia était à mon service. Elle m'avait été recommandée par l'École internationale des secrétaires de direction d'où elle était sortie major de sa promotion. C'était une perle. Travailler avec elle n'était pas travail mais bonheur de chaque instant. Elle me lisait comme un dévot ses sourates.

— De quoi est-elle morte ?

— Arrêt du cœur, murmura Ramzi. L'autopsie n'a rien révélé d'autre. Dans sa rage de perfection, son obsession de me satisfaire, elle se surmenait et moi, inconscient, je ne me doutais de rien.

À présent, Hafsa sanglotait sans retenue et Kassem ne savait quelle contenance observer. Au bout d'un moment, Ramzi soupira :

— Elle était si belle enveloppée d'un suaire qui ne laissait voir que son visage. Il émergeait du linge comme une fleur. Ceux qui avaient mission de l'enterrer ne se résignaient pas à ensevelir ce miracle de perfection. Ils restaient debout à côté de la fosse ouverte.

— Pourquoi embaumer ? s'étonna Kassem.

— Je te l'ai dit. Tous les hommes ont le même désir de préserver la beauté. L'embaumement est le seul moyen de lui éviter l'offense de la pourriture qui suit la mort.

— Notre religion l'interdit ! fit Hafsa.

— Je le répète, c'est un tort ! répondit abruptement Ramzi. Quand le jour de la résurrection des morts viendra, que feront les ressuscités s'ils ne retrouvent plus leur corps ? Comment Dieu lira-t-il l'écrit qui se déploiera autour du col de chacun d'entre nous ? Nous risquons d'errer comme des âmes en peine. Les Égyptiens, qui croyaient eux aussi à la résurrection, bien que dans un contexte totalement différent, avaient prévu ce danger. Nous, non.

Kassem comprit que c'était un fréquent sujet de discussions entre Hafsa et Ramzi. Lui se tint coi. Il n'avait nulle autorité en la matière et ne pouvait se mêler à cette querelle. Sur ces entrefaites, un domestique annonça que le dîner était servi et on passa à table.

Ai-je vraiment envie de devenir son assistant et de tripoter des cadavres encombrants et malodorants ? se demanda Kassem.

Comme la plupart d'entre nous, les morts l'effrayaient. S'il avait grandi en Guadeloupe, à un moment ou à un autre, la famille n'aurait pas manqué de le traîner à une veillée où on l'aurait forcé à embrasser le visage glacé et rigide d'un défunt. Mais à Sussy, il n'avait jamais approché de mort.

Après le dîner, Hafsa se retira dans sa chambre.

Ramzi tendit un énorme cigare à Kassem et l'entraîna dehors :

— Ils sont fabriqués spécialement pour moi à La Havane. Tu vois, là, sur la bague, mes initiales. R.A.N. Elle te plaît, n'est-ce pas ? ajouta-t-il sans transition. Mais, méfie-toi d'elle. C'est une garce.

IV

Quand Kassem eut cinq ans, ses petits camarades de la maternelle, jusque-là plutôt gracieux dans l'ensemble, firent la ronde autour de lui en chantonnant férocement :

— Négro, négro !

Il ignorait ce mot qu'il entendait pour la première fois, mais à l'expression des enfants, il comprit qu'il s'agissait d'un mot blessant, d'une injure. Il se précipita chez lui et raconta l'affaire à son père. Kellermann, en survêtement dans la salle de sport qu'il s'était aménagée, faisait ses abdominaux, en vertu de l'adage *mens sana in corpore sano*. Il écouta son fils et répondit calmement :

— Tu n'es pas un nègre, encore moins un négro, dont c'est le diminutif péjoratif. Tu es un métis. Ton père est un Noir de la Guadeloupe. Ta mère, une Blanche de la Roumanie. D'ailleurs être nègre, si tu l'étais, serait un honneur. Ce serait venir de l'Afrique, le berceau de la civilisation. N'oublie jamais que la noire Égypte a civilisé le monde.

Là-dessus, il alla chercher un gros volume relié pleine peau dans sa bibliothèque : *Mère Afrique*, déchiffra Kassem, précédé d'un nom anglais. Intrigué, il regarda les illustrations.

— Tout est là, assura Kellermann. Tu le liras quand tu seras en âge.

Il remit l'ouvrage à sa place sur les rayons. Kassem retourna à l'école, rassuré, prêt à affronter de futures rondes autour de lui. Elles ne se reproduisirent plus. Simplement, les enfants le traitèrent désormais comme un pestiféré, cessant tout bonnement de jouer avec lui. Il mangeait son pain et son chocolat tout seul dans un coin de la cour de récréation.

Quand il eut onze ans, il entra au lycée Paul-Éluard. Le professeur d'histoire était éperdument amoureux de la Grèce dont il n'arrêtait pas de chanter le miracle. À la leçon sur l'Afrique noire, il déclara que ses habitants étaient de dangereuses brutes qu'on avait dû pour leur propre bien, pour les civiliser, réduire en esclavage. Kassem se souvint du volume feuilleté des années plus tôt. À coup sûr, la réponse se trouverait là. Il se précipita chez lui et courut vers la bibliothèque. Le trésor n'y était plus. Kellermann, qui faisait pousser des légumes et les arrosait en fonction de la recommandation voltairienne « cultivons notre jardin », lui avoua qu'à court d'argent il avait dû vendre ses livres rares à un chiffonnier. Kassem lui en voulut de cette excuse minable et pleura beaucoup.

C'était l'image de sa vie : il n'avait jamais possédé d'outils pour se défendre quand il en avait eu besoin.

Son adolescence s'était écoulée dans la solitude. Pas un copain. Pas une petite amie. Même les filles de joie l'avaient insulté impunément.

Avant Ana-Maria, excepté l'épisode tragi-cocasse avec le professeur du lycée Paul-Éluard, une pipe à la va-vite debout à deux pas du tableau noir, Kassem n'avait jamais véritablement fait l'amour avec une fille. Le soir du jour où il fut reçu au bac — le premier de la famille Mayoumbe, ses frères étaient des cancres qui s'asseyaient au dernier banc des salles de classe pour méditer les mauvais coups de la « Bande des Quatre » —, il se joignit aux rares camarades qui voulaient bien de lui pour aller s'éclater à Lille. Un dîner bien arrosé chez Mario. Et après cela, les putains.

Les putains de Lille n'ont pas la franchise de celles d'Amsterdam qui affichent ouvertement leurs appas tarifés. Tout se passe dans des quartiers hypocrites loin du centre-ville, dans des immeubles de pierres brunes qui semblent n'avoir rien à se reprocher. Les sens allumés par le vin et la vodka Smirnoff, les impétrants sonnèrent à une porte qui s'entrebâilla sur un salon bourgeois aux meubles surannés. Blonde comme une poupée Barbie, la madame en paletot au crochet trébuchait sur ses talons aiguilles. Elle s'excusa. Samedi, jour d'affluence, toutes les filles étaient occupées. Il ne restait de libre qu'une putain qui se tricotait une liseuse de laine rose.

— Ah non! s'était-elle exclamée en désignant Kassem, je ne veux pas de celui-là.

— Pourquoi? s'était enquise la madame, joueuse,

en caressant la joue de Kassem. Il est mignon, le petiot. Je le prendrais bien, moi, si je n'avais pas à faire.

— Peut-être! avait répliqué l'autre sèchement. Mais, moi, je n'aime pas les mal blanchis.

Mal blanchi! avait pensé Kassem. Tiens! On ne m'avait jamais traité de ce nom-là!

Là-dessus, la putain s'était levée, signifiant aux autres de la suivre. Elle était assez lourde, plus très jeune, les cheveux maladroitement bouclés au fer. Elle ressemblait à Drasta et c'était comme si sa mère l'avait rejeté une fois de plus.

Kassem s'était retrouvé dehors. C'était un soir d'été. Des gens dévêtus riaient aux terrasses des cafés. Il avait repris le bus pour Sussy. Une fois dans sa chambre, il se masturberait plus violemment qu'à l'habitude, voilà tout.

Quelques mois plus tard, il s'était précipité dans les bureaux d'un conseiller d'orientation pédagogique à Lille. Il cherchait, lui avait-il dit, des études courtes qui lui garantiraient au plus vite un emploi. Le conseiller avait soupiré comme si on lui présentait une devinette insoluble et avait tiré une pile de dossiers de son tiroir :

— Communication : bouché. Interprétariat : bouché. Informatique : alors, là, bouché, bouché... Je ne peux vous proposer qu'un métier du tourisme, avait-il repris au bout d'un moment. Ce sont les seuls qui marchent à peu près.

— Cela consiste en quoi? avait interrogé Kassem, méfiant.

— Trois ans d'école hôtelière. Ensuite, avec un peu de chance, vous pourrez trouver une place de cuisinier, barman, gentil animateur, maître nageur dans une de ces chaînes, Accor, Ibis, Mercure, Méridien.

— C'est tout à fait ce qui me convient ! avait affirmé Kassem.

Il avait bouclé ses valises et était parti pour Paris. Kellermann, furieux de ne pas tenir enfin le fils médecin, avocat, ou architecte qu'il espérait, n'était jamais venu le visiter à l'école du boulevard Poniatowski. Drasta non plus. Par peur de lui déplaire, probablement. Elle ne faisait rien qui puisse offenser son seigneur et maître. Reconnaissons-le, elle expédiait fidèlement à Kassem des mandats-cartes avec ces mots : « Ta mère qui t'aime. » À défaut de celle de ses parents, il avait reçu un soir la visite inattendue de Kellermann Jr., son frère aîné. Pendant leur enfance, Kellermann Jr., un mastodonte qui à quatorze ans mesurait un mètre quatre-vingt-dix, avait sodomisé ses frères, l'un après l'autre, mais ne l'avait jamais touché. Entendant le raffut qui s'élevait chaque nuit d'un des lits de la « chambre des garçons » comme on l'appelait, Kassem avait honte de souffrir de cette exclusion et se torturait : Pourquoi pas moi ?

Kellermann Jr. portait un costume Giorgio Armani. Malgré cette élégance, il semblait angoissé. Il ne cessait de composer vainement des numéros sur son téléphone portable. À chaque échec, son beau visage de voyou apache s'assombrissait. Il regarda autour de lui avec mépris :

— C'est pour en arriver là que tu nous as fait chier toutes ces années?

— Comment ça, « fait chier »? interrogea Kassem, interloqué.

— Tu te donnais des airs supérieurs. Tu bombais le torse : « Moi, je ne mange pas le même pain que vous. Je suis différent. »

Kassem, surpris, faillit pleurer. Comme le monde était mal fait! Ainsi, c'était l'impression qu'il donnait, lui qui n'avait qu'une envie : pénétrer dans l'enclos qui lui semblait interdit, y prendre sa place! Quel fossé sépare l'être du paraître!

Il se ressaisit :

— Ce n'est pas pour me dire ça que tu es venu jusqu'ici?

— Je passais par là, je suis monté, bredouilla Kellermann Jr. d'un air vague. Je peux dormir ici? avait-il demandé ensuite.

— Bien sûr! s'était empressé de répondre Kassem, dissimulant sa stupeur de son mieux. Il avait ouvert son réfrigérateur. Mais Kellermann avait secoué la tête.

— Tu as du whisky?

— Juste un peu de vodka, avait fait Kassem d'un ton d'excuse.

L'autre avait eu une moue :

— Rien d'autre?

Il avait vidé la bouteille. Quand Kassem s'était réveillé, il était déjà parti. Sans une explication, sans prendre la peine de laisser un mot. Toute la journée, Kassem s'était posé la question : qu'est-ce que je n'ai pas fait que j'aurais dû faire ? qu'est-ce que Kellermann Jr. attendait de moi ?

Une semaine plus tard, la photo de Kellermann Jr. s'étalait en première page de *France Soir*. Drogue. Il comptait parmi les plus dangereux trafiquants. Encore une fois, Kassem eut l'impression de n'avoir rien compris à rien.

À cause de l'excitation que lui causaient ce remue-ménage de souvenirs et la nouveauté de l'endroit, il n'arrivait pas à prendre sommeil. Il pensait aussi à Ana-Maria qu'il ne verrait plus. Pas très belle peut-être, mais tellement douce à aimer. Il regarda sa montre. Quatre heures du matin. Il se leva et alla respirer l'air à la fenêtre. Dans le jardin, un point rouge zigzaguait. Le cigare de Ramzi. Puis, il distingua la blancheur de son caftan. Accompagné de silhouettes, il se dirigeait vers le laboratoire à présent illuminé a giorno. À pareille heure ? Des hommes en sortaient qui portaient quelque chose sur l'épaule. Que se passait-il ?

Kassem ne brillait pas par le courage, mais par la curiosité. Son cœur battit plus vite. Qui était véritablement Ramzi ? Quel rébus ! Un Élu qui avouait ne pas prier. Un Bienfaiteur qui méprisait ses ouailles. Un Nordiste traité en Maître par ceux du Sud. Après avoir hésité, il se glissa dans le couloir. Pourtant, quand il arriva dans le jardin, plus rien ne bougeait. Les hommes avaient disparu. Le laboratoire dormait dans l'ombre.

Il crut avoir rêvé.

Est-ce que tout cela me regarde ? se morigéna-t-il, et il retourna se coucher. Après tout, savoir qui est réellement Ramzi n'est pas mon affaire.

V

Quelques heures plus tard, un domestique frappa à sa porte pour le réveiller. Il se leva et s'habilla en hâte.

À cette heure matinale, le ciel avait la couleur d'une flaque de lait. La terre était noyée sous une brume, blanche elle aussi, d'où émergeait par endroits le vert des arbres, comme les débris d'un navire naufragé flottant sur la mer.

Un petit avion se balançait sur la piste déserte de l'aéroport, car la nouvelle de l'attentat transmise par les journaux télévisés avait atteint les agences de voyages internationales — dix-huit morts, des centaines de disparus —, et du coup déjà tari les départs. Ce bijou de la technique occidentale pouvait transporter neuf passagers. Les six gardes du corps déplièrent leurs carrures de part et d'autre des portes de l'appareil tandis que Ramzi, Kassem et Hafsa, méconnaissable dans une burka bleue grillagée comme celle de ces malheureuses femmes afghanes, s'installaient à l'arrière. Sans perdre un instant, les doigts bruns de cette dernière se mirent à pianoter sur les touches de son ordinateur portable.

Est-ce qu'elle n'en fait pas trop ? On dirait une actrice

tenant son rôle du mieux qu'elle peut ! songea Kassem. On croirait qu'elle veut prouver qu'elle est l'assistante parfaite. Si elle continue ainsi, elle empruntera le même chemin que sa sœur ! Pfut ! Crise cardiaque.

— À quoi travailles-tu ? interrogea-t-il.

— À une oraison funèbre ! répondit-elle d'un air suffisant. Il est à parier que le Président priera le docteur de prononcer un hommage à Onofria.

Ramzi, lui, s'absorbait dans la lecture d'un ouvrage bien trop mince pour être le Coran. Kassem se tordit le cou et finit par déchiffrer :

Machiavel, *Le Prince.*

Qu'est-ce que cela pouvait bien être ? Un roman ? Un essai ?

— C'est un traité pour la conduite des hommes, expliqua Ramzi qui, une fois encore, avait deviné ses pensées.

Ce n'était pas une explication claire, mais il n'en dit pas davantage et se replongea dans sa lecture. Comme visiblement personne n'avait de temps à lui consacrer, Kassem colla le nez contre le hublot et s'absorba, lui, dans la contemplation du paysage.

Grossièrement, la carte du pays dessinait un triangle isocèle. Le Nord musulman avait la réputation d'être arriéré et abritait les régions les plus pauvres. Ce semi-désert, hérissé de termitières et de cactus cierges, parcouru de serpents venimeux, était le royaume de prophètes illuminés en robe blanche qui appelaient à respecter la parole de Dieu et de foules faméliques toujours prêtes à leur obéir. À part Samssara, on ne comptait aucune agglomération d'importance. Seuls des villages espacés émaillaient l'aridité.

Sans transition, tout changeait. Le Sud était composé d'un ensemble de provinces officiellement catholiques, en réalité fétichistes, les uns disent animistes, les autres polythéistes, appellation politiquement correcte. On aurait dit que d'un coup de baguette un magicien avait métamorphosé la pierraille en une de ces contrées de lait et de miel que la Bible promet à ses Élus. Partout, le vert remplaçait le brun ou l'ocre. Des cours d'eau déroulaient leurs anneaux au milieu de la touffeur des forêts au pied desquelles l'océan dansait. Des colonies de vacances en mer du Nord de son enfance, Kassem gardait le souvenir d'interminables étendues de sable, balayées par un vent aigre, bordant une eau terne. Là, au contraire, des vagues émeraude bondissaient dans les anfractuosités d'immenses rochers pourpre ou gris anthracite.

On arriva à Porto Ferraille en début de matinée.

Une fois franchis les bidonvilles populeux avec leur lot de misère et de crasse qu'aucun œil ne remarque plus, Kassem fut charmé par l'architecture de la ville. Malgré sa saleté et son état de délabrement actuel, on devinait qu'elle avait été une proie convoitée tour à tour par diverses nations européennes. Au XVIIIe siècle, elle était tombée définitivement aux mains des Français qui en avaient fait un des fleurons de leur empire colonial. Comme une belle à l'aube de son troisième âge, elle gardait des restes séduisants. Des églises baroques, des bâtiments à balcons ajourés, des villas aux formes tarabiscotées. La végétation était surprenante. Partout des bougainvillées, des hibiscus, et une variété d'acacias aux boules aussi énormes que des soleils.

En signe de deuil, des haut-parleurs avaient été plantés aux carrefours et diffusaient le *Requiem* de Dvořák qu'Onofria, musicienne avertie, avait affectionné.

La résidence du Président était une véritable ville. Imaginez une série de quartiers séparés par des pans irréguliers de forêt tropicale qu'après un voyage au Brésil Big Boss avait fait reconstituer arbre par arbre. Mahoganys, irokos, genévriers. Jusqu'à une mangrove complète avec mangliers, palétuviers, racines en arceaux, racines en échasses. La pièce maîtresse était le palais proprement dit, construction de marbre blanc, ressemblant à un somptueux *New York cheesecake*. Nul n'osant contrarier les fantaisies des puissants, le Président soi-même en avait dessiné les plans. Or il n'était pas un homme de l'art. Tant s'en faut ! Aussi, depuis vingt-cinq ans, date de son accession par un sanglant coup d'État au tabouret symbolique du roi Amhénagow Ier qui, lui, l'avait reçu de ses ancêtres dans un miraculeux nuage couleur pourpre, des architectes tentaient de rééquilibrer sa structure, de redresser ses toitures, de remodeler ses chiens-assis, de rallonger ses terrasses. Des dizaines de fois, ils avaient réaménagé de fond en comble les soixante-dix salles de bains. L'eau refusait de monter dans les pommeaux des douches cependant que les robinets de vermeil des baignoires crachotaient une purée noirâtre. De jour comme de nuit, le vacarme des tuyauteries était intolérable.

Kassem était transporté.

Qu'importaient ces petites malfaçons ! Il n'avait jamais rien vu de pareil ! Avec ses colonnades supportant une galerie circulaire et ses murs décorés de fresques, sa suite située au troisième étage le ravissait. Elle donnait sur une plantation de bambous du Japon qui chantaient suivant les caprices du vent. Il s'apercevait que, comme tous les hommes, il aimait le luxe dont il avait eu un avant-goût la veille chez Ramzi. Rien de comparable aux tristes habitats dans lesquels, jusque-là, son existence s'était écoulée.

À Sussy, après avoir déménagé près d'une dizaine de fois, la famille s'était fixée dans une maison qui ressemblait à celle de Cadet Rousselle. Kellermann l'avait baptisée avec un humour peu courant chez lui : « La Baraque ». Il l'avait achetée pour une bouchée de pain et, dès lors, passait tous ses moments libres à colmater les fuites du toit, à installer l'eau courante et le chauffage central, à ajouter une buanderie, une salle d'étude, une salle de jeux, une salle de sport, toutes choses qui lui faisaient cruellement défaut. Au cours des années, elle avait pris de la valeur et il affirmait qu'elle se vendrait à présent un million d'euros.

Avec un soupir de bien-être, Kassem s'enfonça dans le lit moelleux. Ah, quels beaux songes il allait faire ! Quelle belle vie il allait mener dans ce cadre nouveau ! L'idée de ne plus être un besogneux le grisait.

Brusquement, Ramzi, qui occupait la suite voisine,

entra sans frapper. Ce ne fut pas sa familiarité qui offusqua Kassem, mais sa tenue. Allait-il figurer dans quelque remake d'un film d'horreur?

Il était engoncé dans un tablier de caoutchouc brun sombre. Coiffé d'un de ces bonnets de plastique vert pâle, peu seyants, qu'affectionnent les chirurgiens, surtout les Américains. Son nez était chaussé de lunettes. Il traînait derrière lui une caisse qu'il ouvrit en expliquant :

— Ce sont nos instruments de travail. Je commence par le trocart.

— À quoi cela sert-il? bégaya Kassem, considérant l'horrible instrument.

Il répondit complaisamment :

— À ponctionner le cerveau. Tu vois, le siège de l'intelligence est aussi l'organe le plus putrescible du corps humain. On doit l'enlever en priorité par les narines. Sinon, en un rien de temps, il contamine le reste du corps.

Il ordonna :

— Allons, habille-toi! Au travail. Nous n'avons pas de temps à perdre.

Kassem fut bien obligé de se lever et de se vêtir comme lui.

Ils empruntèrent un sentier qui serpentait à travers un bois aux senteurs ineffables jusqu'au pavillon Isabel-Selena. Cette gracieuse construction de marbre exécutée sur le modèle du Taj Mahal immortalisait le nom de la mère de Big Boss. Une sainte! Décédée trois ans plus tôt, elle comptait déjà à son actif une demi-douzaine de miracles. Elle avait fait parler des muets et tiré des aveugles de l'obscurité où ils végétaient. Pour l'heure, c'est là que reposait la dépouille d'Onofria, avant d'être livrée à l'adoration des masses populaires. En dépit de la splendeur de l'endroit, Notre Saint-Père le pape, pourtant grand voyageur devant l'Éternel, n'avait jamais prêté l'oreille aux cardinaux qui le suppliaient de venir y célébrer la messe. Tout bas, on l'accusait de racisme. Un pape peut-il être raciste? Pourquoi pas? Il y a eu, si je ne me trompe, un pape collabo, germanophile, on peut même dire pro-nazi.

Quand Ramzi et Kassem arrivèrent, le Président éperdu de douleur venait de se retirer pour se reposer. Ne restaient, buvant, mangeant, pleurant et priant, que les parents et les proches. Ramzi les chassa sans ménagement.

Contrairement à ce que l'on chuchotait à travers le pays, Big Boss qui adorait Onofria n'avait jamais fait l'amour avec elle. Ce n'est pas l'envie qui lui manquait. Et puis, l'histoire de toutes les familles royales est pleine d'incestes. On peut même dire que l'inceste est royal. Simplement, à chaque fois que ses caresses devenaient trop insistantes, cette petite sainte qu'était Onofria l'arrêtait et il se retirait, honteux. Cet ange incarné avait perdu sa virginité dans les bras de Bernard Verdier, un Français, c'est-à-dire un ancien colonisateur devenu directeur d'un centre de la lutte contre le sida. Ensuite, elle s'était consacrée à diverses bonnes œuvres avant de s'éprendre de son meurtrier, le cuisinier musulman Garoulamaye. Concernant ce dernier,

Big Boss envisageait une exécution publique. À cause des problèmes d'énergie — coupures de courant incessantes, black-out de plusieurs heures dignes de New York — la chaise électrique était à proscrire. Alors, que valait-il mieux : la pendaison? la lapidation? la décapitation? Les membres du conseil secret, allez savoir pourquoi, optaient pour le garrot à l'ancienne mode espagnole.

Tout le restant de la journée, Kassem et Ramzi s'activèrent autour de la défunte Onofria. D'après sa dépouille, Kassem qui ne l'avait jamais vue de son vivant se disait qu'elle avait dû être très belle. Il éprouvait un profond malaise à tripoter ses parties les plus intimes. De ce jour, il détesta son travail. Il n'avait jamais envisagé que le métier d'embaumement serait aussi éprouvant. L'odeur, surtout, était épouvantable. Mélange de désinfectant, d'antiseptiques, de parfums et de chair en légère décomposition. Au terme de leur ouvrage, cependant, il dut reconnaître que l'éclat de la vie paraissait rendu à ce corps affecté par une semaine de sévères diarrhées et de déshydratation.

— Va te reposer, dit alors Ramzi. Je ne fais confiance à personne pour les dernières retouches. Tu vois, ici et là apparaissent des traces de brûlures dues aux produits chimiques. Un maquillage étudié les masquera. Pour cela, les fards Nefertiti sont incomparables.

Kassem sortit dans le parc, pour l'heure plongé dans l'obscurité et respira l'air pur avec volupté.

Soudain, Hafsa se détacha d'un arbre. Elle était

vêtue à l'occidentale. Plus de tchador, ni de burka. Une chemise à carreaux sans manches et un short en coton américain. Du coup, elle semblait être devenue une autre personne. L'intuition qu'avait eue Kassem semblait se vérifier. Hafsa était une actrice. Elle cachait un jeu ! Lequel ?

— Où est-il ? souffla-t-elle d'une voix excitée.

— Qui ?

— Ramzi, voyons ! De qui veux-tu que je parle ?

Il désigna le pavillon :

— Là-dedans. Il s'occupe des dernières retouches...

Elle l'interrompit avec colère :

— Pourquoi l'as-tu laissé seul ? Il ne fallait pas... Il ne fallait pas le quitter d'une semelle.

Insensible à sa fureur, Kassem se balançait d'un pied sur l'autre, et se rinçait l'œil du spectacle : des jambes fuselées, des bras potelés, une poitrine ferme ! Ah ! Certaines femmes ont bien été créées pour mener les hommes à leur perte !

— Espèce de benêt, retourne d'où tu viens, ordonna-t-elle. Va voir ce qu'il fait.

Benêt ? Kassem n'accepta pas cette insulte. Il n'avait pas traversé les mers pour se faire traiter de noms d'oiseaux.

— Retournes-y toi-même, répliqua-t-il, outré. Moi, je vais dormir.

Lui donnant dos, il poursuivit son chemin à grands pas.

VI

Le surlendemain eurent lieu les funérailles d'Onofria à la chapelle Sixte toute tendue de blanc où s'entassaient des montagnes de fleurs arrivées de France par avion. Vêtus de brocart pourpre, les quatre prélats du pays, un pour chaque région administrative, officiaient devant une foule recueillie. L'organiste juif, des plus renommés, venait de Vienne et les chœurs de Johannesburg, en Afrique du Sud. Tandis que Ramzi prenait place parmi les V.I.P., Kassem était coincé sur l'un des derniers bancs. De là où il était, il se tordait le cou pour voir le Président dont il ne connaissait les traits que par les images de la télévision. Un gros joufflu à la moustache de chanteur cubain. Figure bonasse, à l'opposé de celle qu'on aurait imaginée pour un sanguinaire notoire. On affirmait qu'il avait assassiné ses quatre frères en leur faisant manger un plat de lentilles empoisonné, nouvelle version du drame biblique. Peut-être était-ce faux et ses frères étaient-ils morts de mort naturelle simplement en mangeant une sauce de poisson avariée à laquelle lui n'avait pas touché. L'imagination populaire sécrète des histoires devant lesquelles le romancier le plus hardi recule.

Kassem luttait pour ne pas s'endormir tant l'atmosphère, chaude et chargée du parfum des fleurs, était oppressante. Ces effluves, ces bougies, cette musique lui rappelaient le temps où, petit, il assistait à la grand-messe avec sa mère, ses frères et ses sœurs.

Kassem avait tort de croire que Drasta n'éprouvait

rien pour ses enfants. En réalité, l'amour qu'elle portait à Kellermann occupait tellement de place que celui qu'elle ressentait pour ses enfants était peu visible. Un peu à l'image de ces arbres voraces qui font tellement d'ombre que presque rien ne pousse autour d'eux… Drasta avait grandi dans une ferme misérable en Roumanie. Puis son père était mort, d'épuisement sans doute. Abandonnant leur vieille mère qui n'allait pas tarder à le suivre, sa sœur Araxie et elle avaient vendu les poules et les dindons et avaient pris le chemin de la France où, à ce qu'on disait, il existait mille manières de subsister. Araxie était restée à Paris où elle arpentait le bois de Boulogne. Dieu sait comment Drasta avait atterri à Sussy où elle faisait le ménage à l'école communale. Elle s'était installée dans le logement que la mairie lui avait attribué : un deux-pièces grand comme un mouchoir de poche au fond d'une cour aux pavés verdis de mousse, lorsqu'un jour, on avait frappé à la porte. Un recommandé! De qui pouvait-il venir? Pourtant Drasta ne se posait pas cette question et n'avait d'yeux que pour le facteur qui feuilletait son cahier à souche tout en la dévorant des yeux.

— Signez ici!

Qu'il était beau! Noir. Du plus beau noir. Elle ne put le comparer qu'à Melchior, le Roi mage porteur d'encens et de myrrhe. Qu'apportait-il celui-là? Elle n'allait pas tarder à le savoir. Le sexe. Un plaisir dont elle n'avait jamais rêvé. Qu'aurait dit sa mère en l'entendant gémir et râler entre des bras d'ébène?

Heureusement, la vieille était loin! À Rekkjakkvik!

Peu pressé, Kellermann ne l'avait épousée qu'à la naissance du troisième enfant, encore un garçon. Peut-être alors s'était-il résigné à comprendre que l'existence ne lui réservait aucun bonus. Aucun cadeau-surprise. Après des années passées dans des logements de fortune, ils avaient emménagé à « La Baraque », bâtisse qui n'était riche que d'espace où elle lavait ses couches à la main dans l'eau glacée du Nord. Elle supportait tout : son mutisme, ses coups de colère, ses réprimandes injustes, ses infidélités, car à Sussy il attirait les femmes, toutes les femmes, même celles qui pinçaient les lèvres en le traitant de « bougnoule » ou de « bamboula » quand elles étaient en compagnie. La vie s'écoulait monotone, ponctuée par la naissance des enfants, leurs premières dents, leurs premiers pas. Un mois de décembre, Hilaire, le fils d'une sœur de Kellermann, était venu passer Noël à Sussy. Lui aussi avait dû quitter le pays et était entré dans la police. À Marseille. L'oncle et le neveu, tout en surveillant la cuisson du boudin et en faisant roussir la daube de cochon, s'étaient réchauffé le cœur en écoutant des disques de salsa. L'année suivante, Hilaire était revenu avec sa femme, une Algérienne qui ne mangeait pas de porc, c'est tout dire. Puis, il avait disparu.

Kassem aurait été surpris d'apprendre que, dans le cœur de Drasta, il était le favori. Le dernier-né venu quand elle atteignait la quarantaine. Non seulement les idées de vieillesse commençaient à lui trotter par l'esprit mais Kellermann n'était plus guère friand de son corps, la délaissant pour les jeunesses effrontées qui vendaient des volailles au marché, le dimanche. À ses yeux, c'était le plus beau, brun et velouté comme un fruit d'arrière-saison. Chétif, c'est vrai. Tellement timide et sensible que tout le monde prenait avantage de lui. Mais, voilà, il appartenait à son père. Depuis sa naissance, Kellermann avait exercé son droit de préemption, lui signifiant : Celui-là, c'est pour moi!

Sur un dernier chorus, la musique s'arrêta. La foule sortit au pas. Les anonymes s'engouffrèrent dans les autobus réquisitionnés pour le trajet jusqu'au cimetière tandis que les puissants s'engouffraient dans leurs automobiles rutilantes. Les gamins admiraient la Rolls Royce d'un ancien ambassadeur au Royaume-Uni.

Esseulé, Kassem reprit le chemin du palais.

La semaine suivante, cinq jeunes filles décédèrent dans l'entourage présidentiel. Une lingère, une aide-cuisinière et trois nièces par alliance de Big Boss. Elles présentèrent des symptômes identiques à ceux d'Onofria. Elles se vidèrent par tous les orifices sans que gouttes, comprimés, cataplasmes, injections n'y puissent rien. Le surlendemain, on déplora dix victimes à Porto Ferraille. Fidèle à sa réputation, la Grande Faucheuse n'épargnait personne. Ni les filles des nantis ni celles des gueux. On compta trois enfants de directeurs de banque, trois prostituées qui, d'habitude, racolaient aux abords du marché des Sept-Misères, quatre lycéennes d'un faubourg populeux.

Dès lors, il devint évident qu'il s'agissait d'une épidémie. Il devint aussi évident que Garoulamaye n'était pas un empoisonneur.

Huit jours plus tôt, pourtant, on l'avait pendu haut et court. Poussé par une curiosité malsaine, Kassem s'était rendu sur la place de l'Immaculée-Conception, où avait lieu l'exécution, face à l'église du même nom. Il avait pris place sur les gradins édifiés afin que le bon peuple puisse jouir du spectacle. Aux premiers rangs étaient assis les élèves des classes de terminale avec leurs professeurs de civisme, matière obligatoire dans les programmes scolaires du nord comme du sud du pays. Comment finit un traître ? Sa mort diffère-t-elle de celle d'un juste ? Les adolescents durent méditer sur ce sujet.

Quand Garoulamaye apparut — il avait tout juste vingt ans, c'était un ancien berger des monts Ferhous nourri au lait de brebis — vêtu d'un boubou blanc, Kassem eut l'impression de vivre un rêve prémonitoire. Il fut pris d'une terreur superstitieuse. Un jour, sûr et certain, c'est lui qui serait en position d'accusé face à la foule, menotté, les yeux baissés, récitant ses dernières prières. Garoulamaye marqua les esprits de ses contemporains en acceptant son supplice avec calme et dignité. Il ne prononça qu'une phrase peu avant d'être balancé dans le néant :

— L'histoire me jugera.

On reconnaîtra là la phrase célèbre de Fidel Castro. Pourtant il ne s'agissait que d'une coïncidence. Garoulamaye, pas plus que Kassem d'ailleurs, n'avait entendu parler du *Líder máximo.* Car contrairement à ce que s'imaginent les Caribéens, qu'ils soient cubains ou guadeloupéens, leur région n'est pas le centre du monde.

VII

Après l'exécution de Garoulamaye, une vague d'événements sans précédent déferla sur le pays.

Une primipare de quatre-vingt-sept ans accoucha de jumeaux à groin de porc et qui bêlaient comme des moutons. Des créatures à tête de macaque ou d'éléphant, pareilles à des divinités hindoues, circulèrent dans la poussière des villages et prononcèrent des discours tonitruants. Ils n'effrayèrent pas cependant autant qu'un prédicateur au pied bot qui claudiquait à travers le Nord. On l'appelait l'Illuminé. Brandissant un portrait de Garoulamaye, il le déclarait saint et martyr. L'épidémie, clamait-il, était le châtiment de Dieu. Depuis vingt-cinq ans, le pays s'accommodait de Big Boss qui avait livré des guerres injustes, torturé des innocents, décimé des ethnies entières. Pas de rébellions ni de mutineries. Personne ne reconnaissait qu'il était temps de porter contre lui le fer qu'il avait si souvent porté contre d'autres.

Kassem suivait les nouvelles avec terreur. Ramzi l'engagea à ne pas prêter l'oreille à tout cela. Lui ne s'occupait que de ses affaires personnelles. Lesquelles ? Chaque jour davantage, il apparaissait qu'il visait un but que Kassem ne parvenait pas à déchiffrer.

Il avait pris la décision de ne plus retourner à Samssara. Il se déclara capable de lutter contre l'épidémie, pourvu qu'on lui en donnât les moyens. Par l'intermédiaire de la cinquième épouse de Big Boss, sa cousine, il sollicita du Président un local assez vaste pour abriter à la fois une clinique et une salle d'opérations. Il ne prétendait pas venir immédiatement à bout d'un mal mystérieux qui laissait les savants pantois. Toutefois, il assurait qu'il ferait de son mieux, s'appuyant sur sa grande connaissance des plantes locales. Étant donné les expériences qu'il avait menées pendant des années dans son laboratoire, celles-ci n'avaient pas de secrets pour lui. Envisageant qu'il devrait affronter plus d'un échec, il prévoyait des salons funéraires où se recueilleraient les infortunés parents pleurant leur deuil. Le Président lui donna carte blanche. Dès lors, flanqué de Hafsa et de Kassem, Ramzi parcourut inlassablement Porto Ferraille. Après des jours de déambulations, il jeta son dévolu sur une maison abandonnée dans le quartier dit des Tanneurs bien que la confrérie fût éteinte depuis belle lurette. Ce secteur, un peu excentré, se signalait par des maisonnettes toutes semblables de deux étages, surmontées d'un toit en terrasse où autrefois on mettait les peaux à sécher. La maison que choisit Ramzi était surnommée la « Maison des Esprits », car, prétendait-on, pareil à un mari jaloux de l'épouse qui lui survit, son défunt propriétaire qui s'était ruiné dans des affaires douteuses ne se résignait pas à la laisser à son nouvel acquéreur. Chaque nuit, des lumières s'allumaient mystérieusement aux fenêtres. De la musique, des bruits de conversation s'élevaient du salon. Ensuite, des plats de couscous, des agneaux entiers rôtis à la broche apparaissaient et disparaissaient sur les tables.

— Qu'est-ce que vous en pensez ? interrogea Ramzi que les bobards populaires n'impressionnaient pas. Elle est parfaite, non ?

Kassem n'en pensait rien de bon. L'idée que des Esprits y festoyaient lui faisait peur. Il se rappelait les cauchemars de son enfance quand « La Baraque » parcourue par les vents du Nord semblait gémir de mille manières. Il arrivait souvent qu'il passât la nuit sans dormir. Comme à l'accoutumée, cependant, Ramzi ne tint aucun compte des objections. Il fit installer la clinique et la salle d'opérations au premier, les six salons funéraires au rez-de-chaussée, tandis que les appartements privés occupaient le deuxième étage. La terrasse devint un fouillis de plantes vertes. Pour finir, il loua les services d'une cuisinière, de deux gardiens de la sécurité, car Porto Ferraille était devenu un endroit dangereux, aussi dangereux que Joburg. Toutes qualités de malfrats y opéraient, dévalisant les demeures en plein jour, tuant les habitants de nuit.

On en était vite arrivé à une moyenne de trente décès quotidiens.

Les hommes de science ne cessaient de se réunir en conférences, colloques, conclaves. Ce qui les déroutait, c'est que l'épidémie semblait sélective. Aucun homme, adulte ou adolescent, n'était frappé. Pas d'enfants, ni de bébés. Curieusement, aucun vieillard, victime désignée des cataclysmes et des canicules estivales. Le mal n'attaquait que les jeunes filles. De préférence, les coquettes qui s'attifaient et se maquillaient. Curieusement, les laideronnes fortes en thème, bas-bleus qui ne jettent jamais un coup d'œil à un miroir et ne tentent pas d'infléchir en leur faveur dame nature, avaient toutes les chances d'être épargnées.

Un groupe de Médecins sans frontières avança l'idée que l'épidémie était causée par les pénuries consécutives aux sanctions économiques imposées par l'O.N.U. depuis les dernières frasques de Big Boss. Idée ridicule. De ces pénuries ne souffre jamais que le bas peuple, celui qui n'a pas accès au marché noir. Or, là, aucune couche sociale n'était épargnée. Fortunée comme déshéritée. Et puis, cette argumentation qui sentait trop son libéralisme de gauche déplut au pouvoir. Ces médecins furent expulsés sans ménagement.

D'autres préconisèrent d'alerter les puissances internationales, l'Organisation mondiale de la santé. Cette épidémie ne risquait-elle pas de devenir une pandémie comme la grippe aviaire ? Cette sollicitude déplut. On fit taire ces bavards.

Il faudrait une plume de poète épique, à défaut d'une plume d'historien, pour tracer à présent l'irrésistible ascension de Ramzi.

Il apparut très vite que, malgré ses promesses, il n'était pas de taille à venir à bout de l'épidémie. De sa clinique qu'il avait baptisée « Foi », on ne sortait que les pieds devant. Pas une guérison. Pourtant, personne ne songeait à lui en tenir rigueur. Au contraire. En dépit de cette impuissance, il s'imposa au pays tout entier. Il parut à la télévision à une heure de grande écoute, « prime time » comme disent les spécialistes américains, pour recommander un projet qui pouvait surprendre. L'embaumement des défuntes. Il rebaptisa cette opération et l'appela le « parage ». On conviendra que ce mot « parage » est moins effrayant que l'autre. « Parer » ne signifie-t-il pas simplement arranger, orner, donner un aspect plus agréable? Ceux qui virent Ramzi, ce soir-là, plus qu'à ses propos furent sensibles à sa mine. Ils doutèrent d'abord qu'il fût un Nordiste, un de ces buveurs d'eau plate, mangeurs de lait caillé, qui sont incapables de tolérer une goutte d'alcool dans leur système. Puis, ils doutèrent qu'il fût un simple mortel. Femmes comme hommes furent conquis, car l'ambiguïté de Ramzi était telle qu'il jouait sur les deux tableaux.

À dater de ce jour, malgré son coût prohibitif, le « parage » des défuntes devint une institution quasi obligatoire. Pour donner un coup de pouce à celui qui chaque jour davantage semblait son favori, Big Boss ordonna aux banques de consentir des prêts à des taux préférentiels.

Pendant ce temps, que devenait Kassem ?

On doit à la vérité de dire que si l'étoile de Ramzi était en phase ascendante, il n'en était pas de même de la sienne. Ce n'était pas simplement affaire de logement : il ne vit jamais aucun revenant à la « Maison des Esprits ».

C'est qu'il ne pouvait plus supporter son travail. Sa tâche consistait à aider Ramzi en toutes circonstances, à lui passer, selon les besoins, l'aiguille, le catgut, les pinces, la seringue hypodermique, le scalpel, le trocart. Les séances de parage duraient parfois toute la nuit. Quand il se retirait, fourbu, à l'aube, laissant Ramzi effectuer les finitions en artiste, il ne pouvait que se jeter sur son lit pour quelques heures de sommeil trop brèves. En outre, Ramzi n'était généreux qu'en paroles. Quel bavard ! Ou alors en caresses ! Il étreignait Kassem, le serrait constamment contre lui, l'embrassait, mais le payait très mal. Qu'on ne s'y trompe pas ! Ces caresses n'avaient rien de sexuel. Elles ressemblaient plutôt à celles dont on couvre son animal domestique ou son jouet favori. Le malheureux Kassem se trouvait dans l'impossibilité de s'offrir une place de cinéma pour admirer Tom Cruise dans *Collateral* ou *La Guerre des mondes*. Ou d'aller dans un bar se saouler à la vodka Smirnoff. À cause de ses frustrations sans doute, son attirance pour Hafsa, qu'il voyait jour après jour, tournait à l'obsession. Elle au moins était chaude et sentait la vie. Pas comme les jeunes filles qu'il « parait » nuit après nuit !

Un soir au dîner, Ramzi annonça :

— Demain, je dois partir pour Nabreul, dans la province orientale. Le gouverneur vient d'y perdre Aurélie, sa bien-aimée fille unique. Comme c'est le beau-frère de Big Boss, marié à sa sœur de lait, même père, même mère, les funérailles vont être grandioses. Le Président, ses épouses, plus une dizaine de ministres et de secrétaires d'État se préparent à faire le voyage. J'irai sans vous.

Kassem tressaillit de joie à la pensée de ces quelques

jours sans « parages ». Hafsa, quant à elle, protesta. Est-ce que leur mission ne consistait pas à l'accompagner partout ?

Ramzi secoua la tête :

— Vous avez tous deux besoin de repos. Profitez-en ! Pendant près d'une semaine, je ne serai pas sur votre dos.

Le lendemain, Kassem fit donc la grasse matinée et s'éveilla passé midi. Un soleil radieux se profilait derrière les persiennes. Il se fit couler un bain, mêlant à l'eau de l'euphorbe, de la citronnelle et de l'eucalyptus dans l'espoir de dissiper son odeur ! Il avait beau se frotter le corps de parfums, il avait l'impression que toujours des relents âcres collaient à sa peau. Il mettait le pied dans la baignoire quand la porte s'ouvrit. Hafsa ! Elle entra comme un bolide. Débarrassée de son uniforme d'infirmière et de son voile. Vêtue d'un jeans effrangé coupé au-dessus des genoux. On l'aurait crue échappée d'un campus américain.

— Toi ? Toi ? balbutia-t-il.

Elle ne répondit pas. Elle n'avait d'yeux que pour son pénis. Non pas cependant avec la concupiscence qu'il aurait pu espérer, l'objet étant d'assez belle taille. Mais avec une stupeur horrifiée, elle bégaya :

— Tu n'es pas circoncis ?

Quelle histoire inventer ? En pareille circonstance, le silence est d'or, car son prépuce parlait pour lui.

— Tu n'es donc pas musulman ? interrogea-t-elle.

Il s'ensuivit un silence, désespéré, chez Kassem. À sa surprise, elle haussa les épaules avec indifférence :

— Tu sais, pour moi, la religion ne compte guère ! Sans doute as-tu tes raisons de prétendre que tu es des nôtres. Bien qu'en ces temps où nous sommes devenus gibier à abattre j'aimerais bien les connaître.

Comme il ne disait toujours mot, elle n'insista pas davantage :

— Bon ! Il ne s'agit pas de cela. Garde tes secrets. Es-tu prêt à m'aider ?

— T'aider à quoi ? bredouilla-t-il.

Elle s'assit sur un tabouret, ouvrit son porte-documents et se mit à éparpiller des feuilles de papier :

— Écoute-moi bien, martela-t-elle. Aucun Ramzi An-Nawawî n'est sorti diplômé en 1998 de l'École de médecine de Leeds. Par contre, en 1995, un individu de ce nom a été appréhendé par la police pour avoir élu domicile dans un cimetière. On l'a relâché et il a été envoyé en observation dans le service psychiatrique de l'hôpital Victoria. En 1999, le voilà de nouveau arrêté et accusé d'avoir vandalisé une tombe, celle de sa fiancée. L'affaire a fait d'autant plus de bruit que sa fiancée avait disparu peu auparavant dans des conditions suspectes. Assassinat maquillé en suicide, croyait-on. À la veille d'être jugé, il s'est enfui et est rentré au pays.

Absorbée par son récit, elle ne prêtait plus aucune attention aux attributs de Kassem. Il se résigna donc à s'habiller.

— De retour à Samssara, poursuivit-elle avec passion, il a engagé une succession de secrétaires, ma sœur étant la quatrième. Tu entends, la quatrième. Sans compter les responsables de ses volières, celles de ses aquariums, de sa serre de fleurs rares. Elles sont mortes les unes après les autres.

Kassem marmonna, s'efforçant à l'ironie :

— *That is the way of all flesh!*

Hafsa fit avec colère :

— Enfin, ouvre les yeux! Il n'est pas celui que tu crois; un ami, un généreux bienfaiteur. C'est un dangereux criminel! Un pervers! Un fou!

— Des preuves!

Elle proposa :

— Es-tu prêt à rencontrer mon fiancé Fayel?

Tiens, elle était fiancée!

— C'est le cousin germain de Ramzi, le fils d'un des frères de son père. Ils ont grandi dans la même concession, partagé une chambre à Leeds. Il t'en apprendra de belles sur lui. Je propose que nous déjeunions ensemble.

Là-dessus, tandis que Kassem mettait tristement la dernière main à sa tenue vestimentaire, elle tira son téléphone portable et se lança dans une conversation animée où dominait le mot « Ramzi ».

Ils sortirent.

Rien à dire, Porto Ferraille était une belle ville. C'est important de vivre dans une belle ville. Aussi important que de vivre avec un bel homme, mari ou partenaire, peu importe. Dès le réveil, les yeux s'emplissent d'harmonie. La journée s'annonce bien.

On sait que l'être humain a la faculté de s'accommoder des pires situations. Un touriste (il n'y avait pas de touristes à Porto Ferraille, mais imaginons) qui se frayerait un chemin par les rues encombrées de piétons, d'animaux et d'automobiles rutilantes ne remarquerait rien. Malgré les deuils et les angoisses causés par l'épidémie, quarante décès rien que la semaine passée, le quotidien des habitants continuait son train-train. Le soleil décochait ses flèches jamais émoussées. Les boutiques débordaient de produits italiens ou français entrés en contrebande. Sur les trottoirs, les « tabliers » offraient des oranges sans pépins de Jaffa, des pamplemousses rosés de Floride, des raisins noirs de Californie et des dattes fondantes de Smyrne. Seul signe des temps troublés que l'on vivait, les haut-parleurs plantés aux carrefours depuis la mort d'Onofria diffusaient en alternance les *Leçons de ténèbres* de Couperin et le *Requiem* de Gossec.

En s'asseyant à la terrasse de L'Escale, le restaurant de fruits de mer où Fayel devait les rejoindre, Kassem se rendit compte, une fois de plus, que son existence n'avait pas répondu à ses espérances. Elle n'était guère plus plaisante que lorsqu'il était employé à Dream Land. En plus, à cette époque, il avait Ana-Maria qui le saoulait de caresses. À présent, il dormait seul. Se pencher sur un menu, choisir des vins, s'emplir les poumons de la brise de mer, ces petits plaisirs qui illuminent la morosité de la vie humaine, il n'avait plus de temps pour eux. Il s'aperçut que les hommes assis aux tables voisines dévisageaient Hafsa. C'était, à n'en pas douter, un morceau de choix. La convoitise des autres attisa son désir. Il se pencha vers elle et interrogea :

— Ainsi, je ne te plais pas?

Elle sembla excédée :

— Tu es mon petit frère. N'insiste pas! Il n'y aura jamais rien entre nous. Tu n'es pas du tout mon type.

Elle non plus! De qui était-il donc le type?

— Parle-moi de toi, pria-t-il, dépité. Depuis des semaines, nous nous côtoyons sans rien savoir l'un de l'autre.

— Et que veux-tu que je te dise?

— Comment tu as été élevée. Qui sont tes parents. Si tu viens d'une famille pauvre, riche, nombreuse, unie.

Elle répondit avec mauvaise grâce :

— Mon père descend d'une lignée de cadis. Big Boss ayant aboli la charge, il enseigne l'arabe à l'université musulmane de Médara. J'ai grandi dans une famille où la seule musique tolérée était le chant du muezzin, cinq fois par jour. On se couchait après la dernière prière prononcée. On jeûnait. On se mortifiait. On faisait l'aumône. Mais tout cela n'était que gestes. Le cœur restait dur, intolérant. Toute la concession haïssait et tourmentait ma mère parce que, bien que musulmane, elle avait les yeux bleus et venait de l'ex-Union soviétique. Quand mon père étudiait à Moscou, elle servait le bortsch et la crème aigre au restau U. Coup de foudre. Mariage. Il l'a ramenée chez lui pour, une fois là, avoir honte de sa couleur et la reléguer dans un coin. Depuis des années, ils ne faisaient plus l'amour. Il ne lui adressait la parole que pour la disputer sur la dépense. Ma sœur, Assia, et moi, nous voulions lui rendre le sourire et montrer à notre salaud de père ce dont deux filles métisses sont capables.

— C'est un peu mon histoire, dit Kassem. Souvent, moi aussi, j'ai juré de me venger. Pourtant, je dois être lâche, je n'ai relevé aucun défi.

Elle ne l'écoutait pas et reprit :

— Assia et moi, nous étions jumelles. Comme elle est sortie la première du ventre de notre mère, elle s'est toujours comportée comme l'aînée. Je lui obéissais au doigt et à l'œil. Je l'adorais. Nous ne nous séparions jamais. Nous avons fait nos études ensemble. Toutes les deux, nous sommes sorties premières de notre promotion. Moi, je voulais être journaliste. Comme je chômais, tu penses bien, je suis revenue vivre chez mes parents. Je donnais des leçons d'anglais. Elle, elle est tout de suite partie pour Samssara au service de ce « docteur » Ramzi. Elle n'a pas tardé à s'en amouracher. Elle me racontait tout, m'écrivait deux lettres, trois lettres par jour.

— Que te disait-elle ? interrogea Kassem.

Elle renifla.

— Elle assurait que Ramzi était le plus merveilleux des êtres, le plus sensible, le plus généreux. Et malheureusement le plus timide ! Il n'osait pas la toucher.

Ramzi timide ? Première nouvelle ! Bien au contraire. Il était plutôt imbu de sa personne, sûr de sa beauté, de son intelligence, de sa naissance.

— Malgré ses avances, il ne se décidait pas. Brusquement, j'ai reçu un télégramme. Tu connais la suite, soi-disant surmenage, arrêt du cœur : elle était morte.

Kassem fit remarquer :

— Je ne vois rien de suspect dans ce que tu me racontes.

Elle renifla à nouveau :

— Attends! Toute la famille s'est rendue à Samssara aussi vite que possible. À notre arrivée, nous avons appris qu'Assia était décédée depuis plus de trois jours. Pourquoi n'avions-nous pas été prévenus à temps? Sans en demander l'autorisation à personne, il l'avait embaumée, « parée » comme il dit. Il était enfermé avec elle avec ordre de ne pas le déranger. Quand enfin il s'est décidé à l'enterrer, il l'a fait mettre dans le parc de sa maison, un cimetière privé où il y avait déjà une douzaine de tombes, alignées les unes à côté des autres. C'était horrible.

Kassem insista :

— Qu'est-ce que tu lui reproches exactement?

Elle ouvrit la bouche, puis la referma, comme si l'énormité de son accusation l'effrayait elle-même, et balbutia :

— Fayel te l'expliquera. Les hommes disent ces choses-là mieux que les femmes. Ils n'ont pas peur de certaines images.

Quelles choses? Quelles images? Ils attendirent encore, une demi-heure, chacun enfermé dans ses pensées. C'est alors qu'un serveur s'approcha d'eux et annonça que Fayel, obligé d'assister à une importante réunion, les priait de ne pas l'attendre.

VIII

Au cours des semaines qui suivirent, l'épidémie connut une accalmie.

Personne ne trépassa. Ni dans les taudis des faubourgs, ni dans les confortables villas des nantis, ni à la Cité des Ministres, ni au palais. Les cloches des églises cessèrent de sonner le glas. Les haut-parleurs des carrefours se turent. À la place des requiem retentirent le chant oublié des oiseaux et les rires des enfants jouant à la marelle dans les cours de récréation des écoles.

Kassem et Hafsa n'avaient rien à faire dans la clinique désertée. Désormais, elle semblait l'éviter comme si elle était lassée de son apathie. Lui-même tournait et retournait leur conversation dans sa tête. Où voulait-elle en venir ? De quoi accusait-elle exactement Ramzi ?

Parfois, c'est vrai, d'extravagants soupçons lui avaient traversé l'esprit. Pourquoi Ramzi tenait-il à rester seul avec les défuntes ? Que leur faisait-il ? En quoi consistaient ses dernières retouches ?

Une fois, caressant l'épaule de l'une d'entre elles, il avait dit :

— Fleurs des ténèbres ! Quand elles sont vivantes, elles sont bavardes, capricieuses, cruelles. Je les hais. Celles-là seules valent qu'on les désire.

Sûrement, ce n'était là qu'une de ces plaisanteries ambiguës et scabreuses dont il avait le secret. De là à le croire capable de crimes à révolter l'imagination !

Cette accalmie dans les décès et le désœuvrement qu'elle entraînait, joints à l'absence de Ramzi, exacerbaient les frustrations de Kassem qui ne savait que faire de lui-même. Un soir, il n'y tint plus et partit à l'aventure à travers Porto Ferraille. Il connaissait les beaux quartiers. Il connaissait les bidonvilles. Où se trouvaient les bordels ? Généralement, ils sont situés dans les périphéries et les zones portuaires.

Il se laissa donc guider par l'odeur de l'océan et vagabonda à travers les rues. Au bout d'une heure, il atteignit son but. Il ne s'était pas trompé. Agglutinées comme des mouches sur un gâteau au miel autour des réverbères, les filles en perruques et robes de lamé marchandaient leur chair. Les hôtels de passe pullulaient. Une bordure de rafiots tristes dormaient sur l'eau sale entre les flaques de goudron et les paquets d'ordures. S'il s'approchait d'elles, est-ce que les filles l'enverraient balader, comme la première fois ? Il dut s'avouer qu'il mourait de peur.

Il se réfugia dans un des innombrables bars du quartier. Là, timidement, il s'assit au comptoir. Au-dessus de sa tête, la radio beuglait un des airs afro-cubains chers à son père qu'il n'avait pas entendus depuis qu'il avait quitté Sussy :

Por el camino del sitio mío
Un carretero alegre pasó

C'était comme s'il avait rencontré une vieille connaissance à l'autre bout du monde. Par le plus parfait hasard. Sans qu'il s'y attende. Il retint ses larmes. Quand le barman, tête rasée et boucle d'oreille, daigna s'approcher de lui, il commanda une vodka Smirnoff. Mais, l'autre, balayant le comptoir d'un coup de torchon, grommela :

— Je croyais que vous ne touchiez pas à l'alcool. Tire-toi d'ici en vitesse. Je ne veux pas d'histoires à cause de toi.

— Quelles histoires ? bégaya Kassem.

— Pas de tes pareils ici !

Sur ces paroles, il lui tourna le dos.

Mes pareils ? J'ai donc des pareils ? se dit Kassem, à la fois surpris et inquiet.

Qu'est-ce qui choquait en lui ? Il se demanda si c'était cet accoutrement de musulman qu'il portait depuis qu'il fréquentait Ramzi. Caftan. Babouches. Petit bonnet de peau haut perché sur sa tignasse. C'est un fait, dans ce bar, personne n'était habillé comme lui. Partout, des jeans ou des tee-shirts. Quelques costumes sombres. Mais l'habit ne fait pas le moine. Cet adage était-il oublié ? Il eut envie de le crier à ceux qui l'observaient.

Heureusement, un de ces hommes chasseurs d'hommes comme il s'en trouve sous tous les cieux vint à sa rescousse. Un Japonais, yeux en biais, expression rêveuse sous les durs cheveux taillés en brosse :

— Il est avec moi, assura-t-il d'un ton d'habitué. Sers-nous, Paulo.

De mauvaise grâce, le barman s'exécuta. Le Japonais dévisagea Kassem et lui posa la question qui devenait rituelle :

— D'où tu sors, toi ? Tu n'es pas d'ici ?

Kassem bredouilla.

— Je suis français.

Surprise ! L'autre sembla trouver la réponse naturelle et n'éclata pas de rire comme s'il entendait la pire incongruité. Après quoi, ils vidèrent leurs verres. Le Japonais s'appelait Kunio. Il était natif de Sapporo. Dans le temps, il avait rang d'officier sur des pétroliers. Après plusieurs mois de prison pour cause de marée noire en mer du Nord, il se contentait de boulots plus modestes. Pour l'heure, il était cuistot à bord du *Flor de Mayo*, battant pavillon libérien.

— Cuistot ! Moi aussi, je l'étais ! fit Kassem, nostalgique, car il en venait à penser à sa vie au Dream Land comme à un temps de paradis. L'odeur des épices surtout lui manquait. Safran. Cumin. Basilic. Sauge. Marjolaine.

Quand Kunio se fit plus pressant, il prit ses jambes à son cou. Il n'était pas prêt pour ce genre d'aventures.

Après une nuit agitée, trop de désirs inassouvis, Kassem rouvrit les yeux sur le visage de Ramzi. Il eut un involontaire mouvement de recul dont l'autre ne sembla pas s'apercevoir.

— Tu dors seul ? Les choses n'ont donc pas marché comme tu l'espérais ?

Kassem se redressa sur ses oreillers :

— Qu'est-ce que tu veux dire ?

— Hafsa ?

Kassem haussa les épaules :

— Échec et mat. Elle est fiancée, le sais-tu ?

Ramzi éclata de rire.

— À Fayel ? C'est de la blague. Fayel est mon cousin germain. Il n'aime que les hommes. Depuis qu'il est petit, il me poursuit. Alors son désir s'est changé en haine. À présent, il ne cherche qu'à me nuire.

Cette version des faits, toute simpliste qu'elle fût, rassura Kassem, prêt à gober tout ce qui pouvait disculper son ami.

— Qu'a-t-il inventé sur moi ? C'est un bon romancier, série noire, railla Ramzi.

En parlant, il scrutait Kassem qui se défendit :

— Je ne l'ai pas vu.

Puis, sous ce regard impérieux, il s'entendit débiter par le menu et le détail la conversation qu'il avait eue avec Hafsa. Quand il se tut, Ramzi ne posa qu'une question, comme si c'était la seule qui lui importait :

— Est-ce que tu l'as crue ?

— Non, bien sûr ! hoqueta Kassem.

L'autre le couvrit de baisers comme pour le récompenser de sa confiance :

— Habille-toi, ordonna-t-il ensuite. Allons faire un tour.

Porto Ferraille sortait de son sommeil nocturne. Les derniers fêtards, dégrisés par le devant-jour, se hâtaient de rentrer chez eux vérifier si leurs filles étaient en vie, si, en leur absence, l'épidémie n'était pas revenue à la charge. Les estropiés se disposaient en bonne place pour barrer la route aux dévots courant vers les églises et forcer leur compassion. Derrière les montagnes, la lune qui se couchait se heurtait au soleil qui se levait.

De ce choc naissait une clarté opaque qui brouillait les contours et transformait l'alentour en un théâtre irréel.

Ramzi saisit le bras de Kassem :

— Mon cœur ne s'était jamais attaché à personne quand nos chemins se sont croisés. Par ses parents, expliqua-t-il d'une voix brisée, Awa était originaire du Nigeria. Mais, née à Leeds, elle était orpheline de sa terre. De sa mère aussi, morte à sa naissance. C'était un double fardeau, lourd, trop lourd à porter et ses jours avaient la couleur d'un éternel hiver. Pour nous deux, cette rencontre a été un havre de grâce. Moi, j'ai cessé de courir, de me disperser dans des dizaines de lits. Pour elle, mon amour lui a décroché le soleil qu'avait avalé la Bête de la Douleur. Hélas! engourdi dans mon bonheur, j'ai manqué de vigilance. Je n'ai pas perçu les signes qui auraient dû m'alerter. Un soir, elle s'est... tuée... alors que je venais de la quitter. Et pourtant nous avions fait l'amour comme à l'accoutumée. Après cela, j'ai perdu la tête. Je ne me résignais pas à ma perte. Je ne pouvais ni boire, ni manger, ni me laver. Je passais mes jours et mes nuits prostré sur sa tombe, à la supplier de me revenir. Je ne me sentais bien qu'au cimetière car, je le découvrais, ce lieu est propice aux méditations. C'est là que les policiers m'ont arrêté. Ils m'ont pris pour un fou. Et fou, je l'étais. Fou de désespoir.

Était-ce cet homme pathétique et blessé que Hafsa traitait de pervers, de dangereux criminel?

— Pauvre ami! Comme tu as souffert! murmura Kassem, complètement retourné.

— Jusqu'au jour d'aujourd'hui, souffla Ramzi, je ne suis pas guéri. C'est pour cela que le bruit des vivantes m'insupporte. Leurs bavardages, leurs rires, leurs criailleries me déchirent les oreilles.

Ils firent quelques pas, au milieu du tapage assourdissant des carrioles des porteurs d'eau. Le soleil s'était résigné à quitter son lit et commençait sa monotone ascension.

— J'ai une grande nouvelle à t'annoncer, reprit Ramzi sur un ton tout différent. Cela s'est conclu à Nabreul. Big Boss m'a demandé d'être « Pareur officiel ». J'ai beaucoup hésité, puis j'ai accepté. Dans quelques jours, nous allons déménager et retourner au palais présidentiel.

— Quoi ? s'exclama Kassem, stupéfait. Toi, travailler pour le Président ?

— Pourquoi pas ? Il est d'une finesse rare quand on le connaît. Mal entouré, c'est tout.

— Ce n'est pas cela. Tu es un musulman ! Que diront les membres de son conseil privé ?

— Ils diront ce qu'ils voudront, se moqua Ramzi. Tu sais ce que je pense : musulman, catholique, c'est du pareil au même.

Cela mit Kassem hors de lui :

— Comment peux-tu dire que c'est du pareil au même ? cria-t-il.

— Dans l'un et l'autre cas, déclara doctement Ramzi, c'est renoncer à son libre arbitre, se soumettre à la prétendue volonté de celui qu'on déclare « Seigneur des Univers », qui possède la royauté des cieux et de la terre. Qui fait vivre. Qui fait mourir. « Vous n'avez hors lui ni protecteur ni secourant », dit le Coran. Qu'est-ce que tu penses de cela ?

Une fois de plus, Kassem n'était pas de taille à discuter d'un pareil sujet. La connaissance la plus élémentaire des religions lui faisait défaut. À Sussy, il était certes allé au catéchisme, répétant comme un perroquet ce qu'il y apprenait. Il capitula, objectant :

— L'épidémie ne durera pas toujours. Que ferons-nous quand il n'y aura plus de morts à « parer » ?

— Il y aura toujours des morts, sourit l'autre. C'est la commodité qui manque le moins. Sans parler de la Cité des Ministres, tu sais combien de monde le palais abrite à lui tout seul ? La famille de Big Boss, celle de certains de ses frères et sœurs, celle de ses femmes, de sa garde privée, de sa police, de ses médecins, de ses devins, de ses guérisseurs, de ses musiciens, de ses serviteurs en tout genre. C'est-à-dire des milliers de personnes. C'est-à-dire des milliers de cadavres en puissance.

Kassem se sentit acculé. Comme un prisonnier qui voit se refermer sur lui les portes de la geôle. À bien y réfléchir, il n'avait aucune envie de suivre Ramzi et de retourner au palais présidentiel. Au risque de passer pour un ingrat, il aurait préféré avoir le courage de lui dire adieu.

S'enfuir ! Mais dans quelle direction ? À part lui, il n'avait pas un seul ami sur cette terre. Vers qui se tourner ? Pas une personne qui l'attendait, qui pouvait l'aider. Revenir vers Kellermann et Drasta à Sussy ?

Quel « Cahier d'un retour au pays natal » écrirait-il? Comment l'accueilleraient-ils? Qui sait? Peut-être seraient-ils heureux de le revoir. Peut-être Kellermann lui ouvrirait-il les bras, clamant comme le père du fils prodigue :

— Apportez vite la plus belle robe et l'en revêtez. Mettez-lui un anneau au doigt et des souliers aux pieds. Amenez le veau gras et tuez-le. Mangeons et réjouissons-nous, parce que mon fils que voici était mort et il est revenu à la vie. Il était perdu et il est retrouvé.

— Nous nous enrichirons, conclut triomphalement Ramzi qui ne semblait pas se douter des sentiments de son compagnon. Les jaloux se déchaîneront peut-être contre nous. Mais, pour finir, ils mordront la poussière.

Là-dessus, il exécuta une gigue endiablée au milieu de la rue. C'était peu en accord avec le personnage grave et mesuré qu'il jouait d'habitude, mais cela trahissait son excitation à l'aube de sa nouvelle vie.

IX

Dès le lendemain, le répit cessa. L'épidémie flamba à nouveau.

En moins de vingt-quatre heures, plus de soixante jeunes filles furent fauchées aux quatre coins de Porto Ferraille. Les haut-parleurs qui avaient gardé le silence au grand soulagement des habitants, plus friands de salsa ou de hip-hop que de musique classique, diffusèrent en alternance le *Stabat Mater* de Boccherini et celui de Vivaldi. Sur ce fond de douleur, de corps défaits, brisés, Hafsa n'en semblait que plus en santé, la peau brillante comme une poterie qui sort du four, les yeux irradiant de lumière, aguichante à mettre le feu à un bénitier. Ce qu'il redoutait le plus, c'étaient les coups d'œil que Ramzi qui n'était pas dupe de ses sentiments lui jetait par-delà ses seringues et ses garrots.

Quelques jours après son retour, Ramzi apprit à Hafsa les hautes fonctions de « Pareur officiel » qu'il allait occuper désormais. Elle battit des mains :

— Bravo ! Bravo ! Quand déménagerons-nous ?

Ramzi la fixa d'un œil pénétrant :

— Souhaites-tu vraiment nous suivre au palais ? Que diront les tiens ?

Elle rit :

— Ce sont des fanatiques, tu le sais bien. Ils diront, je les entends déjà : « Ils se sont vendus à l'Infidèle. » Mais l'essentiel est ce que je pense, moi. À la place que tu occuperas auprès de Big Boss, tu seras en mesure de faire un bien considérable à ce pays.

Dieu ! Comme elle y va ! pensa Kassem, écœuré par tant d'hypocrisie.

En son for intérieur, il n'en admirait que davantage son ami. Il savait qu'elle le flattait et que, derrière son dos, elle le calomniait. Pourtant, il ne trahissait rien.

La nuit s'annonçait longue.

Dix vierges les attendaient. La veille, leurs familles

en pleurs les avaient confiées à la clinique. Hélas! En dépit de tous les efforts, elles s'étaient éteintes et reposaient dans la salle de « parage », attendant les soins qui leur rendraient la beauté, pareilles à des fleurs coupées qui commencent à se flétrir.

Vers trois heures du matin, l'essentiel de la besogne terminée, comme à chaque fois, Ramzi tint à demeurer seul dans la salle d'opérations. En sortant, Kassem se heurta à Hafsa qui, agenouillée, épiait par le trou de la serrure. Nullement gênée d'être surprise en si vilaine posture, elle s'agrippa à son bras :

— Je ne vois rien. Qu'est-ce qu'il fait en ce moment?

Il répondit avec brusquerie :

— Qu'est-ce que tu vas imaginer? Il met, comme à chaque fois, la dernière main au « parage ». Je ne suis pas très bon, moi, pour les finitions de détails.

— Je t'ai pourtant recommandé de ne jamais le perdre de vue! cria-t-elle. Crétin, retourne d'où tu viens. Dépêche-toi!

C'était la deuxième fois qu'elle l'insultait. Qu'était-il pour qu'elle l'apostrophe ainsi? Aveuglé par la colère, d'une bourrade, il l'envoya valdinguer à quelques mètres et, sans lui prêter plus d'attention, il s'engouffra dans l'escalier menant aux appartements.

Il se coucha.

Très vite pourtant, sa brutalité à l'égard d'Hafsa lui parut inqualifiable. Que répétait Kellermann?

« On ne frappe pas une femme même avec une fleur. »

Ce qui ne l'empêchait pas de rosser Drasta, en général le samedi, quand il avait bu un coup de trop. Il revoyait le regard surpris, blessé, que lui avait lancé Hafsa. Bourrelé de remords, il quitta sa chambre.

Il ne s'était jamais rendu chez elle, au même étage, à l'autre bout du couloir et il frappa doucement à sa porte. N'obtenant pas de réponse, il frappa plus fort. En vain. Il s'apprêtait à tourner les talons quand il s'aperçut que la porte était entrebâillée. Sa curiosité, que nous savons vive, l'emporta et il entra. S'il s'était attendu à un intérieur décoré de bibelots et de colifichets avec cette mièvrerie que l'on dit féminine, il aurait été déçu. La pièce, austère, aurait plu à un moine. Une étroite banquette couverte de draps marron servait de lit. Sur le bureau, un ordinateur dernier modèle. Par terre, des piles de dossiers dans des classeurs multicolores. Aux murs, pas une photo, pas une reproduction de tableau, pas un poster, rien qui apporte une note personnelle.

Il allait s'approcher du bureau, mais se retint. Si elle le surprenait, le nez fourré dans ses affaires ?

Où était-elle ?

Il redescendit les escaliers. Au rez-de-chaussée, le hall était désert. Entre les vasques ornementales, il remarqua un objet brillant. Une de ces boucles d'oreilles, dénommée « créole », qu'elle portait. Il la fit tourner autour de son doigt. Quand s'était-elle détachée ? se demanda-t-il intrigué.

Il sortit.

La nuit, chaude et moite comme un vagin de

femme, l'aspira. Pas un croissant de lune. Aux confins de l'horizon rampaient les traînées blanchâtres qui annoncent l'approche du jour. Aussi les Invisibles se hâtaient-ils vers les demeures qu'ils avaient désertées pour se mêler aux vivants. Et cela causait un grand désordre de formes qui se bousculaient sans s'en apercevoir, se cognaient, passaient les unes sur les autres.

Comme il se décidait à rentrer, dans le hall, il se heurta à Ramzi qui sortait de la salle d'opérations, un cigare à la bouche.

— Tu ne dors pas? s'étonna celui-ci. Je te croyais au lit.

— Je cherche Hafsa, bafouilla Kassem.

Sans savoir pourquoi, il se mit en demeure d'expliquer :

— Je me suis disputé avec elle. Je voulais lui présenter mes excuses.

Le regard de Ramzi s'illumina de curiosité :

— Tu t'es disputé avec elle? Pourquoi?

Sans se faire prier davantage, Kassem dégoisa toute l'affaire, s'empêtrant dans des détails superflus. Ce n'était pas la première fois qu'il avait l'impression que Ramzi dominait sa volonté, l'obligeant à lui révéler ce qu'il entendait garder pour lui-même.

Ramzi l'écouta sans l'interrompre, commentant seulement :

— Ainsi, elle m'épie? Pourquoi? Qu'espère-t-elle?

Kassem eut un geste d'ignorance.

— Allons! reprit Ramzi. Ne te tourmente pas pour pareilles vétilles. Va te reposer, conclut-il doucement.

Kassem remonta à sa chambre, mais ne parvint pas à prendre sommeil. Il lui semblait que le calme de Ramzi cachait en réalité une fureur extrême et qu'il ne devrait pas s'étonner du cours que prendraient les événements. Aux petites heures du matin, il finit par s'endormir, suant, tremblant comme un fiévreux.

X

La mort possède cette étrangeté : bien qu'inscrite dans le plan des humains, elle n'en suscite pas moins le chaos lorsqu'elle survient.

Sitôt connue la nouvelle du décès d'Hafsa, les voisins affluèrent à la « Maison des Esprits », pleurant et se lamentant. Pour tous, elle était un ange. Elle s'arrêtait devant chaque porte, jamais avare d'un *salam aleikum* pour les grands, d'une caresse pour les petits, d'un peu d'argent pour les nécessiteux. Le vendredi, c'étaient des torrents d'aumône qui coulaient de sa bourse.

Dans certains pays, la mort appartient aux femmes. Les premiers instants de confusion passés, celles-ci s'emparèrent du corps de la défunte. Elles firent chauffer des bassines d'eau pour la laver. Tout en maniant les éponges et les brosses, certaines sanglotaient sur cette jeune sève à jamais tarie. D'autres sur la douleur de la femme qui l'avait portée dans ses flancs. Quoi de plus désolant que le fruit vert qui tombe avant le fruit mûr ? Certaines fredonnaient la berceuse traditionnelle :

La vallée de la mort est embrumée de silence.
Prépare-toi, mon enfant à y trouver ton sentier,
Ne t'y perds pas !

Les hommes, rejetés comme les grands inutiles qu'ils sont souvent, refluèrent sur les escaliers, envahirent les paliers ou s'attroupèrent pour converser sur le trottoir. Certains pensaient qu'une mort si soudaine n'était pas naturelle.

Kassem était au nombre de ceux-là.

— C'est Ramzi qui l'a tuée, se répétait-il sans preuve aucune.

Il revivait les derniers événements. Il était environ six heures du matin. Il dormait profondément quand Ramzi l'avait violemment secoué par les épaules :

— Lève-toi. Hafsa est morte.

— Morte ! avait-il crié, abasourdi.

— Oui, tout à l'heure, je suis venu la quérir pour un soin urgent, je l'ai trouvée déjà raide.

— Comment est-ce possible ? avait-il bégayé.

— Je ne sais pas, avait fait Ramzi avec calme. Une crise cardiaque, probablement.

Ramzi s'efforça de raisonner calmement. Il n'y a hélas pas d'âge pour mourir. Non ! On ne sait jamais quand on croisera le chemin de la mort. Ne sommes-nous pas des insectes qu'un revers de la main du Créateur balaie ?

Bientôt, Fayel fit son apparition, soutenu par son oncle, parfaite image, jusqu'à ses Ray-Ban aux verres fumés, de l'étudiant gauchiste formé dans les universités françaises. Il se jeta sur Kassem et l'enlaça étroitement :

— Elle me parlait souvent de toi, sanglota-t-il. Elle t'aimait beaucoup. Comme son petit frère.

C'était bien là le malheur ! songea Kassem. J'aurais tellement souhaité qu'elle m'aime autrement.

Bientôt descendirent d'une Peugeot de location les oncles, les marâtres, les tantes d'Hafsa entourant la mère, corpulente, aux yeux de bleuet fané. Le père était absent, empêché par son arthrose. Tout ce monde avait accompli d'une traite les deux cent cinquante kilomètres qui séparent Médara de Porto Ferraille et portait dans ses vêtements l'aspect rustique et désuet de la province.

Vers onze heures, Ramzi, qui ne s'était pas encore montré, s'arracha à ses malades. Il n'était pas sitôt apparu dans la pièce que Fayel l'apostropha :

— Chien ! C'est toi qui l'as tuée ! C'est toi ! Dussé-je y travailler jusqu'à mon dernier souffle, tu paieras pour cela.

À la consternation générale, les deux hommes faillirent en venir aux mains.

Sur ces entrefaites, des brancardiers se présentèrent. À la demande du père d'Hafsa, ils venaient chercher le corps pour une autopsie. Il l'avait confiée à un certain professeur Frankel, un Américain au-dessus de tout soupçon qui exerçait à la faculté de médecine. Il délivrerait le permis d'inhumer s'il ne constatait rien d'anormal.

L'après-midi se poursuivit en pleurs et en prières.

À trois heures, heure à laquelle se produisent les grands événements de l'histoire de l'humanité, la mort du Christ, le suicide de Hitler, par exemple, un véritable coup de tonnerre éclata. On apprenait que le professeur Frankel refusait de délivrer le permis d'inhumer. La défunte portait une vilaine ecchymose à la tête et présentait d'autres symptômes beaucoup plus inquiétants. Aussi avait-il rédigé cinq pages confidentielles à l'intention de la police. Du coup, Fayel et les membres de la famille, y compris la mère, en dépit de son épuisement, se précipitèrent au commissariat central.

Les gens se regardaient. Qu'est-ce que tout cela signifiait ?

Pour tromper l'attente, ils coururent chez Fayel. Celui-ci habitait à l'autre bout de la ville un quartier qui affichait son appartenance religieuse. On se serait cru dans un autre pays. Des inscriptions en arabe ornaient les façades des maisons. Des gamins à tête rasée, leurs tablettes sous le bras, se dirigeaient vers les écoles coraniques. La mosquée était comme il se doit entourée d'un cordon d'infirmes, d'estropiés et de mendiants agitant bruyamment leurs sébiles. Des hommes en caftan lisaient à haute voix des sourates du Coran.

La concession elle-même s'appelait « Salat », mot que Kassem ignorait et qui signifie « Prière ».

Là, il fut pris d'une soudaine inquiétude. Sûrement, dans pareille assemblée, quelqu'un le percerait à jour et s'apercevrait qu'il n'était qu'un imposteur. Mais non, tous ces inconnus psalmodiant des prières qu'il ignorait le fixaient avec bienveillance et semblaient dupes de son apparence. Hommes et femmes discutaient par groupes séparés, mais les sujets de conversation étaient identiques. Quand saurait-on de quoi était vraiment morte Hafsa ? Le saurait-on jamais dans ce pays où tout était mystère ? Non, on ne saurait jamais la vérité. On parlait aussi de Big Boss, sujet inépuisable. Il venait de profiter d'une improbable rumeur de coup d'État pour arrêter ses derniers opposants, cette fois-là, toutes religions confondues, catholiques, musulmans, fétichistes — pardon, polythéistes. Y avait-il encore de la place dans la fourmilière des camps ? Que faisait Amnesty international ? Des esprits inventifs assuraient que l'armée nationale avait coupé les testicules des hommes de deux villages du Nord, accusés d'être des séditieux. Pour corroborer leurs dires, ils exhibaient les deux frères Falilou, miraculeusement épargnés parce que descendus ce jour-là vendre leur bétail à Porto Ferraille. Les paroles s'éteignirent quand les femmes offrirent du thé à la menthe et d'odorants morceaux de mouton, puisqu'on ne peut et pleurer et manger.

Kassem remplissait son assiette quand un homme le dévisagea avec des yeux soupçonneux :

— Hé ! Est-ce que ce n'est pas toi que j'ai vu à côté de Ramzi ?

Comme Pierre au Jardin des Oliviers renia Jésus, Kassem renia son maître. Il l'affirma. Ramzi, il ne savait pas qui c'était. L'autre insista, prenant la foule à témoin :

— Oui, c'est toi ! Je conduisais ma défunte nièce à sa clinique. Fatima nous a quittés, Dieu ait son âme. La famille ne voulait pas qu'elle soit « parée ». C'est trop cher. Vous n'imaginez pas le mal que nous avons eu pour récupérer son corps.

Kassem jura une fois de plus qu'il ne savait pas qui était Ramzi.

— D'où sors-tu ? continua l'homme, peu convaincu. Tu n'es pas d'ici, n'est-ce pas ?

Ces questions, nous le savons, terrorisaient Kassem. Sommé de décliner son identité, il éprouva l'habituel sentiment de panique. Que répondre ?

« Je suis français » ? « Je viens de Lille » ?

Tous s'esclafferaient : « Tu nous prends pour des couillons ou quoi ? A-t-on jamais vu un Français de ta couleur ? »

Alors ? Usurper l'identité du pater ? Déclarer : « Je viens de la Guadeloupe » ?

Ce mensonge ne les éclairerait pas davantage. Aucun d'eux ne pouvait situer la Guadeloupe sur une carte. Celle de Drasta ? « Je suis roumain. »

Plus ridicule encore !

Avec l'impression de fuir un danger, il préféra se faufiler au-dehors. Là, il prit ses jambes à son cou en direction de la clinique. Une surprise de taille l'attendait : un camion de déménagement était à l'arrêt sur le trottoir. Dans le hall, Ramzi donnait des ordres à une demi-douzaine de gorilles vêtus de bleus de travail. Les portes des salons funéraires, en général soigneusement closes, étaient grandes ouvertes. Des hommes décrochaient les tableaux du vestibule et charroyaient les plantes en pots.

— Que se passe-t-il ? s'exclama Kassem.

Ramzi lui ordonna :

— Va préparer tes affaires. Nous partons.

— Où cela ?

Il s'impatienta :

— Mais au palais présidentiel. Est-ce que tu ne le sais pas ?

— Maintenant ?

Oui ! Pourquoi cette précipitation ? Cela semblerait suspect. Ne pouvait-on patienter ? Attendre le lendemain ? L'autre l'attira à l'écart :

— Écoute, j'ai dû prendre cette décision dans l'urgence à cause de toi.

— De moi ? cria Kassem. Mais, je n'ai rien fait !

Ramzi inclina la tête :

— Déjà le bruit court partout que tu étais amoureux d'Hafsa, qu'elle n'a jamais voulu de toi, que parce qu'elle te résistait, dans ta fureur, tu l'as mortellement frappée.

Kassem perdit la tête :

— Tu mens ! Tu mens ! cria-t-il. C'est toi qu'on soupçonne. C'est toi !

Ramzi éclata de rire :

— Moi ? Qui ose médire du favori de Big Boss ? Qui me calomnie ? Des noms. Je veux des noms. Allons ! Parle !

L'esprit en tumulte, Kassem gagna sa chambre et commença de ranger ses effets.

Quand il redescendit, une Mercedes Benz battant pavillon de la présidence s'était garée contre le trottoir.

Les badauds s'étaient assemblés pour ne pas perdre une miette du spectacle sur lequel ils allaient broder. Les valises entassées dans le coffre, le chauffeur en treillis, les déménageurs en salopette, Ramzi distribuant des pourboires, Kassem l'air d'un mouton qu'on mène à l'abattoir. Ce départ en plein milieu de la nuit ressemblait à la fuite d'une paire de malfaiteurs.

Roulant à vive allure, la Mercedes Benz parcourut la distance qui les séparait du palais. Les arbres s'écartèrent maussadement sous la trouée des phares. On apercevait çà et là, furtives, des silhouettes imprécises. Animaux dérangés dans leur sommeil ou leurs amours ? Recroquevillé sur lui-même, Kassem ne se rappelait plus que lors de sa première visite cet endroit l'avait enchanté à cause de sa verdure. Ce soir-là, pénétrant à l'intérieur de la forêt, il eut l'impression de s'engager dans un périmètre de maléfices et de dangers. Il vit Big Boss comme une bête carnassière et affamée, ou une araignée géante, Ananse, tapie dans sa mangrove artificielle. Une fois de plus, il songea à fuir. Mais où ?

Soudain, un régiment de soldats leur barra la route. Leur chef braqua une torche puissante. Reconnaissant Ramzi, il murmura d'un ton contrit :

— C'est toi, papa ? Je ne t'avais pas reconnu. Pardonne-moi !

« Papa » était un terme de respect, réservé aux personnes âgées. Dans la bouche de cet homme dont Ramzi aurait pu être le fils, il sonnait de manière cocasse. L'autre prenait la pose. Élevant la main droite comme pour une bénédiction et plaquant sur sa bouche un sourire séraphique, il murmura :

— Voyons, tu ne fais que ton devoir.

La voiture repartit. Kassem frissonna.

XI

Kassem ouvrit des yeux scellés par l'obscurité de la nuit.

— Je suis prisonnier, se dit-il en pleurant. Prisonnier.

Autour de lui, tout dormait. Sauf les fauves, parqués non loin dans la ménagerie présidentielle qui feulaient furieusement. On racontait à Porto Ferraille que bien des condamnés politiques avaient péri broyés sous leurs puissantes mâchoires, jetés en pâture comme les premiers chrétiens dans les arènes. On racontait aussi que Tautou, le puma royal, le favori capturé dans les épaisses forêts du Bengale, était friand de la chair des petits enfants, des bébés. Aussi des femmes d'humble extraction étaient-elles spécialement engrossées pour en produire, tenues dans un pavillon à l'écart du palais. Vrai ? Faux ? Je vous ai déjà dit ce que je pense de l'imagination populaire.

C'est vrai que le palais était une prison, une forteresse dont on ne sortait pas comme on voulait. Pour lutter contre les « ingérences étrangères », aucune chaîne de radio ni de télévision extérieure n'y était autorisée. Seul un circuit intérieur diffusait les discours de Big Boss in extenso, les activités de la présidence et de la musique congolaise. Car, Big Boss ne marchait pas avec son temps, ni reggae, ni rap, ni hip-hop. Il adorait Le seigneur Rochereau et la musique zaïroise. On était totalement coupé des nouvelles du pays et du monde.

Kassem se torturait. Qu'était-il advenu de l'enquête sur la mort d'Hafsa ? de Fayel ?

Cependant, l'isolement du palais ne signifiait ni paix ni sérénité. Dès la tombée de la nuit débutait une bacchanale qui interdisait le sommeil. Invisibles aux yeux des humains, les Esprits de ceux que Big Boss avait fait supplicier se baladaient dans un grand bruit de plaintes, de soupirs, de squelettes entrechoqués sur les terrasses et les galeries. Quelquefois, Kassem courait sur les balcons de sa suite. Il ne voyait jamais que la muraille des arbres, le noir du ciel ou des serviteurs s'affairant pour satisfaire les envies nocturnes de leur maître. Un jour, s'aventurant dans le jardin, il tomba sur un gros joufflu serrant sa bedaine dans un pyjama à rayures. Le Président ! Que faire ? Le saluer ? Il se posait encore la question quand l'autre se perdit entre les arbres. Insomniaque, Big Boss ne distinguait pas le jour de la nuit, torturé à ce qu'on disait par le souvenir de ses frères. Il pouvait tenir conseil jusqu'aux premières heures du matin, dépêchant illico en camp de concentration ceux qui avaient le malheur de bâiller. Après les conseils, on devait le distraire, ce qui était un véritable casse-tête. Des lecteurs se relayaient pour lui lire des romans policiers de San-Antonio, seule lecture qu'il supportait. Des troupes de musiciens, de comédiens, de marionnettistes, d'équilibristes, de dompteurs se succédaient dans sa salle de théâtre privée. En outre, à la suite de la mort prématurée d'Onofria, il ne bandait plus. Ses femmes et ses cinq cent soixante concubines se consolaient avec des hommes ou des dildos.

Il n'en avait pas toujours été ainsi. Les anciens courtisans se rappelaient qu'ils l'avaient connu joyeux drille, amateur de vins fins, de drogue, de chair fraîche, de ces mille et un plaisirs sans lesquels la vie ne vaut pas la peine d'être vécue. Des fonctionnaires étaient chargés de razzier les villages à la recherche de vierges succulentes, car il n'avait jamais eu de goût ni pour les hommes ni pour les petits garçons que lui suggéraient certains assistants européens.

Cependant, depuis deux mois, à l'étonnement de tous, l'épidémie semblait éteinte.

Certes, comme Ramzi l'avait prédit, les morts ne manquaient pas pour autant. Dans le pavillon Isabel-Selena, aménagé en clinique et salons funéraires, des multitudes de patients décédaient de fièvres, troubles respiratoires, défaillances cardiaques, diabète, cancers, bref, de toute la panoplie des maladies humaines. Parmi eux, beaucoup de jeunes filles que Ramzi et Kassem « paraient ».

Le deuil ne se porte pas de manière uniforme.

Pour les gens du commun, il n'est qu'une épreuve ultime dans le cortège de frustrations et d'afflictions qui compose leur existence. Pour les notables, au contraire, c'est un insupportable scandale. N'osant s'en prendre à Ramzi, ils accablaient Kassem de reproches, de récriminations, voire de menaces, ce qui ajoutait encore à son mal-être. Comment reprendre sa liberté ? Sortir de ce guêpier ? Il se rêvait embarquant dans l'avion pour une destination exotique. La plus lointaine possible. En l'autre bord de la terre. Tokyo. Japon. Perth. Australie.

Depuis qu'ils habitaient au palais, pour Kassem la vie était d'autant plus odieuse que Ramzi n'était plus Ramzi. Il avait l'impression de vivre avec un étranger. Soit ! Ramzi n'avait jamais été un vrai dévot. S'il se rendait à la mosquée, c'était histoire d'y parader la tête enturbannée comme un ayatollah, les livres saints sous le bras. Il oubliait constamment de faire ses prières, buvait de l'alcool et ne jeûnait pas. S'il ne résistait jamais au plaisir d'assaisonner ses propos d'une sourate ou d'un hadith, c'était chez lui affaire d'oreille. Il était amoureux du beau langage.

Du jour au lendemain, tout cela fut fini.

Il s'était découvert un oncle du nom de Battisto Romero Vicko, libre-penseur, auteur d'un traité au vitriol, *Les Religions révélées*, et en faisait à tout bout de champ le panégyrique. Il pérorait sur la laïcité.

— L'homme ne sera libre, clamait-il, que s'il se défait de ce que nous nommons « soumission » à Dieu. S'il assume ses actes. Les revendique.

Si cette volte-face ne semblait pas l'incommoder le moins du monde, elle en gênait plus d'un et sa réputation en pâtissait sérieusement. Certains le considéraient comme un opportuniste sans foi ni loi, prêt à tout pour se maintenir dans les bonnes grâces du pouvoir. Kassem ne le voyait plus guère qu'au moment des « parages », c'est-à-dire quand il n'était pas absorbé par des réunions, des meetings, des conférences, des entretiens dans les médias. Paradoxalement, il subissait l'évolution inverse de celle de son ami. Cette religion qu'il avait empruntée à l'aveuglette, il avait l'impression qu'elle devenait sienne et le modifiait.

Un après-midi, Ramzi apparut aux environs de seize heures. Une fois n'était pas coutume, lui toujours débordant d'assurance et de bagout semblait embarrassé, mal à l'aise. Qu'est-ce qu'il mijotait encore ? Au bout d'une bouteille de vin blanc californien, il se décida :

— Est-ce que tu accepterais de retourner à tes chères cuisines ?

La proposition avait de quoi étonner. Illogique, Kassem à qui les « parages » pesaient chaque jour davantage, s'insurgea. Une fois de plus, il était victime d'une exclusion. Qu'avait-il fait pour la mériter ?

— Tu n'es plus satisfait de mes services ? s'exclama-t-il.

Ramzi secoua vivement la tête :

— Il ne s'agit pas de cela. Je ne pourrais rêver assistant plus parfait que toi. Mais il prend la fantaisie à Big Boss de vouloir m'accompagner.

— Quoi ? Il veut « parer », lui aussi ?

— Eh oui ! Il s'ennuie de tout et tout le temps. Il pense que cela le distraira.

Distraire ? songea Kassem, écœuré. Quelle horrible façon de se distraire ! Mais, tout bien considéré, cela valait mieux que de tuer, assassiner, emprisonner des innocents, ce qui, jusqu'alors, avait constitué ses « distractions » favorites. Peut-être en oublierait-il pour un temps d'échafauder supplices et tortures.

Kassem ne ferma pas l'œil de la nuit. Il s'imaginait le Président maniant le trocart, enfilant les aiguilles à sa place et il ne savait s'il fallait en rire.

Le lendemain donc, il échangea sa blouse, son masque et ses gants de caoutchouc contre un ample tablier rayé qui lui balayait les talons, et une toque blanche. Les cuisines du palais occupaient un bâtiment dénommé le pavillon Lucullus. Il traversa le parc. Une brise légère jouait avec le tronc des bambous. Curieuse, une gazelle impala l'observait de loin. À vrai dire, il éprouvait un profond sentiment de soulagement, de libération, de bien-être. Un sang plus allègre coulait dans ses veines. Le jour retrouvait ses couleurs.

Au pavillon Lucullus, on préparait jusqu'à huit cents repas par jour à l'intention de l'innombrable famille de Big Boss. Cela impliquait un travail considérable, les bouches à nourrir étant avides et exigeantes. Le chef était un Français, Méridional barbu, chevelu, contradictoirement nommé Pierre Lenormand. Il avait un temps officié dans un restaurant de Las Vegas. Hélas ! Son amour inconsidéré des meneuses de revues et d'importantes dettes de jeu l'avaient contraint à chercher refuge dans ce trou perdu d'Afrique. Il régnait sur un peuple d'assistants maîtres queux, de sous-chefs, de marmitons, de stagiaires, de saleurs, de goûteurs, de sommeliers de toutes races et de toutes nationalités. Pierre Lenormand accueillit fébrilement Kassem :

— On m'avait annoncé un Français, mec?

— C'est moi, répondit Kassem, désolé de la déception qu'il causait. Je viens de Lille.

Il débita l'histoire habituelle.

— La Guadeloupe! s'exclama Pierre, s'accrochant à ce seul mot. J'y ai vécu trois ans. Cuisinier au Méridien à Saint-François. Je parle créole, tu sais. « Si ni chapô, pa ni bobo. »

Il bomba le torse pour savourer l'effet produit. Hélas! Kassem ne parlait pas le créole. Ni ses frères et sœurs ni lui ne l'avaient appris.

— Tu es guadeloupéen? J'ai aimé une chanteuse de zouk love qui s'appelait Maria Mariano, poursuivit-il. Tu la connais ? Elle n'a jamais voulu de moi, un zoreye. Vous êtes racistes, là-bas!

Et vous donc! pensa Kassem.

Pourtant, l'instant n'était pas aux querelles. Depuis longtemps, il ne s'était pas senti aussi heureux, aussi libre. Son cœur battait plus vite, épanoui par l'odeur des épices qu'il retrouvait avec ivresse.

Pierre le confia à un jeune Congolais, choisi parmi la ribambelle d'assistants qui l'entourait, un certain Adhémar. Adhémar, dix-huit ans, n'avait de congolais que le nom. Il ne connaissait ni Brazza ni Léo. Il était né et avait grandi à Rome où son père tenait bon comme ambassadeur malgré les changements d'appellation du pays, la valse des ministres et les impayés qui s'accumulaient. Depuis près d'un an, il n'avait pas touché son salaire et devait nourrir sept bouches. Las de cette situation, il était rentré se plaindre au pays. On l'avait jeté en prison et, prétextant un complot qu'il aurait fomenté, proprement exécuté. L'histoire ne finit pas là. Devenue veuve, l'épouse, un ancien prix de beauté à N'Goma, n'avait pas tardé à se remarier avec un prince vénitien, propriétaire d'un *palazzo* sur le Grand Canal. Malheureusement, il adorait un peu trop son *caro* beau-fils. Dès qu'il en avait été capable, Adhémar s'était protégé du pédophile par tout l'espace de la mer, des terres et des déserts. Malgré ses dix-huit ans, il était auréolé de prestige : il avait préparé un chapon aux olives noires et à l'orange bourbonnaise amère dont le Président avait pris deux bouchées. Depuis, l'exploit ne s'était pas répété. Big Boss avait successivement repoussé sa mousseline de champignons Portobello, son navarin de petits légumes, et jusqu'à son caneton fettuccine Alfredo.

Bientôt, Adhémar et Kassem, qui avaient à peu près le même âge, s'accordèrent si bien que le premier offrit au second de partager son appartement. Il habitait un quartier du palais aussi populeux qu'un village de l'Ouest africain. Des enfants allaient tout nus, le kiki au vent. Des femmes cuisaient des nourritures en plein air. Des vieillards dormaient dans des pliants. Des oisifs fumaient. Sur les marchés s'entassaient des fruits et des légumes. Adhémar apprit à Kassem que vivait là une partie de l'ethnie de Big Boss. C'était un vivier qui lui fournissait des recrues pour les grandes marches politiques de soutien. Dans la maisonnette qu'il partageait avec trois autres aides-cuisiniers, le luxe n'était pas au rendez-vous. Qu'importe!

La convivialité faisait le reste.

— Au moins, à côté de moi, répétait Adhémar, tu seras en sécurité. Ton Ramzi me fait peur. Je me demande comment tu le supportes! Il a l'air d'un fou. On chuchote que ses « parages » sont en réalité des messes noires. Satan en personne y préside. D'autres disent aussi qu'il fait du cannibalisme. Ses parties préférées, le foie, le cœur et (là, il baissa la voix) le pubis des jeunes mortes.

Kassem aurait bien aimé accepter cette offre, mais se sentait incapable de donner dos à Ramzi. En outre, il était tenu par un sentiment de loyauté. Absurde! L'autre s'en apercevrait-il s'il disparaissait? songeait-il avec amertume. Voilà comment s'achevaient des relations qui avaient débuté dans l'amitié. Est-ce ainsi que finissent toutes les relations humaines?

Adhémar était un redoutable fêtard que l'ambiance pesante de la résidence présidentielle n'affectait pas. Il avait des oreilles partout et était au courant de tout : le tsunami en Asie, la grippe aviaire, toujours en Asie, le tremblement de terre au Cachemire, et même le retour de Zinedine Zidane dans l'équipe de France, son départ, les accusations de dopage contre Lance Armstrong, mélangeant le trivial à l'essentiel. Une fois la journée en cuisine terminée, il prenait la route avec Kassem dans une Mustang décapotable achetée à un

Corps de la Paix qui avait regagné Baltimore. Kassem s'apercevait qu'il ne connaissait pas cette ville dans laquelle il avait pourtant séjourné de longs mois. Malgré la terreur qu'y faisaient régner les policiers, toujours prompts à disperser les attroupements, à abattre leurs gourdins, à embarquer comme autant de malfaiteurs les S.D.F., les mendiants, voire les simples flâneurs, elle était chaude, fiévreuse. Possédant cette formidable gaieté des pays du Sud, inversement proportionnelle à la difficulté de l'existence qu'on y mène. Les haut-parleurs érigés après la mort d'Onofria avaient été reconvertis par souci d'économie et diffusaient l'édifiante biographie de Big Boss, archi-connue — elle existait également en B.D. —, à laquelle personne ne prêtait attention. La ville n'était que bars, buvettes et halls de fête où résonnait du hip-hop. Adhémar en connaissait les coins et les recoins comme sa poche et y pilotait Kassem.

Concernant l'épidémie, les hommes de science avaient enfin avancé, un peu tard, une explication. Selon eux, il s'agissait probablement d'une maladie due à une pollution complexe survenant dans les réservoirs d'eau situés à haute altitude. Elle affectait les organismes des jeunes filles, fragilisés par la récente puberté. La théorie, un peu courte, ne satisfaisait personne. Aussi le peuple continuait-il d'échafauder ses mythes.

Seule une poignée d'étudiants prêta l'oreille aux propos beaucoup plus élaborés, scientifiques, du professeur Frankel à ce sujet. Il avait remarqué que toutes les défuntes possédaient parmi leurs effets personnels un coffret des produits Nefertiti. Leurs proches confirmèrent qu'elles ne tarissaient pas d'éloges pour un rouge à lèvres d'une teinte baptisée Tango. Ne devait-on pas porter les investigations dans la direction de la firme qui les fabriquait ? Cette conférence aurait connu le faible écho réservé habituellement aux travaux universitaires si, moins d'une semaine plus tard, Frankel n'avait été expulsé pour complicité avec un groupement soupçonné de terrorisme : « Les Combattants de Dieu ». Ses étudiants ne supportèrent pas cette atteinte à la réputation de leur professeur, bien connu pour ses opinions antiterroristes. Un de ses frères avait péri dans l'attentat du 11 Septembre à New York. Flairant le coup monté, ils se firent enquêteurs et découvrirent alors que l'inventeur des produits Nefertiti, un Italien du nom d'Aldo Moravia, s'était tué avec son fils, son bras droit, deux mois plus tôt dans un accident de voiture. Sa veuve était retournée à Bologne. Tenaces, ils parvinrent à obtenir les cahiers de commande de la défunte entreprise, les épluchèrent et tombèrent sur ce fait étrange : Aldo Moravia était le fournisseur en titre du docteur Ramzi qui lui commandait les fards et les crèmes destinés aux « parages ». Ne parvenant pas à l'approcher, protégé qu'il était par ses hautes fonctions auprès de Big Boss, une délégation d'étudiants vint trouver Kassem dans un restaurant qu'il fréquentait.

Le cœur battant, il les vit arriver, trois garçons et une fille, timides et cependant menaçants, obséquieux et cependant combatifs. L'entretien commença par des banalités :

— Nous avons étudié avec le professeur Frankel qui est maintenant à Columbia. Il ne se console pas de son exil et regrette beaucoup Porto Ferraille.

— Son départ est une vraie perte pour l'université!

Kassem renchérit :

— Pour le pays tout entier.

Puis, l'un des garçons se jeta à l'eau :

— Nous ne comprenons pas votre intérêt pour les produits Nefertiti, dit-il. Les « parages » n'ont-ils pas une fonction strictement religieuse?

— Ne minimisez pas un de leurs attributs, secondaire et néanmoins essentiel, expliqua Kassem, se rappelant les tirades de Ramzi. Il faut que celui qui demeure sur cette terre s'imprègne de la meilleure image possible de celui qu'il perd à jamais. Il faut donc rendre le défunt séduisant pour cet adieu final. Le docteur Ramzi est particulièrement habile dans l'art du maquillage, car c'est d'un véritable art qu'il s'agit. Ne pas trahir la personnalité du défunt. « L'embellir. » Exalter simplement ses qualités, ses traits marquants.

Les quatre étudiants prenaient religieusement des notes sur de grands blocs rayés. L'un d'eux interrogea :

— Connaissiez-vous personnellement M. Moravia?

Kassem secoua la tête :

— Non.

— Et le docteur Ramzi, le connaissait-il personnellement?

— Je ne crois pas. Je me rappelle que la secrétaire faisait la demande des produits Nefertiti par fax et qu'ils nous étaient livrés par colis postaux. C'est tout.

Kassem ne disait pas la vérité. Quand ils habitaient à Porto Ferraille, Ramzi lui avait présenté Aldo Moravia et son fils Guido. Par la suite, il les avait souvent revus, le père et le fils se rendant fréquemment à la « Maison des Esprits ». Même, il avait pris Guido en grippe pour sa façon de reluquer ouvertement Hafsa. Pourtant, une obscure intuition lui soufflait qu'il valait mieux taire tout cela, car il s'approchait d'un redoutable et dangereux mystère. De retour au palais, il fut tenté de s'ouvrir à Ramzi de cette visite. N'était-il pas inquiétant que son nom soit associé à l'épidémie? Comme à l'accoutumée, quand il rentra, celui-ci parut distant, préoccupé par ses propres pensées, et il garda le silence.

Cette semaine-là eut un goût amer.

Deux jours après la visite des étudiants, Adhémar, mystérieusement informé comme toujours, lui apprit que Fayel avait été accusé d'être, lui aussi, membre de l'organisation des « Combattants de Dieu ». Dans une cellule de haute sécurité, il attendait l'heure de sa pendaison publique sur la place de l'Immaculée-Conception de sinistre mémoire. Kassem éclata en sanglots :

— Il n'a rien fait! protesta-t-il. Il n'a rien fait. Il est innocent.

— Qu'est-ce que tu en sais? Ne te mêle pas de cela! lui conseilla Adhémar. La politique n'est pas faite pour des gens comme toi et moi. Il faut des reins solides. Je ne veux pas qu'il m'arrive ce qui est arrivé à mon père, ajouta-t-il.

Pour lui changer les idées, il conduisit Kassem dans un endroit sélect, La Quadrature du Cercle. C'était un dancing exclusivement fréquenté par la progéniture des ministres et des notables de Porto Ferraille. On l'y tolérait à condition qu'il n'ait pas l'audace d'inviter de cavalière. Ils s'installèrent donc dans un coin, l'un avec une vodka Smirnoff, l'autre avec un double Martini et des olives. La contemplation des nantis ne manque pas d'intérêt. Leurs petites mimiques. Les airs qu'ils se donnent. « *The Beautiful People* » comme on les surnomme. Pourtant, tout cela n'enchanta pas Kassem.

Qu'ont-ils de plus que moi, se demanda-t-il amèrement. Ils sont nés là où il fallait, c'est tout. Pas de l'accouplement d'un immigré noir, catapulté depuis les champs de canne de son île-fabrique à chômeurs, et d'une immigrée blonde, donnant le dos à sa volaille, à moitié illettrée. Il avait le sentiment d'une inqualifiable injustice. Les créatures de rêve qui se pressaient à portée de convoitise lui étaient refusées. Pourquoi ?

L'une d'elles l'enchanta particulièrement. Juvénile mais déjà enivrante, elle lui mit irrésistiblement en esprit la troisième strophe du poème de Baudelaire qu'il connaissait :

Par ces deux grands yeux noirs, soupiraux de ton âme
Ô démon sans pitié ! verse-moi moins de flamme.
Je ne suis pas le Styx pour t'embrasser neuf fois.

Son corsage abritait deux bombes incendiaires. Elle était entourée d'une véritable cour. Quand elle dansait, tous s'arrêtaient et faisaient cercle pour l'admirer. Son surnom était Ebony Star. Elle venait d'être élue Miss Nationale, au terme d'une de ces compétitions comme il en existe tant aujourd'hui, Miss Monde, Miss Tiers-Monde, Miss Quart-Monde, Miss Amérique du Nord, du Centre, du Sud. C'était la fille du ministre de l'Intérieur, cousin germain du Président. Kassem sentit la coutumière flamme du désir le consumer et s'accabla de reproches :

— Pourquoi ma chair est-elle si faible ? Ana-Maria n'était pas sitôt éteinte que, déjà, je brûlais pour Hafsa. Hafsa n'est pas sitôt en terre que je suis près de perdre la tête pour cette Ebony Star.

Après les heures passées à La Quadrature du Cercle, tout lui sembla encore plus désolé au palais.

Cette nuit-là, la terre s'intercalait entre le soleil et la lune. Comme l'événement avait reçu une large publicité de la part du ministère des Sciences — s'intéresser à ce qui arrive dans le ciel est une façon d'occulter ce qui survient sur terre —, le jardin résonnait de voix d'enfants, de femmes, de domestiques guettant, espérant un total obscurcissement du ciel. Leur attente était déçue. Les heures s'écoulaient et la lune restait rougeâtre.

Malgré le brouhaha sous ses fenêtres, Kassem était en train de se mettre au lit quand Ramzi poussa brutalement la porte.

Il se laissa tomber sur le divan, épuisé comme un marathonien kényan au terme de son exploit, et attira Kassem contre lui, geste de tendresse qu'il n'avait pas eu depuis longtemps :

— Le Président a proposé que je sois nommé « Guide suprême de la révolution », fit-il fiévreusement.

— Quelle révolution ? s'étonna Kassem.

— Ne pose pas ce genre de questions, dit sèchement Ramzi. Il pourrait t'en cuire. Dans nos pays, il y a toujours une révolution, même si personne ne s'en aperçoit.

Cela n'avait pas de sens. Kassem s'enquit :

— Est-ce que tu vas accepter ?

— Je ne sais pas encore, fit Ramzi. Je te dirais que le pouvoir politique ne me tente pas plus que le religieux. Mon ambition est de frapper l'esprit des hommes par d'autres moyens.

— Lesquels ?

Ramzi prit un air rêveur :

— Je cherche encore. Je voudrais rester dans les mémoires. Comme Néron, par exemple. Être le plus grand dans un domaine peu courant, insolite. Je sais que nombreux sont ceux qui déjà s'interrogent sur moi. « Qui est-il ? Un homme ? Un ange ? Un magicien ? » Je voudrais aller plus loin. Confondre le monde.

Cependant, Kassem ne cessait de s'interroger : « Guide suprême de la révolution », en quoi cela consistait-il ? Qu'est-ce que Ramzi allait encore inventer ? Cela n'allait-il pas lui attirer de nouveaux ennemis ? Il s'attirait déjà le mépris de beaucoup de gens et avait la réputation d'être l'un des hommes les plus dangereux du pays. Certains avaient juré sa perte.

De quelle manière leurs vies allaient-elles encore changer ?

Le lendemain, en cuisine, Kassem prépara, morose, des médaillons de pintade, indifférent aux blagues de ses compagnons. La journée fut morne. Le soir, sans entrain, il prit place derrière l'un des palmiers en pots de La Quadrature du Cercle.

Sur la piste, Ebony Star se déhanchait déjà savamment. Ce soir-là, sans prévenir, elle fonça droit vers leur table :

— C'est toi l'assistant du docteur Ramzi ? demanda-t-elle à Kassem sans un regard pour Adhémar.

Il eut le courage de secouer négativement la tête :

— Non, je suis un cuisinier du palais.

Elle n'apprécia pas sa réponse et dit avec colère :

— Quels que soient ta casquette et ton nom, tu restes le même homme, tu sais ?

Sous son regard de feu, Kassem se sentit instantanément réduit en un minuscule tas de braise.

— Viens danser, ordonna-t-elle.

— Je n'ai pas le droit, bégaya Kassem. La direction ne nous permet pas…

— Elle permet ce que je veux.

Elle se saisit de son bras. Sous sa poigne, il passa de l'ombre à la lumière. Kassem n'était pas un fin danseur. Il ne l'avait jamais été. C'était le seul point sur lequel il décevait Keller qui, à ses heures perdues, apprenait à ses fils à brenner.

— Tu tiens de ta mère! raillait-il.

Les remarques de son père et les lazzis de ses frères, trop heureux de leur supériorité, ne fût-ce que dans ce domaine, lui revenaient en mémoire et augmentaient sa gaucherie. Ebony Star et ses amis ne cherchèrent pas à dissimuler leurs sourires.

— Qu'est-ce qu'elle veut? murmura-t-il à Adhémar quand, le morceau fini, il le retrouva.

— Je me le demande. Sûrement rien de bon.

Il s'était levé :

— Tirons-nous d'ici en vitesse. Elle est plus dangereuse qu'un serpent mamba.

Kassem le suivit à regret. Dans la voiture, Adhémar expliqua :

— Dans certains cas, je ne sais plus qui l'a dit, la fuite est le seul recours. Ebony Star a sûrement une idée derrière la tête. Elle veut t'utiliser. Et pas pour quelque chose de bon, crois-moi!

Pourquoi ne pouvait-il imaginer qu'elle l'avait tout simplement remarqué?

Kassem passa le restant de la nuit à rêver. Ebony Star était nue dans son lit. Elle l'enserrait de ses longues jambes flexibles et, soudés l'un à l'autre, ils dévalaient, dévalaient le toboggan du plaisir.

Le lendemain, à la cuisine, un factotum lui apporta une lettre. Un joli papier parfumé. Mais une écriture malhabile, enfantine. Visiblement, Miss Nationale n'avait rien d'une lauréate de concours général :

Cher Kassem,

Pourquoi t'es-tu enfui si vite hier? As-tu peur de moi? Je t'attends après le travail à cette adresse.

24, Cité Eshu dite Cité des Ministres.

— N'y va pas, supplia Adhémar. Je te répète qu'elle est plus dangereuse qu'un serpent cobra. Elle veut sûrement t'utiliser dans une sale affaire.

Mais la décision de Kassem était prise. Comme Icare, dût-il y perdre la vue et même la vie, il se brûlerait au soleil d'Ebony Star.

XII

Il ne s'était jamais aventuré jusqu'à la Cité des Ministres, séparée de la résidence présidentielle par un épais bois d'ébéniers. Là, rien d'original. Le luxe y portait sa livrée aussi rigide que celle de la pauvreté. Surgies du fouillis d'arbres, des villas de style californien, du gazon couleur pousse de laitue, des fleurs, des piscines à l'œil bleu, des Mercedes dans les garages. La dernière mode consistant à posséder dans les immenses jardins des oiseaux des Amériques, les paysagistes avaient suspendu au faîte des arbres tropicaux des cages où se pressaient des agamis, des aras, des harpies. Kassem admira les vautours papes ouvrant un œil noir et fixe dans la neige de leur plumage.

Ebony Star habitait la villa Éphyse. Ce nom trahissait les goûts de son père Éliacin pour l'architecture grecque. En effet, frais sorti de l'École de la diplomatie, Éliacin avait travaillé à l'ambassade d'Athènes et s'était passionné pour les temples doriques. Il affectionnait tout particulièrement le temple d'Apollon Epicourios situé à Bassæ, près de Phigalie. Cela ne l'empêchait pas d'être féru de modernisme et d'être un spécialiste de politique étrangère américaine. Étendue au bord d'une piscine aux dimensions olympiques, Ebony Star était vêtue d'un bikini brun chair, ce qui fait qu'au premier regard Kassem la crut toute nue et manqua s'évanouir.

— Voilà le « pareur » des morts ! s'exclama-t-elle.

Pourquoi s'obstinait-elle à le nommer ainsi ? Il n'était plus l'assistant de Ramzi depuis des semaines. Du coup, il s'assit, maussade. Elle s'en aperçut et le railla :

— Tu préfères que je t'appelle « cuisinier » ? En fin de compte, c'est pareil. Tu tripotes des viandes. Chaudes ou froides. Selon le cas.

Cette horrible plaisanterie la fit rugir de rire. Kassem se demanda si elle l'avait invité pour le ridiculiser. À la vérité, n'était-elle pas, comme Hafsa, obsédée par un autre que lui ? À travers lui, n'espérait-elle pas s'en rapprocher ?

— Ton maître Ramzi, venu à Leeds pour étudier la

médecine, poursuivit-elle en lui désignant une place près d'elle, est devenu l'élève de Edain McCoy, la sorcière. Les nuits de Samhain, c'est-à-dire quand les barrières sont baissées entre le Visible et l'Invisible, il commande à des armées de nains. Ceux-ci courent aux quatre coins du monde pour exécuter ses quatre volontés.

Quel tissu d'âneries ! pensa Kassem qui, cependant, dans l'odeur chaude et enivrante de ce corps dénudé, tout proche de lui, ne protesta pas. Elle continua de débiter ses bêtises :

— Il voyage dans le temps et dans l'espace comme il veut. Il remonte dans le passé. Grâce à ses nains, il sait tout ce qui se passe sur la terre. Il peut même décider de ce qui arrivera après la mort.

Ce jour-là débuta une relation qui ouvrit à Kassem les portes d'un univers inconnu. Il n'aurait jamais imaginé pareille existence. Élevée à Washington, où son père était ambassadeur, Miss Nationale n'avait de nationale que le nom. Bien que parlant parfaitement le français, elle commençait toutes ses phrases par « *Man* », comme une Américaine de Brooklyn, et les ponctuait de « *See what I mean ?* », prononcés avec l'accent le plus pur. Elle méprisait tout ce que la nation produisait et faisant fi de l'interdiction présidentielle des « ingérences étrangères », elle passait des heures rivée à l'écran géant extra-plat d'une télévision Sony. Des centaines de chaînes qu'elle parvenait à capter, celles des États-Unis étaient évidemment ses favorites. Pas PBS, ni même CNN, bien sûr, aucune de celles qui font profession de cultiver l'esprit de leurs spectateurs. Non ! Les talk-shows les plus obscènes, les sitcoms les plus niaises avaient sa préférence. Disons qu'elle n'était pas raciste ! Elle était pliée de rire devant les spectacles, blancs ou noirs, les plus ineptes. Elle regardait sans ciller les films les plus violents ; s'attendrissait sans transition, et pleurait à chaudes larmes devants les mélos les plus éculés. Quand elle consentait à s'arracher aux délices du petit écran et à sortir, son divertissement préféré consistait à rouler à tombeau ouvert, plus de deux cents kilomètres à l'heure, jusqu'à une crique étrangement nommée « Crique des Noyés ». Arrivée là, pas question de se mettre à l'eau. Elle s'enduisait le corps d'épaisses couches de crème solaire écran total, s'étendait sur le sable et s'abandonnait à la morsure du soleil. Ce jeu sans esprit s'appelait « Le jeu des touristes ». Pendant que Kassem se baignait, elle demeurait immobile sur le sable. Au-delà de la barrière de corail, l'écume dessinait de mousseuses arabesques. La mer l'effrayait et lui procurait en même temps un profond apaisement. C'est comme si elle se trouvait devant une personne très âgée dont chaque ride exsudait la sagesse. C'est qu'elle est si ancienne ! qu'elle a précédé l'homme. Qu'elle a été le témoin de tant de drames. Qu'elle a roulé tant de corps dans son suaire.

À part cela, Ebony Star buvait énormément, ne crachait pas sur les joints, sniffait et se piquait. Par contraste, Kassem songeait à son adolescence studieuse et morne. Qu'est-ce qui l'avait empêché de jouir de sa première jeunesse ? Il avait la conviction que s'il avait pu nommer sien un pays, ou une ville, tout aurait été différent. À Sussy, les gens n'avaient jamais cessé de les considérer, lui et sa famille, comme des curiosités, des avatars de Caliban :

« Qu'avons-nous là, rue de l'Église ? Des hommes ou des poissons ? » « Ces cafés au lait parlent notre langue. Pourtant, ce sont de drôles d'oiseaux. »

Un jour, Ebony Star l'entraîna vers son père alors qu'il traversait le jardin, pressé, pressé, l'air important comme tous ceux qui avaient le privilège d'approcher Big Boss, poussant devant lui son bedon :

— Papito, c'est l'assistant de Ramzi.

Le père s'arrêta net :

— Ah, c'est lui ?

Il l'examina de ses yeux froids de serpent à sonnette comme s'il le jaugeait en vue d'une tâche à accomplir. Kassem eut peur.

— Je ne suis qu'un cuisinier ! protesta-t-il.

L'autre rit de ce qui lui semblait un trait d'esprit :

— C'est ce que tu prétends. Qui vivra verra !

Là-dessus, il s'éloigna de sa démarche simiesque. La prémonition d'un danger taraudait Kassem. Adhémar avait raison. Ebony Star se préparait à l'envelopper dans de sales draps.

Pourquoi ne pas la fuir ?

D'autant plus que, sur le plan physique, leurs relations n'évoluaient pas. Si elle le traînait partout derrière elle tel un lhassa apso, elle ne lui accordait pas le plus petit baiser, la moindre caresse.

Un jour, il s'enhardit à se plaindre :

— On dirait que tu n'aimes pas les métis ?

Elle haussa les épaules sans répondre.

— Ou alors les musulmans ? insista-t-il.

— Arrête de dire des bêtises ! rétorqua-t-elle. Chacun adore le dieu qu'il veut. Et nous sommes tous des métis dans le monde d'aujourd'hui. Non ! Nous deux, nous sommes des amis. L'amitié n'a rien à voir avec le sexe.

Kassem rentrait vanné de ces vains tête-à-tête. Un soir, exceptionnellement, Ramzi qui l'attendait dans la salle de séjour n'y alla pas par quatre chemins.

— Cette fille qui se fait appeler Ebony Star, dit-il, en réalité, son nom, c'est Marie-Désirée, elle non plus ne veut pas de toi, n'est-ce pas ?

Kassem sentit son visage s'embraser : il ne protesta pas :

— Je ne sais pas pourquoi aucune fille ne veut de moi, larmoya-t-il.

Ramzi haussa les épaules :

— Parce que tu ne sais pas choisir. Tu jettes ton dévolu sur des arrivistes, des excitées qui jouent double jeu avec toi, qui font seulement semblant de s'intéresser à toi parce qu'elles veulent m'atteindre. Alors, cette Ebony Star ?

— Je ne sais pas à quel jeu elle se livre, avoua Kassem misérablement.

L'autre demeura un moment silencieux, puis interrogea :

— La désires-tu autant qu'Hafsa ?

— Bien davantage! cria Kassem avec passion. Ne vois-tu pas comme elle est belle?

Ramzi eut une moue :

— Je l'ai aperçue une ou deux fois. Agitée. Bruyante. Très peu pour moi. Mais mon avis importe peu. Seul le tien compte.

Il y eut un nouveau silence, puis il reprit :

— N'as-tu jamais songé qu'elle veuille te mêler à un complot ? Veux-tu que je la fasse disparaître de ton chemin?

— Disparaître? Comment cela? fit Kassem atterré.

— Tu sais, un accident de voiture est vite arrivé.

Comme Kassem le fixait sans oser comprendre, il changea de sujet :

— Éliacin, son père, a été longtemps le seul membre laïque du conseil secret du Président. Il me hait et peut utiliser sa fille pour m'approcher par ton intermédiaire.

— Elle ne m'a jamais parlé de toi, mentit Kassem.

Ramzi n'insista pas et changea encore une fois de sujet :

— J'ai décidé d'accepter l'offre du Président. Le 8 décembre, jour anniversaire de la mort de sa mère, au cours de la cérémonie de commémoration, il me proclamera « Guide suprême de la révolution ».

Il se mit à rêver tout haut :

— Que ferai-je de ce pouvoir? Je ne sais pas encore. Je rêve de réaliser un grand projet.

Quel attrait trouve-t-il au Président? se demanda Kassem, le cœur rempli d'une rancune jalouse. Quand ils sont ensemble, que peuvent-ils se dire ? Ils n'ont rien en commun. L'un, sans papa, élevé avec ses frères par une mère nécessiteuse qui le confie à quinze ans à l'armée où il apprend à tuer, tuer, tuer. L'autre issu d'une famille d'aristocrates, d'érudits. Son aïeul a été un des premiers à étudier à l'université de Sankofa au Mali. Il s'en est assez vanté ! Même si à présent cette généalogie semble le gêner.

Ce fut le lendemain de cet entretien qu'Ebony Star claironna une stupéfiante requête :

— Je veux entrer dans le pavillon Isabel-Selena, déclara-t-elle. Je veux assister à un « parage ».

— C'est impossible ! s'écria-t-il.

Elle le fixa :

— Pourquoi impossible ?

Il tenta d'expliquer :

— Il y a des gardes autour du pavillon Isabel-Selena. Un code à la porte.

Elle balaya ces objections :

— Les gardes te connaissent. Et toi, tu connais le code.

Il bafouilla :

— Est-ce que tu sais en quoi consiste un « parage » ?

— Eh bien, justement, je veux le savoir. Tout le pays s'interroge sur ce que Ramzi et le Président fabriquent ensemble, nuit après nuit. On ne parle que de ces mystérieuses séances dont on chuchote pis que pendre. Ramzi a-t-il ensorcelé le Président ?

Ramzi avait raison : elle ne s'intéressait pas à lui. Il n'était qu'un intermédiaire.

Les jours suivants, la têtue revint à la charge, assortissant ses demandes de caresses dont elle n'était pas coutumière. Elle se collait à Kassem, s'enroulait autour de lui, lui mordillait l'oreille, le bécotait, le pinçait, riant comme une folle des érections que ces agaceries suscitaient.

Malgré lui, Kassem ne tarda pas à mollir :

— Si je te fais entrer au pavillon Isabel-Selena, demanda-t-il au bout de trois jours de pression, quelle sera ma récompense ?

Elle eut un geste généreux :

— Ce que tu veux ! Dis ton prix. Si tu veux, un compte numéroté en Suisse. De quoi t'acheter un palais de conte des *Mille et Une Nuits* dans ton pays.

— Je n'ai pas de pays, interrompit-il.

Elle haussa les épaules :

— Ne dis pas de conneries. Tout le monde a un pays. C'est comme si tu me disais que tu n'as pas de maman. Le plus démuni d'entre nous sait qu'il est sorti d'un ventre de femme et qu'il est né quelque part.

Elle n'avait pas entièrement tort. Mais Kassem refusa de discuter du sujet. D'ailleurs, ce n'était pas le moment :

— Je ne veux que toi ! osa-t-il murmurer. Est-ce qu'enfin… ?

Elle eut un rire de gorge découvrant ses canines de fauve, et se cabra, pointant les obus de sa poitrine :

— Je ne dis pas non.

On s'étonnera que Kassem n'ait pas mis un terme à ses relations avec Ebony Star puisque, il le savait désormais, l'intérêt qu'elle lui portait ne concernait que Ramzi. Il en était incapable. Si seulement Ramzi lui avait prêté plus d'attention ! L'autre n'avait la tête qu'à son intronisation toute proche. Les modélistes du palais se succédaient, faisant les croquis les plus divers : toge romaine, tunique grecque, pagne de chef ashanti, costume à épaulettes rembourrées de footballeur américain, aube flottante de prêcheur. L'un d'eux, qui avait été designer chez Alexander McQueen, s'inspirait du vêtement rituel d'une société secrète des femmes mende. Un autre proposait un complet de serge à quatre poches façon Mao Zedong. N'avait-il pas été le premier « Guide suprême » ou « Grand Timonier », comme on voudra ? En fin de compte, Ramzi jeta son dévolu sur une redingote noire façon Keanu Reeves dans *Matrix* ou soutane d'un prêtre de l'Église orthodoxe russe. Désormais, debout devant un miroir, il répétait inlassablement son discours.

Convaincu d'être abandonné par Ramzi, Kassem finit par capituler devant Ebony Star.

Quand il lui annonça qu'il acceptait de l'emmener au pavillon Isabel-Selena, il crut que son rêve allait se réaliser. Ebony Star se jeta sur lui et le gratifia d'un baiser qui promettait des délices inouïes.

Sur le coup de vingt et une heures, après un repas léger, il quitta la villa Éphyse, Ebony Star sur les talons, les battements de son cœur résonnant comme les coups de pilon d'une ménagère énergique. Ils s'engagèrent dans le bois d'ébéniers. Des formes semblaient sauter d'une branche à l'autre. Le rire strident d'un macaque le fit sursauter. À travers les feuilles des arbres du parc, la brise jouait une inquiétante petite musique de nuit.

Il n'avait pas prévu qu'à cause de la présence du Président, sans doute, la garde autour du pavillon avait été renforcée. Elle qui, autrefois, ne comprenait qu'une demi-douzaine de soldats, comptait à présent plus d'une vingtaine d'hommes. Cependant, ceux-ci étaient vautrés sur le gravier dans des poses très peu martiales. Le ceinturon dénoué, certains jouaient aux cartes. D'autres écoutaient leurs postes de radio. Les kalachnikovs traînaient à terre comme d'inoffensifs jouets. Deux d'entre eux reconnurent Kassem et l'apostrophèrent familièrement :

— C'est toi, petit? Comme ça, tu nous as lâchés?

Puis ils distinguèrent les traits d'Ebony Star, et se levèrent pour saluer militairement leur Miss Nationale. Kassem composa le code d'entrée d'une main tremblante, introduisit la clé dans la serrure, ouvrit la porte d'une légère poussée.

C'est à ce moment précis que derrière son dos des coups de feu crépitèrent. Des ordres furent hurlés. Des tireurs jaillirent de la profondeur des arbres, mitraillette au poing, crachant le feu comme des démons. Les gardes se saisirent en hâte de leurs armes et leur répondirent vigoureusement. Un épais brouillard s'étendit cependant qu'une âcre odeur de fumée empestait les alentours. Kassem, éperdu, chercha à comprendre. Brusquement, Ebony Star, qui se tenait à ses côtés, tomba à terre avec un faible gémissement.

Une balle l'avait atteinte en pleine tête.

XIII

Cher lecteur, vous connaissez déjà le format des événements politiques qui scandent la vie de Porto Ferraille, n'est-ce pas ?

Cette fois, il ne s'agissait pas d'une exécution publique sur la place de l'Immaculée-Conception, en plein air, face à la première église qui avait été édifiée dans le pays. Mais d'un jugement populaire dans la grande salle du tribunal. Les élèves des classes de terminale étaient assis au premier rang sous la conduite de leurs professeurs de civisme. Derrière eux, la foule débordait sur les gradins. Depuis la veille, les gens faisaient la queue aux abords du bâtiment centenaire. N'allez pas croire que leurs cœurs n'étaient emplis que d'une curiosité malsaine. Nombre d'entre eux éprouvaient de la pitié. Ils auraient préféré voir un puissant assis au banc des accusés et non ce jeunot aux allures de Candide. Hélas ! le monde est ainsi fait. Ce sont toujours les faibles qui écopent. *La bayè ba, sé la bef ka janbé*, dit le proverbe sagace à la Guadeloupe. En vérité, que ce moustique ait tenté ce dont rêvaient les trois quarts de la nation le rendait sympathique.

Comme les membres des Brigades rouges du temps d'avant sa naissance, Kassem était enfermé tel un fauve dans une cage. Pourtant, on le voyait bien, aurait-il été libre qu'il n'aurait pas fait de mal à une mouche. Pendant des jours, on l'avait torturé pour lui faire avouer le nom de l'organisation terroriste à laquelle il appartenait. Il était couvert de plaies, d'ecchymoses et de bleus. Il ne voyait que d'un œil, l'autre étant dissimulé par un énorme pansement. Il ne pouvait rester debout, comme on le lui avait ordonné, sans d'infinies souffrances. Aussi s'accrochait-il aux barreaux de la cage qui l'emprisonnait. Cependant cela n'égalait pas les affres de son âme.

Il savait bien qu'un jour il apparaîtrait victime expiatoire devant ses bourreaux! Cette prémonition était née à l'instant où il avait vu le corps de Garoulamaye tournoyer dans le vide. Le cauchemar devenait réalité. Qu'il avait été naïf! Dans l'espoir vain de posséder une femme qui, une fois de plus, avait enflammé ses sens, il avait failli causer la mort de celui qui demeurait son ami jusqu'à preuve du contraire ! Il s'était fait manipuler par Ebony Star comme un benêt. Ramzi comme Adhémar lui avaient conseillé la prudence. Il n'en avait fait qu'à sa tête.

À neuf heures du matin, les débats commencèrent. À l'autre bout de la salle, l'avocat général, un suppôt de Big Boss, débita un réquisitoire, tissu de fariboles qui lui parvenait par bribes. Il se demandait si c'était de lui qu'il s'agissait. Mais en vérité, qui était-il? Il ne l'avait jamais bien su. Et depuis qu'il avait mis pied dans ce foutu pays, les choses allaient de mal en pis. Peut-être en fin de compte était-il réellement celui dont on parlait!

À en croire le chef d'accusation, déjà compromis dans l'attentat du Dream Land, relâché faute de preuves, ami du dangereux Fayel et de la non moins dangereuse Hafsa, le prévenu faisait partie des « Combattants de Dieu », branche de cette organisation bien connue qui a frappé un peu partout à travers le monde et d'abord aux États-Unis d'Amérique. Le sinistre ministre de l'Intérieur rêvait de remplacer Big Boss. Avec sa fille Ebony Star, la prétendue Miss Nationale, élue à l'issue d'un concours frauduleux, il s'était assuré les services de ce traître moyennant trois millions de dollars dans le but de s'introduire avec des tireurs d'élite au pavillon Isabel-Selena. Le plan était simple. Une fois là, faire d'une pierre deux coups. Mettre à mort et le Président et son précieux « Guide de la révolution », occupés comme chaque nuit à la noble occupation du « parage ». Malheureusement, ils avaient compté sans l'efficacité de la garde présidentielle, les Panthères brunes qui s'étaient défendues comme des lionnes. Elles avaient mis en déroute les assaillants, abattu trois des traîtres, Ebony Star, Éliacin et un complice, et mis hors d'état de nuire les autres. En plus, la moralité de Kassem en prenait un coup. On assurait qu'il allait à voile et à vapeur. Des témoins dignes de foi rapportaient que, sous leurs yeux, il s'était vendu à un marin japonais, rencontré dans un bar, et l'avait suivi dans son antre. Avec Adhémar, voyou apatride comme lui, il écumait les salons de jeu et les maisons de passe. Une de leurs distractions perverses consistait à reluquer les beautés qu'ils ne pouvaient s'offrir.

Quand l'avocat de la défense prit la parole, il fut vite évident qu'il ne faisait pas le poids. C'était un gringalet requis d'office que le ministère payait une misère. Selon lui, Kassem ne pouvait être un terroriste musulman puisqu'il n'avait de musulman que le prénom — même pas le nom —, et ceci à la suite du caprice paternel. Il tenait à la disposition de ceux qui voulaient le vérifier de leurs deux yeux son certificat de baptême ainsi qu'une attestation de sa communion solennelle. Quoique la lubie de son père laissât supposer le contraire, c'était d'un catholique, apostolique et romain qu'il s'agissait. Sa grand-mère paternelle, native-natale du Lamentin, était une miraculée de la Vierge du Grand Retour, bien connue des dévots guadeloupéens. Un jour de procession du 15 août, elle avait posé les mains sur sa barque fraîchement blanchie et dès lors lâché la paire de béquilles qui la soutenait depuis des années. Quant à sa mère, elle était roumaine, ce qui veut tout dire. La Roumanie n'est-elle pas la fille aînée de l'Église ? Celle qui s'assied à la droite du Père ?

Ensuite, sa stratégie consista à appeler à la barre des témoins. Pierre Lenormand jura sur la Bible qu'il était un employé modèle. Aucune main n'était meilleure pour les crèmes brûlées et les îles flottantes Nouméa. Un voisin de la « Maison des Esprits » affirma qu'il était le plus généreux des hommes. Un serveur de La Quadrature du Cercle, de même. Ses pourboires, il s'en souvenait ! L'avocat général démolit sans effort ces témoignages. Si on se laissait impressionner par le panégyrique de ce chef de cuisine, cela ne revenait-il pas à une recolonisation culturelle par les Français ?

Quant au voisin et au serveur, c'étaient deux musulmans. Allait-on prêter foi à des émules d'Al-Qaida?

C'est donc sans surprise que le jury revint rapidement avec le verdict : coupable. Restait à décider du genre d'exécution. Pendaison publique? place de l'Immaculée-Conception comme Garoulamaye ou Fayel? N'y avait-il pas plus distrayant? Par exemple, le remplir de poudre comme un baril et le faire exploser à mi-air? Cette idée fut émise par un membre du jury, évêque de la région Est, membre du conseil secret de Big Boss. Il avait lu dans un ancien grimoire qu'autrefois, avec le soutien de l'Église catholique, dans les Caraïbes, les propriétaires d'esclaves pratiquaient ce genre de supplice. Cependant, pour divertissante qu'elle soit, cette suggestion, jugée impraticable, fut écartée. La bonne vieille pendaison suffirait.

Une escorte de policiers tira Kassem de sa cage et le porta jusqu'au Hummer parqué non loin. Après avoir appris le sort qui lui était réservé, la tête lui tournait et les jambes lui manquaient. Précédés par la vocifération d'une sirène, ils reprirent le chemin du camp.

Quand l'âme est endeuillée, elle croit le monde entier à l'unisson de sa peine. Ainsi, chacun de nous espère qu'au jour où il la quittera la terre s'arrêtera de tourner. En pareil moment, Kassem s'imaginait l'univers livré au chaos et à la noirceur. Mais non, ce jeudi était un jeudi ordinaire. Un soleil d'hivernage brillait, pâlichon mais serein au travers des nuages. Les oiseaux pépiaient dans le feuillage des arbres. Des enfants gambadaient dans les dalots débordants d'eau de pluie.

Le camp Buenavista où étaient détenus les criminels réputés les plus dangereux occupait un de ces forts édifiés jadis sur la côte pour faciliter le commerce des Européens avec les roitelets nègres, selon la formule consacrée. Cela se passait au XVIIe siècle, du temps de la Traite. Pendant un temps, les souvenirs des souffrances de leurs aïeux avaient attiré des groupes de Noirs américains, âmes sensibles toujours en mal de leur origine. Malheureusement, ce flot s'était tari quand les prisonniers politiques étaient devenus plus nombreux que les grains de sable de la plage, et Big Boss le symbole d'une dictature impitoyable. Alors, le ministère de l'Intérieur avait eu la riche idée de s'emparer des blockhaus et de les transformer en geôles.

La taule n'est pas seulement un lieu de coercition et d'exclusion. On y fait d'heureuses rencontres : Marco Polo et son journaliste. Malcolm X et Elijah Mohammed. Hilarion Hilarius et Jacques Roumer. La situation de Kassem était un peu différente cependant. Il partageait sa cellule avec Abdel-Kader, homme assez fruste, boucher de son état. C'était un dévot convaincu. Kassem aimait à se prosterner cinq fois par jour à côté de lui. À prononcer avec lui des paroles simples, mais tellement signifiantes :

« Notre-Seigneur, c'est Dieu qui a créé la Terre en six jours; après quoi il s'installa sur son trône à régler l'ordonnance de tout. »

En un mot, c'est Abdel-Kader qui acheva de convertir Kassem.

Il n'y avait qu'un point sombre à cette fable merveilleuse. Ce géant avait démontré son art en découpant en morceaux sa femme enceinte. De tels crimes sont peu communs. Dans le Nord dont il était originaire, il était devenu aussi connu que Jack l'Éventreur, Landru ou le sniper de Washington. Impressionné par sa propre notoriété, il tentait constamment de justifier son acte qui pouvait sembler abominable :

— L'enfant qu'elle portait n'était pas de moi, sanglotait-il. Elle m'avait trompé. Elle avait pris un amant. Tu connais le Coran ?

Kassem, qui n'en connaissait pas un traître mot, affirmait que « oui ». Abdel-Kader lui prenait la main :

— Rappelle-toi ! Dans trois cas et trois seulement, il est licite pour un musulman de répandre le sang d'un musulman. L'un des trois est le suivant : si une personne mariée commet l'adultère.

— Chanceux ! s'exclama-t-il quand Kassem lui eut fait part du verdict qui lui était tombé dessus d'une voix éteinte.

— Pendu par le cou jusqu'à ce que mort s'ensuive.

Kassem manqua suffoquer :

— Tu as dit : « chanceux » ?

Mourir sans une grande œuvre attachée à son nom, ni même une petite ? On aurait pu rappeler à Kassem que telle est la condition de la majorité des humains. Mais cette vérité l'aurait-elle consolé ? Chacun de nous rêve de gloire pour son compte personnel sans pouvoir y parvenir !

Abdel-Kader opina du chef :

— Oui, chanceux ! Tu ne traîneras pas dans cette

merde de prison au risque de devenir barjot. Pour ce que tu as fait, aux yeux de certains tu mérites le nom de martyr. Ce qui veut dire qu'illico tu rejoindras le paradis d'Allah et que tu jouiras de tous les bonheurs.

Craignant d'être incompris, Kassem ne s'était guère confié à son compagnon. Et puis, comment parler de ses souffrances à qui n'a aucun souci de celles d'autres que lui ? L'ennuyeux, vous l'avez sans doute remarqué, c'est que les gens ne se soucient que d'eux-mêmes.

Sans répondre donc, il s'allongea sur sa banquette. Le mur clôturant sa vie se rapprochait à une allure vertigineuse et inéluctable, comme s'il était un pilote de formule 1 ayant perdu le contrôle de son bolide. Avait-il peur du crash final ? Oui ! Il tenait à son existence terne et sans jouissance.

— Je n'ai jamais voulu d'autre femme qu'elle ! radotait Abdel-Kader, déjà revenu à son souci quotidien. Le velours de sa peau avait la noirceur d'une nuit sans lune. Ses yeux projetaient leur clarté sur ses joues. Tu sais comment je me suis douté de quelque chose ?

Il énuméra pour la centième fois les indices qui l'avaient alerté. Sa compagne si chaude et empressée, devenue tiédasse, ne cuisinait plus la soupe de poisson au gros sel, aux crevettes et aux épinards dont il était si friand. Faute de temps, prétextait-elle ! Et lui se rongeait le sang :

— De temps ? Qu'est-ce qui l'occupe tellement à présent ?

Jusqu'au jour où il avait découvert le pot aux roses.

— Alors, se remémora-t-il pour la centième fois,

j'ai soigneusement aiguisé mon couteau. Car notre devoir est l'excellence en toutes choses. Si l'on tue, ce doit être fait d'excellente manière. Je ne maltraitais jamais l'animal que j'abattais.

Kassem ne prêtait plus attention à un récit rabâché qu'il connaissait par cœur. Il avait l'esprit ailleurs. Comme ses jours auraient été ensoleillés si Hafsa avait partagé ses sentiments ! Si au lieu de le repousser en lui tenant des propos à dormir debout, elle l'avait reçu dans une couche odorante, irradiant la chaleur de la vie ! Si Ebony Star au lieu de lui promettre son corps comme une carotte à un âne l'avait réellement désiré ? Soyons plus hardi encore ! Si Drasta la première, la seule qui compte à la vérité, au lieu de l'expulser à jamais, l'avait retenu et gardé en elle, refusant de le laisser affronter les horreurs du monde ? S'il avait connu d'elle autre chose qu'une silhouette de plus en plus massive, de plus en plus tassée dans l'angle du salon. Ou une torsade de cheveux se dégarnissant, passant de la blondeur filasse à la blancheur de neige. Si au lieu de porter sans cesse des regards adorants et serviles vers leur père, elle avait tourné la tête vers lui, l'incendiant de son amour ? Sûr et certain ! Il aurait été un autre homme. Conquistador. Découvreur. Flibustier. Pirate des Caraïbes. Foulant de ses pieds bottés la mangrove d'une île vierge. Sabrant les Indiens. Étampant et fouettant les nègres.

Puis, il pensa à Ramzi. Il ne s'était jamais manifesté pendant sa détention. Pas une lettre. Pas une orange. En somme, il n'avait reçu qu'une visite : celle de Pierre

Lenormand, qui l'avait informé des dernières nouvelles. Manu militari, Adhémar avait été conduit dans un avion en partance pour Rome. Là, son beau-père rancunier l'avait fait expulser vers le Congo en proie à une meurtrière guerre civile. Depuis, on ne savait pas ce qu'il était devenu. Quant à Ramzi, à ce qui se chuchotait, sa roche Tarpéienne se profilait près de son Capitole :

— Les conseillers catholiques de Big Boss ont repris l'avantage et n'arrêtent pas de couvrir d'opprobre ce musulman qui joue à l'athée. Rien d'étonnant s'il finit bientôt dans un camp de concentration à casser des cailloux.

La rumeur qui traverse les murs épais des prisons avait décrit à Kassem les pompes de la cérémonie d'intronisation du « Guide de la révolution ». On avait fait venir des provinces les plus reculées des centaines d'écoliers et d'écolières traditionnellement vêtus d'aubes blanches et qui avaient défilé dans la chapelle Sixte, cierge au poing, tandis que l'orgue jouait le *Amazing Grace*. Jusqu'au serment : « Je jure de servir la révolution », tout avait été parfait. Après quoi, Ramzi avait prononcé un discours qui avait plongé l'assistance dans la stupeur. Il avait défini la révolution comme une force qui se situe au-dessus des religions. Bouddhiste, musulmane, protestante, catholique, surtout catholique apostolique et romaine. Il avait réservé un sort particulier à cette dernière, fustigeant ses crimes qui remontaient à l'époque de l'esclavage et se perpétuaient dans le temps présent par la pédophilie de ses évêques.

Le Président n'avait pas apprécié et sans doute leur brouille datait-elle de là. Ramzi oubliait-il qu'il était sorti des cuisses d'une sainte dont il espérait la canonisation ?

Fait notoire, Kassem avait passé le 25 décembre en prison. Ce jour de la Nativité, chaque prisonnier avait reçu une tranche de « touroukou », le gâteau national fait de miel sauvage et de fruits confits, dont précisément le tourou qui donnait à la pâtisserie sa saveur âpre, et un petit opuscule intitulé *Perles de la sagesse* qui énumérait les maximes du Président. En couverture, sa photo. Décidément, Big Boss n'était pas Dorian Gray et, s'étonna une fois de plus Kassem, ne portait pas ses crimes sur son visage.

Kassem allait s'endormir de terreur et de chagrin quand, dans le tintamarre d'un trousseau de clés, la lourde porte s'ouvrit. Déjà la soupe, infâme brouet aux vermicelles ou aux croûtons de pain ? L'affamé Abdel-Kader, qui avait un puissant coffre, se précipita, guilleret. Les trois hommes qui entrèrent n'entrechoquaient pas de gamelles. Ils étaient vêtus comme le corps médical de blouses blanches, et portaient des stéthoscopes enroulés autour du cou. Des badges indiquaient leurs noms sur leur poitrine :

— Kassem Mayoumbe ! aboya l'un d'entre eux. À l'infirmerie !

— Lève-toi, ordure ! aboya un autre car Kassem hésitait, on le comprend, se méfiant de ces gueules nocturnes.

— Pourquoi l'emmenez-vous à l'infirmerie ? De

quoi est-ce qu'il souffre? fit Abdel-Kader, surpris de cette sollicitude soudaine. Voilà des jours qu'il se plaint de son œil. Vous vous en foutez!

Ils ne prirent pas la peine de lui répondre. Kassem dut les suivre. Soudain, cette prison familière qu'il allait échanger pour l'inconnu de la mort lui devenait chère. Ces judas protégés par des barreaux, cette peinture jaunâtre qui s'écaillait par places, ces gardiens féroces, plantés à intervalles réguliers, la main sur la crosse du revolver. Dans sa terreur, il eut un vertige et faillit tomber. Un infirmier le retint, lui glissant à l'oreille :

— Courage! C'est bientôt fini.

C'était bien là ce qui le tracassait. Il n'avait nulle envie d'en finir. La vie n'est pas douce. Pourtant, chacun d'entre nous y tient.

L'infirmerie était une pièce malpropre, aux odeurs de désinfectant et de chloroforme. Un quatrième homme les attendait, la mine plus inquiétante encore :

— Couche-toi là! ordonna-t-il, désignant une banquette recouverte d'un drap crasseux.

Quand Kassem se fut allongé, il lui souffla, en s'armant d'une seringue :

— Laisse-toi faire. Nous allons t'endormir.

Kassem, apeuré, vit sa dernière heure venue. Allait-on lui administrer sans plus tarder l'injection fatale? Il n'était pas encore prêt pour cela, à supposer qu'on soit jamais prêt pour l'ultime moment! Il se débattit, tandis que quatre paires de mains le maîtrisaient.

XIV

Il s'emplit les yeux du visage de Ramzi, se demandant s'il était réel. Il en avait tellement rêvé les dernières semaines. Nuit après nuit. Des fois même, en plein jour. Cette image se superposait à la hideur du cachot, aux traits grossiers d'Abdel-Kader pleurant sur ses amours en ruine. N'était-ce qu'un rêve de plus ?

Il était étendu sur une couche dont le moelleux le surprit, sous une chaude couverture. Autour de lui, les infirmiers tout à l'heure si menaçants souriaient, serviles, le visage transformé.

— Messieurs, félicitations, ça, c'est du beau travail ! leur dit Ramzi. Vous avez bien mérité ce que je vous ai promis. Voyez mon secrétaire. Je n'ai pas besoin de vous le répéter : motus et bouche cousue.

Les quatre hommes acquiescèrent et se retirèrent. Vêtu de sa redingote brune, Ramzi avait l'air d'un acteur encore novice dans son rôle mais décidé à progresser et convaincre.

— Comme ils t'ont amoché ! fit-il, couvrant Kassem de baisers.

Ô douceur de ces lèvres retrouvées !

Malgré ses multiples douleurs, Kassem fondait de bonheur. Ramzi attira un chariot à pansements avec une dextérité toute médicale.

— Quand j'étais interne à Leeds, expliqua-t-il, mes malades trouvaient que j'avais la main si douce qu'ils m'avaient surnommé « *The Dove* — La Colombe ».

S'armant de pinces, de gaze et de coton, il s'attaqua

aux plaies de Kassem qui, malgré ces paroles rassurantes, faillit hurler. Une effroyable odeur de pus et de chairs mortes envahit la pièce tandis qu'il bégayait :

— Je croyais que je ne te verrais plus.

— Tu as douté de moi ! s'écria Ramzi sans cesser de s'activer, sourcils froncés.

Comme le silence de Kassem équivalait à un aveu, il expliqua : c'était lui qui avait manigancé cette spectaculaire évasion du camp Buenavista, une des plus redoutables prisons au monde. À l'heure qu'il était, tous les médias ne parlaient que de cela. Les complices étaient les véritables infirmiers assermentés de la prison. Il leur avait offert des sommes d'argent auxquelles ils n'avaient pu résister. Quelle ingéniosité il avait fallu déployer !

Nul n'ignorait que Kassem avait été un temps son assistant aux « parages ». Un mémo anonyme l'avait rappelé à Big Boss. Du coup, ce dernier déjà méfiant avait fait redoubler la surveillance.

— Ton œil droit m'inquiète beaucoup, reprit Ramzi. La veine centrale a pété et il y a un hématome juste derrière le globe oculaire. Je voudrais qu'un spécialiste t'examine. Le problème est que tu ne peux pas sortir d'ici. Je vais aller chercher le docteur Laïti, le meilleur ophtalmologiste du pays. Pendant mon absence, tu ne manqueras de rien. J'ai donné des ordres.

Il sauta sur ses pieds avec sa légèreté et sa grâce habituelles.

— Pardonne-moi ! murmura Kassem, le retenant par la manche.

— Que veux-tu que je te pardonne ? sourit Ramzi, lui bouchonnant les oreilles comme à un chiot. Je t'ai pris comme un petit frère, avec tes défauts et tes qualités. Tes belles et tes mauvaises actions. Je ne te juge pas. Je t'aime.

Kassem était aux anges. Pourtant il se décida à avouer :

— Je t'ai gravement menti en me prétendant ton coreligionnaire. Nous ne devions rien nous cacher.

L'autre éclata de rire, puis fit avec indulgence :

— Sur ce point, tu ne m'as jamais trompé. Tu ne connaissais aucune prière. Au début, tu étais tout bonnement incapable de réciter la « shahâda ». Et puis tu n'avais pas l'allure d'un musulman.

Y a-t-il une « allure musulmane » ? Première nouvelle !

— Pourquoi ne m'as-tu jamais rien dit ? interrogea Kassem.

— Si un homme ment, répondit gravement Ramzi, c'est qu'il a de bonnes raisons de se protéger de la vérité. Il convient donc de respecter son mensonge.

Excellente philosophie que celle-là ! Que n'est-elle partagée par le plus grand nombre !

XV

— Voilà le plan, expliqua Ramzi. Demain à l'aube, le S.S. *Turkwaz* appareille pour Marseille. À prix d'or, j'ai obtenu une cabine pour deux. À double prix d'or, j'ai obtenu qu'un employé de l'ambassade de France me procure un titre de transport. Dès que la nuit sera tombée, nous profiterons de l'ombre et nous monterons à bord.

— Tu quittes le pays, toi aussi ? s'étonna Kassem. Tu t'exiles avec moi ?

Ramzi lui caressa affectueusement la joue.

— Ne te tourmente donc pas. J'en avais marre de cette existence dans une cage dorée. Je ne suis pas fait pour être un courtisan. J'étouffais. J'avais envie de voir du pays. Et puis, est-ce que tu t'imaginais que j'allais te laisser partir seul, toi qui n'es pas capable de te débrouiller dans la vie ?

Cette saillie n'amena pas le plus fugitif sourire sur les lèvres de Kassem. En fait, il était déprimé et n'avait qu'une obsession. Borgne, il allait être borgne. Le docteur Laïti avait été catégorique. Seule une greffe de l'œil réalisée d'urgence serait susceptible de le sauver. Autrement, l'hématome se répandrait dans la cavité oculaire et entraînerait la cécité.

Comment vit-on avec un seul œil ? C'est la moitié du soleil qui s'éteint, la moitié des fleurs qui se fanent, la moitié de la vie qui disparaît, quoi ! Il était terrifié. C'était sa punition pour les crimes qu'il avait commis envers Hafsa et aussi Ebony Star. Ne les avait-il pas entraînées dans la mort, même sans le vouloir ? Ce n'était pas une excuse. La main du Tout-Puissant s'abattait sur lui.

Pendant ce temps, Ramzi jonglait avec des cartes,

les comparait. Pour lui qui ne s'était jamais rendu en France, la perspective de ce voyage était un enchantement. Des images faciles, souvent désuètes lui montaient aux lèvres : les Champs-Élysées, la plus belle avenue du monde, la tour Eiffel, bergère illuminée, sous le pont Mirabeau coule la Seine, la cathédrale Notre-Dame avec les fantômes d'Esméralda et de Quasimodo, les Halles, ventre de Paris… Kassem avait beau lui répéter que la France, c'étaient aussi l'intolérance et les banlieues qui flambent. Peine perdue. Il n'en croyait pas un mot.

Ils avaient dû quitter leur premier refuge en hâte, Ramzi ayant été averti que la garde présidentielle s'apprêtait à donner l'assaut. Surprise ! Plus que Kassem, elle recherchait Ramzi. L'évasion de Kassem avait définitivement éclairé Big Boss. Il ne doutait plus que son « Guide de la révolution » fût un traître. Peut-être de mèche avec Éliacin pour l'assassiner dans le pavillon Isabel-Selena.

À présent, Ramzi et Kassem étaient terrés dans cette masure d'un faubourg. Alentour, des arbres tordus par le vent. Un mur de torchis les séparait de la mer fétide et polluée qu'on entendait barboter contre les galets. Cinq fois, dans le jour aigre, avait retenti l'appel sans joie du muezzin. Souvent, on entendait des pleurs d'enfants et les voix querelleuses de leurs mères.

On frappa à la porte. C'était un blondinet frêle, paré de l'air avantageux du frais promu à un poste important. Ramzi fit les présentations :

— Pierre-Gilles travaille à l'ambassade de France.

Pierre-Gilles lui tendit une enveloppe qu'il ouvrit précipitamment. Il en tira un passeport européen :

— Dominique Tesso de Saavedra, déchiffra-t-il avec délectation. Né à Amélie-les-Bains le 6 juin 1972. C'est donc moi, nouvelle mouture. Cela n'est pas pour me déplaire. Un nom à tiroir. Mais pourquoi Amélie-les-Bains ? C'est où ?

Pierre-Gilles expliqua :

— C'est une petite station balnéaire des Pyrénées-Orientales. Vos parents y ont émigré depuis Séville et, en bons Espagnols, lecteurs de Cervantès, ils y ont ouvert une auberge : « La Miraguarda ». C'est pour expliquer que vous soyez si brun, conclut-il.

— C'est vrai : Arabes, Africains, Antillais, Espagnols, nous sommes tous métèques. Je suis journaliste, à ce qu'il paraît ?

— Pigiste ! précisa Pierre-Gilles.

Tandis que Ramzi ne cessait de considérer le document avec satisfaction, il se tourna vers Kassem :

— J'ai remarqué que votre deuxième prénom est Chrysostome. Il est un peu rugueux à la langue. Cependant, Jean Chrysostome est un Père de l'Église grecque, évêque de Constantinople. Pourquoi ne pas l'adopter ? Cela vous éviterait bien des ennuis.

Kassem secoua la tête. Il n'abandonnerait pas son prénom. Non pas parce qu'il venait de son père et constituait son unique héritage, à défaut de maison, compte en banque, souvenirs d'enfance heureux. Mais parce que sous ce vocable, il s'était formé, en avait bavé et, pour finir, avait frôlé la mort. Ce serait comme renier l'apprentissage souvent douloureux qui avait fait de lui ce qu'il était. Kassem, il était. Kassem, il resterait. Pour le meilleur et pour le pire. Jusqu'à ce que la mort les sépare. *Until death do us part.*

— Comme vous voulez ! fit Pierre-Gilles.

Là où il résidait, à Samssara aussi bien qu'à la « Maison des Esprits » ou au palais présidentiel, Ramzi était entouré d'un personnel stylé. Trois domestiques dressèrent une table somptueuse, parfait contraste avec la hideur du lieu. Murs lépreux. Mobilier vétuste et, planant sur tout cela, l'odeur âpre et nauséabonde de la marée.

Pierre-Gilles ne se fit pas prier et remplit son verre de tokay pinot gris, réserve particulière, petit blanc sans prétention, mais bon à la bouche.

— Vous vous rappelez le drame jamais élucidé de la mort de votre secrétaire ? fit-il ensuite.

Kassem frissonna : Hafsa. Les squelettes allaient-ils sortir du placard ?

— La présidence révèle dans un communiqué qu'elle a été violée et assassinée. Ce qui est pire, c'est qu'on ignore dans quel ordre.

Ramzi alluma un havane :

— Y a-t-il des soupçons ? un suspect ?

Pierre-Gilles sourit :

— Oui, vous, bien sûr ! On vous soupçonne aussi d'être responsable de l'épidémie.

— C'est absurde ! bondit Ramzi.

Pierre-Gilles poursuivit sans se démonter :

— Votre tête est mise à prix. Trois millions de dollars.

L'autre éclata de rire :

— On me fait beaucoup d'honneur. L'affaire est cousue de fil blanc. Qui veut noyer son chien l'accuse de la rage. D'ailleurs, c'est la spécialité de Big Boss. Les Nordistes étaient des anti-nationaux. Les Sudistes des traîtres et des empoisonneurs. Je suis sûr pourtant qu'il y en aura pour croire ces calomnies. Dans nos pays, l'imagination est la folle du logis. Rien n'est trop énorme. Au contraire, plus c'est énorme, plus c'est crédible. J'ai une théorie. Pour moi, c'est la caractéristique des pays en dictature. L'individu privé de toutes les libertés se venge dans sa tête et fabule. Liberté d'inventer.

— On fabule aussi en démocratie, protesta Pierre-Gilles. Vous voulez des exemples ? L'Angleterre a juré que Lady Di avait été assassinée par la famille royale. Ne parlons pas de l'Amérique, toujours à chercher le véritable meurtrier de John Kennedy…

Laissant les deux hommes à leur assaut d'intelligence, Kassem s'abîma dans la prière, ce qui lui arrivait de plus en plus souvent. En fait, il l'avait découvert, seuls les moments de prière l'aidaient à supporter la vie. La religion ne présentait qu'une difficulté : sa rigidité vis-à-vis du sexe. Qu'à cela ne tienne ! Chaque jour, il demandait donc à Dieu la force de dominer ses sens. Non ! Il n'approcherait plus les femmes puisque à l'évidence il leur portait la poisse.

Cependant, en son for intérieur, il craignait que ce ne soit là un serment d'ivrogne.

XVI

Le S.S. *Turkwaz* appareilla avant le lever du soleil. Vue du bateau, un rafiot rafistolé et poussif qui transportait des fruits tropicaux et des agrumes en direction de Gênes, puis Marseille, la côte, basse et brumeuse, était bien peu amène. Sur l'eau couraient les barques des pêcheurs emmitouflés dans leurs haillons, car l'heure était fraîche. Comme toujours en cette saison, on se demandait si le soleil daignerait ouvrir l'œil tant l'air était gris et l'horizon bouché. Le S.S. *Turkwaz* accommodait peu de passagers, car il ne comptait qu'une demi-douzaine de cabines. Elles étaient occupées par un couple de retraités français, un ecclésiastique italien atteint d'emphysème et à qui, pour cette raison, l'avion était interdit, un photographe suédois qui braquait sa caméra sur tout et rien, deux musiciens anglais et leurs femmes qui avaient passé des mois à enregistrer les airs des Pygmées du Gabon, et un cheikh nigérian dont les trois épouses demeuraient enfermées pour cause de mal de mer. Par contre, ses huit garçons et filles à l'étroit dans leur habitacle se précipitaient au-dehors dès le petit matin et détruisaient tout sur leur passage, comme des sauterelles s'abattant sur un champ.

Un assortiment de passagers aussi disparate n'avait

évidemment rien de passionnant à échanger. Or, à part un billard au tapis vert maculé, le triste fumoir ne contenait que quelques paquets de cartes écornées, un jeu de Monopoly et un jeu de Trivial Pursuit, les deux en fort mauvais état. Aucun de ces galas, aucun de ces thés dansants, aucun de ces concerts où les fortunes à tête blanche des croisières de luxe exhibent leurs plus beaux atours. En outre, le temps n'était pas bon. Grain sur grain. Aussi, on n'eut pas sitôt terminé les inutiles exercices de sauvetage et atteint la pleine mer qu'une pesante atmosphère d'ennui s'installa. Seule la progéniture du cheikh, qui avait déniché un karaoké on ne sait où, s'en donnait à cœur joie. De nos jours, les petits ne chantent plus de comptines : « Savez-vous planter des choux ? », « Frère Jacques » ou « Baa Baa Black Sheep ». Fini tout cela ! Quand les enfants du cheikh ne tchatchaient pas des heures entières sur des ordinateurs ou n'envoyaient pas des S.M.S., ils braillaient le répertoire des rappeurs américains qu'ils connaissaient par cœur. Les adultes, quant à eux, ne s'amusaient pas. Ils traînaient des chaises longues sur le pont. Certains faisaient semblant de lire, jusqu'à ce que le livre leur tombât des mains et qu'ils se missent à ronfler. D'autres fixaient la mer. Le photographe suédois exaspérait le monde en prenant cliché sur cliché. Que voyaient ses yeux que les autres yeux ne voyaient pas ?

Monotone, cette houle verdâtre ourlée d'écume à perte de vue.

Monotone, ce ciel qui traînait gris et bas par-dessus.

Monotones, ces paquets d'oiseaux déambulant dans l'air.

Au bout de trois jours, las sans doute lui aussi de ce spectacle, il se mit à photographier les adorables petites filles du cheikh. Du coup, les autres passagers commencèrent à le dévisager avec la suspicion qu'on réserve aux pédophiles et il revint rapidement à ses scènes marines.

Les passagers évitaient Ramzi qui pourtant avait confié à l'oreille d'Alexeï, le commandant de bord, pour qu'il la transmette à tous, sa généalogie de fantaisie. Il en avait rajouté. Sa famille, originaire de la même province que Cervantès, ce qui expliquait l'homonymie, était aussi apparentée à Juan de Saavedra, le fondateur de Valparaiso au Chili. Cela n'empêchait pas les gens de le fuir. Médecin, ce charlatan-là ? Qu'est-ce qu'il était ? Il faut qu'une porte soit ouverte ou fermée. Un Blanc trop brun pour être blanc ? Un Noir trop clair pour être noir ? Pourquoi parlait-il aussi bien le français que l'anglais ? Une mère pakistanaise ? Bizarre ! On chuchotait que, d'abord compère du Président, il fuyait pour échapper au camp de concentration. Tous deux avaient commis ensemble les pires horreurs. On regardait avec commisération Kassem et on le plaignait d'associer sa jeunesse à pareil individu.

Ramzi ne parvint à se lier qu'avec le cheikh nigérian. Celui-ci posait à côté de lui son exemplaire de *Shaihu Umar*, ouvrage du défunt Alhaji Sir Abubakar Tafawa Balewa qu'il relisait pour la centième fois avec le même plaisir pour raconter sa triste histoire. Il avait occupé de hautes fonctions dans son Nord natal. Un beau matin, il avait été jeté en prison sans explication. Après sept ans de geôle, il avait été libéré toujours sans explication. C'est pourquoi il prenait le chemin de l'exil. Les deux hommes hochaient la tête :

— Ah oui ! L'Afrique noire est mal partie.

Le cheikh interrogeait :

— Il est mort, René Dumont ?

— Depuis belle lurette, assurait Ramzi, et l'Afrique noire est toujours aussi mal partie.

Le cheikh citait des phrases de Kwame Nkrumah, son idole, qu'il considérait comme un martyr bien qu'il fût mort en Guinée dans son lit :

« Imperialism, last stage of colonialism. » « Power corrupts. Absolute power corrupts absolutely. »

Puis les deux hommes abordaient le fatal sujet de la religion qui finit par alimenter aujourd'hui toutes les discussions, aussi inévitable qu'une bisque de homard sur un menu qui se respecte. Ramzi exposait cette théorie qui ne lui avait pourtant guère réussi à Porto Ferraille, selon laquelle les religions constituaient la plaie du monde.

— Toutes, sans exception.

Le cheikh ne l'entendait pas de cette oreille et vantait les lumières de l'islam. Son rêve, un continent fait d'une collection d'États théocratiques.

Kassem avait en horreur ces discussions qui ne débouchaient sur rien, et restait silencieux. D'ailleurs, le plus clair de son temps s'écoulait sur le pont C où Dimitrios, un infirmier grec qui ressemblait à Abdel-

Kader, renouvelait ses pansements en répétant avec une délectation morose :

— Fichu ! Votre œil est fichu.

Borgne ! Comment vit-on avec un seul œil ?

Si l'existence est une corrida, le taureau borgne est doublement condamné et n'a pas une chance pour se défendre.

Comme sa cavité oculaire se creusait et que le globe devenait laiteux, Dimitrios lui posa une coquille noire qui seyait mal à sa figure juvénile. Pouffant de rire, les enfants du cheikh firent la ronde autour de lui, chantonnant :

— *« Pirate ! Pirate of the Caribbean ! »*

Quand il n'était pas à l'infirmerie, Kassem descendait au pont F, aux cuisines, retrouver les parfums qui l'enchantaient. Le chef s'appelait Waldomiro de Deus Souza. Fatigué de galérer, ce peintre brésilien avait troqué les couleurs de sa palette pour celles des épices. Assaisonnant des crevettes géantes d'Afrique du Sud ou surveillant la cuisson d'un coq au tarragon, car la table du S.S. *Turkwaz* était excellente, c'était l'orgueil d'Alexeï, il racontait ses souvenirs :

— Aussi loin que je remonte dans le temps, j'ai toujours voulu être peintre. Un de mes oncles, ancien footballeur de renom qui dilapidait la fortune que lui avaient rapportée ses victoires, avait reçu d'une femme folle de lui un tableau érotique de Matta, Roberto Matta, que j'admirais sans le comprendre. Il avait aussi dans sa bibliothèque un livre illustré : *Masaje ero'tico chino*. Mais je vois à ta mine que tu n'as jamais entendu parler ni du peintre ni de l'ouvrage. Le premier est le plus grand peintre chilien. Le second a été écrit par un certain Wang-Puh Wei. Les Japonais, bons connaisseurs en la matière, en ont fait un classique tandis qu'hypocritement il circulait sous le manteau dans son pays d'origine. Ne me demande pas comment j'ai associé le tableau et le livre. À mes yeux d'enfant la même sensualité torride s'en dégageait. Je me masturbais comme, je l'ai su plus tard, Mishima devant saint Sébastien. Curieusement, la cuisine est un pis-aller qui me console de ce que j'aurais voulu être et n'ai pas été.

Le regardant, Kassem se torturait : Qu'a-t-il de plus que moi ? Ce n'est pas un prix de beauté, lui non plus. Pourtant, des femmes l'ont aimé et désiré. Elles lui ont donné du plaisir.

Le sixième jour, avec cette détermination dont ils ont fait preuve dans des circonstances plus nobles — par exemple lors du déferlement des bombes nazies sur Londres —, les Anglais décidèrent de secouer l'inertie de leurs compagnons de voyage et de pallier l'ennui de la traversée. Un bal costumé, voilà ce qu'il fallait, suivi d'un spectacle amateur. *Passengers' talent show*. Les réactions à la proposition furent diverses. Tandis que Kassem, s'inspirant des railleries des enfants du cheikh, se bornait à agrémenter ses vêtements de quelques têtes de mort et tibias grossièrement découpés et que Ramzi réendossait sans entrain sa redingote de « Guide de la révolution » qu'il avait somme toute peu portée, le cheikh nigérian, refusant catégoriquement de se prêter à pareils jeux pour

« Occidentaux désœuvrés », revêtait sa djellaba habituelle. Les autres passagers, au contraire, rivalisèrent d'ingéniosité.

Après ce divertissement, ils étaient là à se congratuler sur le pont quand un navire, surgi de l'ombre, passa si près du S.S. *Turkwaz* qu'il fut possible de distinguer des silhouettes encapuchonnées, massées à l'avant et à l'arrière. L'eau de la mer ébranlée reflua en moussant. On aurait dit le *Hollandais volant* transportant sa cargaison de morts vivants.

Ou alors un vaisseau négrier, ressuscité, avec à fond de cale son plein de « damnés de la terre » en route pour l'enfer.

Alexeï raconta qu'au fur et à mesure qu'on se rapprochait des côtes de l'Europe de telles rencontres étaient fréquentes. Ces bateaux étaient remplis de pauvres diables qui avaient payé leur voyage au prix fort et espéraient atteindre l'Eldorado de l'Europe. Ils gagneraient ensuite l'Angleterre, pays de leurs rêves, en camions, cachés dans des containers scellés. Il n'était pas rare qu'ils meurent au cours de ce voyage et les containers devenaient leurs cercueils. Brusquement, les tragédies d'un monde qu'on avait oublié faisaient à nouveau irruption…

L'Angleterre sacrée Paradis de l'exil ! Kassem n'en revenait pas. Il se rappelait les abominables séjours linguistiques de sa jeunesse : les chambres glaciales, la nourriture parcimonieuse, l'ennui des dimanches, le racisme, les fois où il s'était rendu à Londres, la terreur des skinheads, seigneurs de l'underground. Comme à l'accoutumée, il se tut cependant, n'exprimant pas sa surprise.

Une pensée le taraudait : après l'attentat au Dream Land, s'il n'avait pas rencontré Ramzi, peut-être qu'aujourd'hui il ferait partie de cette horde de malheureux qui voguaient vers la mort.

Deux jours plus tard, le S.S. *Turkwaz* entra dans le port de Marseille. Ils firent leurs adieux au sheikh nigérian qui montait à Paris avec sa famille.

— La ville n'est plus ce qu'elle était, dit-il à Ramzi. Et pourtant, c'est là qu'il faut être.

Un cousin de Ramzi, commerçant en objets de maroquinerie, babouches, poufs, porte-documents, vint les accueillir et les guida chez lui où il les hébergea quelques jours.

Le gris

I

On le sait, les villes sont comme les humains. Chacune a sa personnalité, son charme qui touche différemment les cœurs. Lille, froide et maussade, ne souriait jamais. Porto Ferraille, née de la traite, du troc et du lucre, révélait par à-coups une beauté inattendue et bouleversante. Marseille, autrefois Massalia, qui, on l'oublie trop souvent, a donné à la France son hymne national, est à la fois épique, romantique, universitaire et cosmopolite.

Elle enchanta Kassem. C'était l'hiver. Des champs de neige couvraient d'autres parties du monde. Marseille demeurait tiède, fraternelle, comme offerte au bonheur des jours. Le ciel était bleu clair au-dessus de l'œil grand ouvert, bleu lui aussi, de la mer. Seul rappel de l'hiver, le mistral soufflait et gerçait les lèvres. Parcourant les rues bruissantes de jour comme de nuit, il songeait que s'il avait poussé dans ce généreux terreau-là, il aurait été un autre homme. Moins solitaire. Moins peureux. Moins introverti. Pourquoi Kellermann avait-il été affecté à ce bureau de poste gris et routinier ? Pour se consoler, il se disait que tout n'était pas perdu, qu'il allait peut-être renaître, cette fois sans père ni mère, de sa seule volition. Il le sentait, cette ville, construite à la mesure de l'humain, contenait cachée une promesse de bonheur. Il ne regardait pas les façades des bâtiments vénérables, ne se souciait pas du passé de cette cité antique, livre d'histoire à elle seule. Il était transporté par le rire du soleil étirant les commissures du ciel, la mer, la légèreté de l'air, les parfums, ah ! les parfums se dégageant de cette gigantesque cassolette. La plupart des visages, turcs, arabes, afghans, étaient aussi bruns que le sien. Il n'y avait pas deux habits, pas deux coiffures semblables. Dans les bouches, Babel heureuse parlait.

Dès son arrivée, Ramzi lui aussi flaira la ville. La communauté musulmane y était importante. Certains avaient pignon sur rue au sein d'un vieux quartier aux rues étroites comme celles d'une casbah. Du jour au lendemain, il se débarrassa de son nom d'emprunt, Dominique Tesso de Saavedra qui l'avait pourtant tellement enchanté, et redevint Ramzi An-Nawawî, apparenté au Prophète, descendant d'une longue lignée de lettrés. Il mit une sourdine à ses propos antireligieux, retrouva son exemplaire du Coran et se remit à fréquenter la mosquée. Kassem, qui ne comprenait rien de rien à ces métamorphoses, l'observait tout pantois. Alors, il éclatait de rire :

— Je suis comme la chauve-souris. Tantôt, je suis

un oiseau ! Voyez mes ailes. Tantôt, je suis un rongeur. Voyez mon poil et mes dents. Le propre de l'homme intelligent est d'être comparable à un V.T.T.

Sa vie tenait du tourbillon. Toujours dehors, à quoi occupait-il son temps ? À rencontrer ceux qui comptent, bien sûr. Il s'était fait imprimer des centaines de cartes de visite qu'il déposait dans la demeure des notables. Du coup, ceux-ci étaient bien obligés de le recevoir. Kassem était convaincu qu'il n'y avait rien de commun entre eux et qu'il devrait chercher un travail, trouver un logement, enfin prendre son indépendance. La peur d'être livré à lui-même le retenait. Dans son isolement, il se lia avec le premier individu souriant venu. Il noua connaissance avec Ousmane à force de se prosterner à côté de lui à la mosquée. Car, Kassem s'y rendait chaque vendredi. Là, outre des Maghrébins ou des Africains subsahariens, il croisait un bon nombre de fidèles aux visages pâles, venus d'Europe centrale et de l'ancienne Union soviétique. Il aimait cette diversité des origines et l'humilité des prières en commun, front contre terre. Il répétait avec une sorte d'ivresse les paroles qui exprimaient sa bénignité devant le Créateur :

« Pas de feuille qui tombe sans qu'Il ne le sache, ni de grains dans les ténèbres du sol, ni rien de sec ni d'humide qui ne s'inscrive au Livre explicite. »

Ousmane venait de Kaolack, au Sénégal. Il vendait sur la Canebière tantôt des montres et des sacs faussement Cartier, tantôt des bronzes faussement du Bénin et des masques faussement Fang. Kassem et Ousmane ne se rendaient jamais visite. Kassem craignait les railleries de Ramzi. D'où sortait ce négro mal vêtu qui massacrait le français? Ousmane n'avait pas de chez lui. Il dormait sur une paillasse chez le cousin du neveu d'un oncle de son père qui habitait, dans un immeuble promis à la démolition, un deux-pièces sans électricité ni chauffage. Il fallait descendre puiser l'eau dans la cour. Cela ne l'empêchait pas d'être comme Adhémar, un joyeux drille, connaissant lui aussi tous les bars et tous les dancings de cette ville portuaire riche en lieux de plaisir. Le regardant surfer à travers rues et avenues, Kassem comprenait qu'il jouissait de ce qui lui avait toujours fait défaut : la confiance en soi. D'où lui venait-elle? Il n'était pas plus beau qu'un autre, il n'était pas mieux fait, il n'avait pas un sou en poche, il se faisait traiter de « bougnoule » et de « bamboula » à tout bout de champ. Kassem en concluait que la confiance en soi était un don que d'aucuns possèdent en naissant. Comme une haute taille ou une peau de sapotille.

Un midi, Ousmane emmena Kassem manger dans sa gargote familière, le Fouta Toro. Là, ce qui devait arriver arriva.

Sis non loin du Vieux-Port, le Fouta Toro ne payait pas de mine. Il était composé d'une série de pièces grisâtres en enfilade, et accueillait une clientèle de travailleurs immigrés, gens pour qui se nourrir, comme parler sa langue d'origine ou écouter sa musique traditionnelle, possède une connotation religieuse. Dévorer un soupokandia revient à communier avec l'âme du pays perdu. Aminata avait vingt ans. Entre deux problèmes d'algèbre — elle passait son bac pour la troisième fois, les maths lui ayant une fois de plus tendu un croche-pied —, elle donnait un coup de main à sa mère. Avec ses cinq sœurs, elle servait et desservait les assiettes, remplissait les verres de jus de bissap, passait un coup de torchon sur le formica des tables. Elle se protégeait des hommes qui la reluquaient ou lui susurraient des mots doux. D'abord parce que cinq scélérats avaient violé une de ses grandes sœurs et une de ses cousines dans un parking en sous-sol. Seule sa vélocité lui avait évité de subir le même sort. Deuxièmement parce qu'elle préférait les livres à l'amour. La poésie. Victor Hugo. Les poètes de langue espagnole, Federico García Lorca, Nicolás Guillén et le dieu Pablo Neruda. Elle déclamait des pages entières du *Chant général*, ce qui lui faisait une réputation peu commune. Dans sa famille, on pensait même qu'elle était un peu « fêlée ».

Elle n'eut pas sitôt posé les yeux sur Kassem qu'elle tomba en amour pour lui. C'était celui qu'elle attendait. Celui-là était différent des autres. Borgne. Gauche. Mal assuré. Hésitant comme un poussin qui vient de casser la coquille de son œuf. En fait, cette histoire diffère de celles que j'ai contées précédemment. Comme jadis Ana-Maria, Aminata dut faire les premiers pas, aiguillonner Kassem tandis qu'il avalait son « riz au poisson ». C'est qu'il s'était juré de ne plus prêter attention aux femmes. Et puis, Aminata n'était pas une de ces beautés ravageuses pour lesquelles il avait grand goût. Rien d'une Hafsa ou d'une Ebony Star. Elle ne lui mit à l'esprit aucun poème, même pas celui de Léopold Sédar Senghor, si célèbre, mais qu'il ne connaissait pas :

Femme nue, femme noire,
Vêtue de ta couleur qui est vie, de ta forme qui est beauté,
J'ai grandi à ton ombre; la douceur de tes mains bandait
mes [yeux...

On doit à la vérité de dire qu'Aminata n'avait guère pour elle que la fraîcheur de ses vingt ans, le velouté de sa peau de jais, la profondeur de ses prunelles captives entre d'épais sourcils et, surtout, l'odeur d'encens et de gingembre de son corps.

Elle était élève au lycée Albert-Camus où elle jouissait, là aussi, d'une réputation peu ordinaire. Les lycéens n'apprécient pas les forts en thème, la tête toujours plongée dans leurs bouquins, ceux qui fréquentent les musées et qui se donnent des airs. On ne l'appelait guère que « La loca », dans un mauvais jeu de mots qui faisait aussi allusion à sa prédilection pour les poètes hispanophones. Désormais, tout changea. Après les cours, Kassem venait la chercher pour le plus grand amusement de ses camarades de classe. Enfin! « La loca » avait oublié sa poésie et s'était dégotté un mec. Pas un Adonis, et cyclope avec ça. Kassem et Aminata n'avaient cure des railleries. Sous couvert de leçons particulières, toujours les maths, ils prenaient le chemin de la cité Beaumarchais. La cité datait des années soixante-dix, mais semblait une vénérable ruine au mitan de son parc pelé. Depuis dix ans, la famille d'Aminata y occupait un trois-pièces et, malgré les efforts des assistantes sociales, n'arrivait pas à en changer. Dans ce logement vétuste, bourré d'amiante, gîtaient deux douzaines de frères, sœurs, cousins, cousines, oncles, tantes, grands-parents. Il aurait pu sembler l'illustration des misères de l'exil. Mais, comme on y trouvait toujours une alcôve, une paillasse pour faire l'amour, c'était le paradis pour Kassem. Cela suffisait à transfigurer un cadre plutôt sordide. Le bonheur l'habitait. Aminata n'était pas simplement le corps vivant qu'il avait tellement désiré. Elle était vertueuse et elle l'aimait pour lui-même! Pas question, cette fois, de sombres visées concernant Ramzi. Elle ne le connaissait même pas.

Aminata, de son côté, oublia la poésie quand apparut le sexe. Elle s'aperçut qu'il était le sel de l'existence. Qu'elle était faite pour lui comme, ainsi que le chante la biguine guadeloupéenne, la fleur pour le fou-fou, le miel pour l'abeille, la bouche pour le baiser. Pas dégoûtée, elle enlevait la coquille du pauvre œil tourmenté de Kassem. Puis elle alternait les mots doux et les caresses. Éperdu, il n'en revenait pas de la métamorphose de cette adolescente d'apparence studieuse, assez timide, yeux baissés, respectueuse de son père, de sa mère, de ses oncles et de ses tantes. Elle déployait au lit une liberté, une inventivité inégalées. Elle le prenait, le retournait, le tourneboulait, le laissait comme mort. On peut dire que c'était pour Kassem un bonheur tel qu'il n'en espérait plus. Ana-Maria, il s'en rendait compte, n'était pas à la hauteur, tout au plus bonne exécutante et, dans l'excès de sa passion, il se sentait prêt à dénuder son âme comme il dénudait son corps :

— En vérité, tu ne sais pas qui je suis, lui confiait-il avec humilité. J'ai des crimes sur la conscience.

Il ne cessait de se reprocher la mort d'Hafsa et d'Ebony Star. Elle pouffait de rire :

— Je ne te crois pas. Tu es bon et pur, toi.

Puis, elle ajoutait gravement :

— Pourtant, aurais-tu péché cent fois que l'amour d'Allah t'absoudrait. Allah a dit : « Si tes péchés atteignent le haut du ciel et que tu me demandes pardon, je te pardonnerai. »

De telles phrases scellaient l'amour de Kassem. Il se jurait de ne plus vivre comme il avait vécu, de se garder, comme on se garde des maladies par la pratique de l'exercice et un régime équilibré. Il n'y avait qu'une ombre, une seule, à sa félicité. Il proposait régulièrement le mariage, décidé qu'il était à dire adieu à Ramzi et à son luxe d'origine suspecte pour mener cette vie « normale » dont la pensée le hantait. De façon inexplicable, à chaque fois, elle refusait. Stupéfié, il imaginait les pires scénarios. Sans doute, fallait-il voir là l'influence de sa famille. Il avait bien remarqué qu'Hadja Ramatou, sa mère — une Peule qui affirmait descendre d'El Hadj Omar, la tête enturbannée de voiles blancs, car elle s'était rendue trois fois en pèlerinage à La Mecque —, s'adressait toujours à lui de manière condescendante. Son père, lui, se disait apparenté à des princes. Bref, ces gens n'avaient que faire d'un gendre café au lait, descendant d'esclaves arraisonnés sur les côtes d'Afrique et vendus à l'encan à Gorée. Bien sûr, on peut faire de cette piètre origine un remarquable poème :

Non, nous n'avons jamais été amazones du roi du Dahomey, ni princes de Ghana avec huit cents chameaux...

Si Aimé Césaire a du génie, croyez-moi, la réalité ne possède aucun panache !

Un jour qu'il pressait Aminata plus vivement qu'à l'accoutumée, elle lâcha :

— Écoute ! Tu veux que je te dise ? Mes parents n'accepteront jamais que j'épouse autre chose qu'un musulman.

Il commença par rire :

— Ils croient que j'en suis un !

Elle haussa les épaules :

— Tu connais le proverbe ? « L'âne peut aller à La Mecque, il n'en deviendra pas pèlerin pour autant. »

Alors, il se mit en colère :

— Est-ce que tu oublies ce qui m'est arrivé et que je t'ai raconté ? J'ai perdu un œil. J'ai failli perdre la vie. À cause de l'islam. Je suis devenu musulman. Je mérite de l'être.

Elle insista :

— Je n'ai rien oublié de ce que tu as enduré. Mais

ce n'est pas moi qui te baise tous les jours qui soutiendrai ton mensonge. Si nous devons nous marier, tu dois te convertir.

En une illumination, Kassem comprit ce qui la chagrinait :

— Je ne suis pas circoncis ! C'est cela ? Tout se résume-t-il à un petit morceau de peau en plus ou en moins ?

Elle lui tourna le dos.

Que faire ? Dans son désarroi, il alla consulter Ousmane qui, ce jour-là, vendait les premiers marrons grillés de la saison. Celui-ci grommela d'un air soucieux :

— Là, tu me poses une colle. Tous ceux que je connais sont comme moi. Ils sont déclarés musulmans à la naissance. Par leurs parents. Par choix, c'est autre chose. Demain, nous irons trouver l'imam de la mosquée du Vieux-Port.

L'imam, barbu, enturbanné, venait d'Iran et parlait le français comme une vache de son pays. Le problème l'embarrassa. Il n'avait jamais eu vent de ces conversions d'adultes. Du coup, il considéra Kassem d'un air méfiant. Pourquoi voulait-il devenir musulman ? Connaissait-il les cinq piliers de l'islam ? Pouvait-il réciter la « shahâda » ? Les cinq prières ? Savait-il ce qu'était la zakât, le hajj, le jeûne ? Avait-il jamais feuilleté le Coran ?

Des règles, songea Kassem écœuré ! Cet homme ne me parle que de règles !

Il lui posait des questions comme un examinateur à

un cancre. La religion n'est-elle pas affaire d'adhésion du cœur?

En fin de compte, Kassem avoua qu'il avait peur du couteau : la circoncision était-elle essentielle? L'imam se fâcha :

— Peur! Qu'est-ce que cela veut dire? Ne peux-tu offrir ce sacrifice en gage de soumission, *al-islam,* à la volonté divine?

Une fois dehors, Ousmane prit le bras de Kassem :

— J'ai un ami qui est très savant. Un Camerounais. Docteur en médecine et aussi, je crois, en philosophie. Veux-tu que nous allions le consulter ?

II

Tous les immigrés ne sont pas logés à la même enseigne, Dieu merci. Ils ne croupissent pas tous dans des immeubles vétustes, bourrés d'amiante. L'ami très savant d'Ousmane, le docteur Fanou Siefer, n'était pas de ceux-là. Il avait étudié dans les hôpitaux de Paris puis, au lieu de retourner chez lui gagner un salaire de misère, s'était fixé à Marseille. Depuis peu, il y était médecin-chef dans une élégante clinique privée. Cela ne l'empêchait pas de rester proche des siens qu'il opérait parfois gratuitement. Vêtu de sa blouse immaculée, se balançant dans son fauteuil, il plaça ses mains jointes à hauteur de ses lèvres en un geste joliment affecté :

— L'ablation du prépuce n'est pas indispensable!

commença-t-il de ce ton suffisant que prennent parfois les hommes de science. Pour être un bon musulman, l'essentiel consiste à respecter les cinq piliers de l'islam. Tu les connais ?

Il articula :

— L'islam est bâti sur cinq piliers, l'attestation qu'il n'y a pas de Dieu si ce n'est Allah et que Muhammad est l'Envoyé d'Allah...

— Je sais tout cela ! l'interrompit Kassem. Mais Aminata y tient, à cette circoncision ! conclut-il piteusement. Je dirais même qu'elle ne tient qu'à cela.

Le médecin écarta les mains :

— Si elle y tient, il faut nous incliner. Ce que femme veut, Allah veut.

Il rit tout seul de sa plaisanterie, car Kassem n'en menait pas large. Il s'en aperçut et dit d'un ton rassurant :

— N'aie pas peur. Le pénis est un muscle très innervé, gorgé de sang. Pourtant, je saurai ne pas te faire trop mal.

Le surlendemain, Kassem, accompagné du fidèle Ousmane, se rendit à la clinique et subit l'opération. Le docteur Fanou Siefer tint parole. Il ne souffrit pas trop.

Pendant une semaine ou deux, il dut porter son sexe emmailloté dans une sorte de suspensoir de gaze et le saupoudrer d'un produit cicatrisant. L'opération, si elle modifia son corps, n'eut aucune incidence sur sa personnalité. Son cœur, son âme n'en devinrent pas plus religieux qu'ils ne l'étaient déjà. Aminata au contraire en fut très heureuse, malgré la chasteté forcée que la convalescence entraînait ! Elle couvrait de baisers l'objet souffrant puis, à son habitude, susurrait des mots doux à l'oreille de Kassem. Il ne tarda donc pas à revenir à la charge :

— J'ai fait ce que tu voulais. Nous pouvons nous marier à présent ?

Elle devint grave et il comprit qu'il n'en avait pas fini avec ses exigences :

— Je ne te l'ai jamais demandé. Où travailles-tu ? D'où tires-tu ton argent ?

Voilà qu'elle touchait du doigt une question qui le tracassait fort !

Ramzi avait loué le palais Grizzi, comme on appelait l'ancienne demeure d'un préfet de Corse, le préfet Arundel, qu'un attentat terroriste avait pris pour cible. Une équipe de médecins hors pair était parvenue à lui sauver la vie, mais il avait passé le restant de ses jours en chaise roulante. Aussi les dix pièces de la villa s'alignaient-elles en rez-de-chaussée et s'ouvraient-elles de plain-pied sur le jardin, véritable jungle de lauriers-roses et d'acacias. Trois fois centenaire, le palais Grizzi était une merveille que les présidents de Région envisageaient de faire classer monument historique. Arundel l'avait embelli de meubles Louis XVIII qu'il adorait avec, par-ci par-là, une touche de raffinement exotique. Un paravent libyen de cuir repoussé. Une commode chinoise en bois de santal. Un tapis persan. Un bouddha grandeur nature arraché à un palais d'Udaipur. Ramzi avait recruté un imposant personnel : un jardinier, une secrétaire qui comme Hafsa pianotait rageusement sur son ordinateur dernier cri, et un chauffeur pour briquer et conduire la Mercedes. Il ne prenait aucun repas à la maison. Deux fois le mois, il recevait le gratin de Marseille, hommes politiques, industriels, grands commerçants, et les entretenait jusqu'aux petites heures du matin. Ces jours-là, Kassem cuisinait, se rappelant les recettes les plus originales du Dream Land et du palais présidentiel. À ce titre, Ramzi lui versait, quand cela lui chantait, une maigre pitance, insuffisante pour lui permettre de subvenir à ses besoins, encore moins de fonder une famille. Un soir donc, il prit son courage à deux mains et lui fit part de sa décision de chercher un emploi honorable.

Ramzi se moqua :

— Qu'appelles-tu un emploi « honorable » ?

La question ne manquait pas de pertinence. En effet ! Qu'est-ce qu'un emploi honorable ?

Quelle en est la définition ? Le proverbe dit seulement : « Il n'y a pas de sot métier ! » En dépit de mûres réflexions, Kassem ne parvint pas à trouver de réponse satisfaisante. Néanmoins, il entama ses recherches dès le lendemain. Il s'aperçut très vite que ses diplômes de l'école hôtelière n'impressionnaient personne. Dans les bureaux de l'ANPE, on le toisait.

— Dream Land, c'est où, ça ? lui demandaient des agents peu aimables tandis que la file de demandeurs d'emploi s'allongeait derrière lui.

Ou bien, ils le reprenaient :

— C'est de Porto Novo que vous parlez ? Porto

Ferraille, cela n'existe nulle part. C'est une ville imaginaire.

Il finit par obtenir un entretien d'embauche dans une association catholique, La Main tendue.

La Main tendue occupait le rez-de-chaussée d'un immeuble de piètre allure dans un quartier prolétaire et périphérique. Deux laïcs aux allures de religieux, la tonsure en moins, le reçurent dans un bureau glacial que dominait un crucifix. Ils lui expliquèrent que La Main tendue organisait les loisirs des innombrables enfants déshérités de la ville. C'était principalement des « deuxième génération » comme on les appelle. Antillais. Africains. Réunionnais. Afghans. Pakistanais. À croire que les femmes de la planète entière venaient enfanter à Marseille, c'était d'ailleurs ce dont se plaignaient nombre de malcontents.

— Vous êtes né à Lille et vous y avez fait toute votre scolarité ? interrogea l'un des deux hommes.

Au son de sa voix, Kassem comprit que ce qui l'avait jusque-là desservi allait se métamorphoser en atout. Il ressemblait aux jeunes dont il devrait assumer la charge. Il était un « deuxième génération », un exclu qui se battait pour une intégration dont nul ne se souciait.

Il quitta le bureau heureux, contrat en poche. Disons très vite que ce bonheur fut de courte durée. La Fontaine n'a pas dit vrai quand il a écrit que le travail est un « trésor ». Kassem comprit vite que tout cela n'était que fable. Trois fois la semaine, il était chargé d'accompagner une troupe d'enfants de sept à douze ans qui s'entassait dans un autobus pour aller à la patinoire, à la piscine, ou à la mer — l'eau bleue des calanques était toute proche. Les autres jours, il surveillait leurs parties de football, de basket-ball ou de volley-ball au stade municipal. Ne rechignant pas à la peine, il alla jusqu'à constituer une troupe théâtrale dans le but de leur faire découvrir Molière. Inutile de souligner que les responsables de l'association La Main tendue tenaient très fort à la perle qu'ils avaient dénichée : ayant été boy-scout à Sussy, Kassem possédait un répertoire inépuisable de chants, de jeux et de toutes sortes de distractions qui détournent les jeunes de la drogue et autres fléaux du monde moderne. Les enfants, eux, étaient d'un avis différent. À cet âge-là, on n'admire que la force physique. Ce moniteur chétif et malvoyant n'inspirait pas le respect et ils n'avaient cure de ses qualités humaines. Les insupportait surtout le regard d'attendrissement dont sa prunelle les couvait :

Ils sont pareils à ce que j'étais ! se répétait Kassem. Rejetés de tous les côtés. Ignorants. Incapables de trouver la beauté en eux-mêmes.

Les enfants divisaient le monde en deux camps. M. Mayoumbe était un moniteur et appartenait au camp des autorités ; c'était hypocrisie de prétendre le contraire. Aussi, en sa compagnie, ils étaient d'autant plus turbulents, batailleurs et indisciplinés. Ils fumaient, juraient comme des troupiers et ne reculaient devant aucune insolence.

Le bourreau de Kassem se nommait Zachariah. C'était un adolescent d'origine marocaine, blond aux yeux verts, robuste comme un forain. À son instigation, les enfants surnommèrent Kassem tantôt « Demi-portion », tantôt « Demi-sel ». Kassem crut bon de jouer la carte de la compréhension.

Un après-midi, ils se rendirent à la piscine. Systématiquement, lors de ces séances de natation, Zachariah se déchaînait tout particulièrement, l'eau semblant produire sur lui l'effet de l'essence sur une matière inflammable. Kassem l'arrêta alors qu'il faisait sauvagement boire la tasse à un gamin trois fois moins costaud que lui, et l'entraîna vers les vestiaires :

— Je sais ce que tu éprouves ! lui dit-il sans préambule.

— Ah oui !

L'adolescent le narguait. Vu de près, il était beau. Une beauté inquiétante et redoutable comme celle qui parait peut-être certains officiers S.S.

— Écoute, continua Kassem sans se laisser démonter, ce n'est la faute de personne si tes parents, las de crever de faim dans leur bled, sont venus chercher du boulot dans ce pays où personne ne veut d'eux.

Comme Zachariah gardait toujours le silence, il ajouta :

— J'ai connu cela avant toi et tu vois, je m'en suis tout de même sorti. Ne passe pas ta rage sur moi. Nous sommes du même bord.

— Je peux m'en aller ? interrogea alors Zachariah avec insolence, comme si l'aparté n'avait que trop duré.

Là-dessus, il sortit en faisant valdinguer la porte d'un brutal coup de pied.

Il est à parier qu'il ne comprit pas grand-chose à ce petit discours. Il devint en effet si insupportable que les responsables de La Main tendue durent se séparer de lui.

Kassem se sentit responsable de ce renvoi. Il s'en consola d'autant moins que les autres enfants le lui firent payer en redoublant, s'il était possible, d'indiscipline. Ils désertèrent les répétitions théâtrales tant et si bien qu'il fut impossible de monter *L'Avare.*

En dépit de ces drames, deux fois le mois, Kassem recevait un chèque d'autant plus honorable qu'il était minable. Grâce à lui, il parvenait à inviter Aminata au cinéma et à lui offrir aux entractes le pop-corn qu'elle adorait.

Un jour, il revint à la charge.

Après l'amour, dans l'odeur délicieuse de son corps, il l'attira contre sa poitrine :

— Tu vois, j'ai un travail. Il n'est pas très bien payé. Mais par les temps qui courent, il ne faut pas être difficile.

Il glissa illico :

— Nous pouvons nous marier à présent.

Aminata le fixa rêveusement de ses insondables yeux noirs. Comme un sportif déchiffrant la mine de son entraîneur, il comprit qu'une nouvelle épreuve l'attendait. Elle déclara :

— Chez nous, le mariage est une affaire sérieuse.

— Évidemment ! renchérit Kassem. Est-ce que tu crois que je plaisante ?

— Je veux dire, poursuivit-elle avec gravité, qu'il

ne dépend pas simplement de la fantaisie de deux individus.

Là aussi, Kassem protesta :

— Qu'appelles-tu « fantaisie » ? Tu veux dire « amour » ?

Elle ne répondit pas à la question et enchaîna :

— C'est une affaire de famille. De deux familles. Je ne connais même pas la tienne.

— Ma famille ? fit-il, ahuri.

Depuis qu'il était revenu en France, la pensée de Kellermann et de Drasta lui traversait très souvent l'esprit. Il les voyait vieux-corps à Sussy dans « La Baraque », jadis pleine d'enfants, à présent trop grande pour eux, remplie de souvenirs et de courants d'air. Sans doute Kellermann avait-il enfin fini d'installer le chauffage central, la plomberie, la peinture et l'eau courante. À quoi servait toute la peine qu'il s'était donnée jadis ? Il ne lui restait plus qu'à attendre la mort. Néanmoins, Kassem n'envisageait jamais de traverser le pays pour visiter ses parents. Une honte inavouable le retenait. De quoi aurait-il l'air devant eux ? Il n'avait pas « réussi » ! Borgne. Couturé de cicatrices. Visiblement désargenté.

Dans son embarras, il décida une fois de plus de consulter Ousmane, qui lui avait été dans le passé d'un si grand secours. Il l'entreprit au Fouta Toro, devant un plat de mafé, dans les senteurs de l'arachide et la tomate :

— Les femmes sont vraiment impossibles ! soupirat-il. Voilà qu'à présent elle veut rencontrer ma famille. Tu t'imagines ?

— C'est tout à fait normal, assura Ousmane. De quoi as-tu peur ?

Oui, de quoi ai-je peur ? se demanda Kassem. D'eux ? De leur regard sur moi ?

— Tu connais le proverbe ? reprit Ousmane. « Le sang n'est pas de l'eau » ? Je parie que tes parents t'accueilleront à bras ouverts. D'ailleurs, il ne s'est jamais rien passé entre vous ?

— Comment cela ?

— Pas de bagarres, ni d'injures ?

Kellermann avait coutume de rosser ses garçons en les traitant de « gibier de potence », expression qu'il affectionnait, sous les yeux atterrés de Drasta, jusqu'au jour où Kellermann Jr. qui le dominait déjà d'une tête avait menacé de se défendre.

— Non, jamais, mentit Kassem.

— Et quand cela serait ! rit Ousmane. Moi, mon père me rouait de coups. Coups de pied, coups de poing. Une fois, il a manqué me crever un œil et m'a laissé pour mort dans la cour de la concession. Il fallait voir la scène ! Ma maman, mes marâtres, tout le monde pleurait. Il me traitait constamment de bon à rien. N'empêche, il a chialé comme un enfant quand j'ai décidé de partir pour la France.

En dépit de ces propos réconfortants, Kassem n'était nullement rassuré. Il interrogea :

— Si elle s'aperçoit que mes parents ne sont pas musulmans ?

Ousmane haussa les épaules :

— Quelle importance ! Tu l'es, toi. Elle en a la preuve à présent, non ?

Kassem mit deux semaines pour se décider à écrire à ses parents ; une troisième pour trouver le ton juste de la missive. Il se résolut à l'expédier et trois jours plus tard Kathrina (ou était-ce Kumétha ?) lui téléphona. Sa lettre avait causé le plus grand plaisir aux parents, assurait-elle. Ils le croyaient installé quelque part en Afrique noire ; de le savoir en France les avait enchantés. Ils l'engageaient à venir les visiter à Sussy au plus vite avec sa fiancée. En effet, le temps était compté. À la retraite, Kellermann s'en allait vivre à la Guadeloupe.

Kassem était estomaqué. Ainsi, ses parents allaient quitter l'endroit où s'était écoulée toute leur existence ? Il aurait aimé en savoir plus sur ce départ, mais elle avait déjà raccroché. Ce n'est pas que l'idée fût nouvelle. Kellermann n'avait jamais cessé de rêver de retour au pays. Pendant toute son enfance, puis son adolescence, Kassem l'avait entendu échafauder mille demandes de mutation que des fonctionnaires métropolitains dans leur obscurantisme et leur perversité insondable s'ingéniaient à rejeter. Pour sa part, il en était heureux. Il n'avait aucune envie de suivre son père dans cette Guadeloupe qu'il s'imaginait étrange, inhospitalière, à la fois exotique et barbare, tout droit sortie d'un livre de *Contes et légendes des Antilles*. Les gens y marcheraient sur la tête qu'il n'aurait pas été surpris. Sussy ne voulait pas d'eux, soit ! Lui ne voulait pas de l'île mystérieuse. Après avoir envoyé cette lettre,

Kassem ressassa indéfiniment sa prime jeunesse et ne cessa de s'interroger sur les siens.

Où étaient ses frères ? Dans quel bagne ? Sous quel soleil ? Ses sœurs étaient-elles mariées ? Kathrina et Kumétha étaient aussi proches l'une de l'autre que des jumelles, sans l'être. Elles étaient nées à neuf mois d'intervalle, presque jour pour jour. Elles se ressemblaient comme les traditionnelles gouttes d'eau. Elles se coiffaient de la même manière, portaient des habits identiques, utilisaient les mêmes garçons pour l'amour et le plaisir. Il semblait qu'elles ne fussent pas allées plus loin que Lille. Qu'y faisaient-elles ?

Sur le trajet de Marseille à Sussy, Aminata décida de s'arrêter à Paris chez un frère de sa mère qu'elle n'avait pas vu depuis des temps et des temps, l'oncle Karim. Kassem s'en serait passé. Il ne gardait pas un bon souvenir de la capitale où il avait vécu trois ans pendant ses études. Car elle n'est pas douce aux bourses plates, à ceux qui ne distinguent guère le début du mois de sa fin. Elle leur fait figure maussade. Cependant, il accéda au désir d'Aminata et charroya les bagages le long des couloirs et des escaliers du métro dont il reconnut l'odeur de bouffe avariée.

L'oncle Karim avait vécu sept ans avec femme et enfants dans une chambre à Sarcelles. Il avait fini par déménager dans un cinq-pièces en plein Paris, à la cité Nicolaï. Hélas ! la promiscuité était vite redevenue la même. Il avait dû recueillir son frère avec son épouse et leurs sept enfants miraculeusement réchappés de l'incendie de leur hôtel. Du coup, ils se retrouvaient à quatorze dans un espace prévu pour sept. Aucune porte ne possédait de serrure, aucune serrure de clé. Tandis qu'une partie de la famille descendait deux étages pour écouter un concert de rap au Foyer, l'autre s'entassait dans la salle à manger pour regarder des films d'horreur américains, *Scream* 1, 2, 3. Kassem aurait préféré prendre Aminata par la main et sortir avec elle pour voir s'il n'arracherait pas un sourire à la maussade. Possible que celle-ci soit comme lui sensible au charme d'Aminata ! Pourtant, elle semblait si heureuse, fourmi au milieu de sa fourmilière, qu'il n'eut pas le cœur de la déranger. Il alla tout seul se mirer dans l'œil glauque de la Seine.

La nuit était bien plus fraîche qu'à Marseille.

Il entra boire une vodka à la brasserie Zimmer qu'il avait fréquentée autrefois, les jours où il venait de toucher le pécule que lui envoyait sa mère. Il aimait ses draperies de velours rouge, fastueuses comme un décor de théâtre. Parfois, les acteurs des salles de spectacle voisines, déjà costumés et maquillés, y avalaient un grog bouillant pour s'éclaircir la voix.

Quel drôle de métier ! songeait-il en les dévisageant. Comme si une vie n'y suffisait pas avec son cortège d'avanies ! Il faut qu'ils multiplient cette sale aventure en inventant des scénarios imaginaires.

Quand il revint à la cité Nicolaï, malgré l'heure avancée, Aminata ne dormait pas encore. Elle éclatait en fous rires entre ses cousins et ses cousines. Il alla s'étendre sur une natte à côté d'autres garçons de tous âges et dormit sans rêve.

Le lendemain, tout ce monde se sépara en s'étreignant et en sanglotant. On aurait cru qu'ils n'allaient plus jamais se revoir. Aminata pleura beaucoup dans le train.

— Pourquoi pleures-tu ? demanda Kassem, un peu ulcéré.

— Ils me manquent. Ils me manquent tellement.

— Et moi, je ne te suffis donc pas ?

Ils arrivèrent à Lille à huit heures trois et prirent le bus pour Sussy qui roula près d'une heure à travers un paysage ample et austère. Les arbres dénudés ressemblaient au bois des calvaires ou à des dessins au fusain. Kassem s'aperçut que son souvenir ne rendait pas justice à la région. Parce que son enfance y avait été terne et étouffante, il refusait d'y voir la beauté qu'elle possédait pourtant en abondance. C'est vrai, la nature n'existe que par la perception que nous en avons.

Vers neuf heures, le bus s'arrêta enfin à la gare routière. Soudain paralysé par la peur, Kassem se sentit incapable d'affronter ses parents. Pour retarder l'échéance, il emmena Aminata boire un café à la Flamme du Nord où il s'était glissé tant de fois pour jouer au flipper, encourant l'ire du patron qui ne supportait pas les enfants. À sa grande surprise, celui-ci ne le reconnut pas. Même quand il se nomma.

— Kassem ?

— Un des garçons de Kellermann.

— Pas possible ! Lequel ? Il en avait tout un choix, le bougre !

Sussy possède la laideur sans agressivité des agglomérations qui sont nées, qui ont évolué à la va comme je te pousse, sans dessein initial, dans l'indifférence générale. Seule exception, son église du XVe siècle située sur une ancienne route de pèlerinage. Kassem regardait la grand-rue pavée qu'il avait arpentée tant de fois, faraud, pédalant sur la bicyclette reçue à Noël, les boutiques des commerçants chez qui la famille avait toujours des ardoises, les rares magasins de mode, l'école primaire avec sa minuscule cour de récréation bétonnée, le lycée Paul-Éluard qui, à présent, méritait un coup de peinture. À chaque pas, il retrouvait l'enfant sans joie qu'il avait été et croyait comprendre ce qu'il était devenu. Il se décida enfin à prendre le chemin de sa maison natale. Devant « La Baraque » assortie d'un panonceau « À vendre » — mais on devinait qu'elle n'attirerait personne — stationnait une Alfa Romeo. Kellermann avait toujours eu la passion des voitures exceptionnelles, Maserati, Ford Thunderbird, Lancia. Il les achetait d'occasion à bas prix, les réparait, les refourbissait, les lavait, les polissait, les bichonnait. Une émotion dont il n'avait pas prévu la violence submergea le cœur de Kassem. Dès le hall d'entrée dont il n'avait pas oublié les tableaux — deux Tahitiennes de Gauguin, un Van Gogh, les *Tournesols* et, plus inattendue, la reproduction d'une tête de Déméter, atterrie là Dieu sait comment —, il comprit en revanche que les goûts musicaux de Kellermann s'étaient modernisés. Les accents de l'orchestre haïtien Carimi résonnaient à tue-tête :

À quoi s'attendait-il ? Pas plus que les propriétaires de la Flamme du Nord, ses parents ne parurent le reconnaître. Sur les lèvres de Kellermann, une question semblait trembler :

— Kassem ? Tu es lequel ?

Paradoxalement, il aurait aimé lui rappeler cette préférence qui, autrefois, l'avait tant mortifié et dont, soudain, il s'enorgueillissait.

Sa mémoire avait gardé l'image d'un couple mal assorti : Kellermann, formidable moustachu bombant le torse, séducteur, dans son uniforme de facteur; Drasta, silencieuse souris dans ses habits gris, un enfant dans les bras, d'autres dans les jupes. La vieillesse les avait pareillement blanchis, cassés, rabotés. Cependant, les rôles ne s'étaient pas inversés. Lui bavardait toujours sans arrêt. De tout et de rien. Un accident d'avion survenu dans la jungle colombienne. Les bombes du métro de Londres. La guerre en Irak. Les cyclones dans le golfe du Mexique qu'il appelait par leurs petits noms, Katrina-comme-ma-fille, riait-il, Rita, Wilma. Il avait sur toute chose une opinion irréfutable et n'hésitait pas à la donner.

Elle, ne disait rien. Kassem se torturait. Peut-être, à se taire ainsi depuis tant d'années avait-elle désappris l'art de la parole ? À défaut des lèvres, il interrogeait passionnément ses yeux, mais ils n'exprimaient rien non plus. Vides. Mornes. Un peu fixes.

Ni Kellermann ni Drasta ne firent grand cas d'Aminata et des cadeaux traditionnels qu'elle s'était crue tenue d'apporter. Dans leurs mains, ceux-ci semblaient étrangement incongrus : une tapisserie de Korogho; du bazin bleu de la qualité dite riche; du thé vert, des noix de cola. Ils ne faisaient pas grand cas de Kassem non plus, comme si cet étranger surgissait d'un passé bien révolu.

— Ainsi, vous allez vous installer à la Guadeloupe ? interrogea Kassem quand il parvint à placer un mot.

— Au moins, voilà un rêve qui se réalise ! répondit Kellermann sans amertume ; du ton dont on constate un fait. J'aurais aimé y retourner plus tôt, parce qu'à présent je n'y ai plus aucune famille.

— Personne ? s'étonna Kassem.

— Personne ! fit Kellermann, fataliste. Tous morts. Mes deux sœurs qui vivent encore ont rejoint leurs enfants en métropole. Heureusement, il me reste le pays.

Ce que moi je n'ai jamais possédé ! songea Kassem, s'attendrissant une fois de plus sur lui-même. Ebony Star m'a dit un jour que même le plus déshérité possède un pays. Elle se trompait. Un pays, c'est le fond qui manque le plus à l'époque où nous vivons.

Vers midi, Kathrina et Kumétha arrivèrent. Chacune portait dans les bras un enfant identique. Avaient-elles gardé l'habitude de tout partager ? Était-ce le même homme qui le leur avait fait ? Un reste de beauté s'accrochait autour de leurs yeux marron clair. Elles examinèrent leur frère de la tête aux pieds ; Kassem pouvait déchiffrer leurs pensées.

Pierre qui roule n'a pas amassé mousse, ça crève les yeux. Celui-là va au bout du monde et c'est tout ce qu'il nous rapporte ? Une fiancée noire comme un fond de chaudière.

On passa dans la salle à manger pour un déjeuner qu'à son habitude Kellermann avait entièrement préparé et dont il détailla les ingrédients à l'intention de l'assemblée.

— À présent, on vend du mérou et du thazar chez tous les poissonniers, claironnait-il. Des bananes plantains et des ignames chez les Arabes. C'est le village global !

Pour la première fois, Kassem se demanda si, à son insu, il n'était pas devenu cuisinier à cause de son père. À force de l'entendre s'entretenir de nourriture comme d'autres de littérature. Kathrina et Kumétha coupaient la viande de leur mère, remplissaient son verre et il finit par comprendre qu'elle relevait de maladie.

— De quoi a-t-elle souffert ?

— D'une attaque.

— Elle s'en est très bien remise, assurèrent-elles sèchement comme pour lui signifier que sa compassion venait trop tard.

Pourquoi ses sœurs l'avaient-elles toujours méprisé ? Comme ceux de « La Bande des Quatre » avec lesquels elles s'accordaient parfaitement. Ainsi, elles venaient les rejoindre en chemise de nuit pour se mêler à ces jeux douteux auxquels, morne et oublié dans son coin, il brûlait de prendre part.

Au dessert, Kellermann ayant fini de détailler ses recettes dans le vide, Kassem osa interroger :

— Et les autres ? Les garçons ?

La réponse ne se fit pas attendre :

— Aucune nouvelle. En prison quelque part, dit

Kathrina (ou était-ce Kumétha ?) avec désinvolture. Crois-moi, c'est mieux ainsi.

— J'ai cessé d'acheter les journaux, dit Kellermann, de peur d'y voir en une la tête d'un de mes fils mêlé à une sale affaire. Ça n'a pas marché. Figurez-vous, j'étais chez le dentiste et j'ai lu en première page du *Figaro* que la police recherchait Klodomir.

Kassem se demanda s'il fallait rire de la plaisanterie. Il se sentait plutôt au bord des larmes. Il eut un moment d'angoisse quand Kellermann lui demanda s'il avait l'intention d'aller à l'église saluer le R.P. Hauvert. Le R.P. Hauvert était le curé passionné de Vivaldi qui dirigeait la chorale et qui lui avait sauvé la mise lors de son emprisonnement à Samssara. De peur d'étaler sa familiarité avec un prêtre catholique devant Aminata, il ne voulait point parler de cela.

Le café bu — du café Blue Mountain de la Jamaïque que l'on vendait à la coopérative de Sussy, expliqua Kellermann —, Kathrina et Kumétha se levèrent ensemble. On sentait qu'elles étaient pressées de retourner chez elles à Lille, qu'elles considéraient ces réunions familiales comme des corvées. En même temps, elles posaient sur Kassem des regards débordants d'autosatisfaction. Ah ! S'occuper de ses vieux parents n'est pas une sinécure. Elles étaient pétries d'une autre pâte que leurs frères et n'avaient pas un reproche à se faire. Elles ne les avaient jamais négligés, mangeaient la dinde avec eux à Noël, et chantaient « Happy Birthday » aux anniversaires.

Tout en comptant les gouttes de leur mère, elles annoncèrent qu'elles ne viendraient plus de la semaine : elles allaient passer quelques jours à Djerba, en Tunisie. Au moment de partir, elles attirèrent Kassem dans un angle de la pièce :

— Ne les fatigue pas, recommandèrent-elles. Ils ont besoin de longues siestes.

Obéissant, Kassem, qui n'avait pas loué de voiture vu la modestie de ses moyens, reprit le bus pour Lille avec Aminata. Malheureusement, l'après-midi était froid et venteux. Aminata, transie, ne s'intéressait pas aux vieilles pierres, cathédrale, baptistère, hôtel de ville. Seul havre de grâce : la librairie « À l'Étoile du Nord » dont elle admira éperdument le rayon poésie. Elle y retrouva son cher Neruda qu'elle put même lire dans le texte :

Dadme el silencio, el agua, la esperanza.
Dadme la lucha, el hierro, los volcanes.
Apegadme los cuerpos como imanes.
Acudid a mis venas y a mi boca.
Hablad por mis palabras y mi sangre.

Honteux de son ignorance, Kassem, qui, hormis un peu de Rimbaud et un peu de Baudelaire, ne connaissait aucun écrivain, feignait de feuilleter un recueil de poésies de Saint-John Perse auquel il ne comprit pas grand-chose. C'était un Guadeloupéen qui s'exprimait ainsi ?

L'Été plus vaste que l'Empire suspend aux tables de l'espace plusieurs étages de climats. La terre vaste sur son aire roule à pleins bords sa braise pâle sous les cendres. — Couleur de soufre, de miel, couleur de choses immortelles, toute la terre aux herbes s'allumant aux pailles de l'autre hiver — et de l'éponge verte d'un seul arbre le ciel tire son suc violet.

Ils prirent un Paris-Brest et une tasse de chocolat à la cafétéria.

À leur retour à Sussy, ils ne revirent pas Kellermann et Drasta, déjà au lit, sans doute. Ils dînèrent donc en tête à tête des restes du déjeuner et se couchèrent à leur tour. La télévision étant en panne, que faire d'autre ?

Il n'avait jamais envisagé revenir un jour à « La Baraque » et faire l'amour sur la couche de sa chambre d'enfant. Une longue pièce chichement éclairée. Des tables de chevet s'accotaient à d'étroits lits à une place recouverts de plaids écossais. Sur les murs étaient accrochés divers posters. L'un d'eux représentait Santana que Kellermann Jr. avait sacré « Prince de la Musique ». Sur le bureau, un ordinateur d'un modèle ancien jouxtait un électrophone aussi désuet et quelques disques. Autrefois, une reproduction d'une Vierge à l'Enfant souriait dans son cadre. Elle avait disparu ; à sa place, on voyait un rectangle de papier peint plus pâle. Dire qu'il avait grandi entre ces murs ! Posé sur cet oreiller sa tête farcie de rêves ! Que désirait-il alors ?

Partir. Tout simplement partir.

S'accrocher à un bord du monde où il n'aurait pas

honte. De ses parents. De ses frères et sœurs. De sa maison. De la voiture de son père. Du manteau de sa mère. De sa couleur surtout.

Apparemment, ce décor déprimait pareillement Aminata. Elle y perdit sa belle créativité amoureuse et contrairement à l'habitude l'accouplement fut assez morne.

Le lendemain matin, au moment des au revoir, Drasta éclata en sanglots et s'effondra sur la poitrine de Kassem. Kellermann la rabroua assez brutalement comme il avait coutume de le faire, ce qui révoltait le cœur de Kassem à chaque fois. À vrai dire, Kellermann ne traitait pas sa femme plus tendrement que ses enfants. Elle aussi était une mineure qu'il fallait maintenir de gré ou de force dans le droit chemin.

Bouleversé, Kassem, qui ignorait qu'il ne devait plus la revoir, emporta dans le train Corail l'image du visage baigné de larmes de sa mère.

À sa surprise, sitôt arrivé à la Guadeloupe, Kellermann lui adressa une longue lettre. Pas un e-mail ou un de ces S.M.S qui ont remplacé la véritable correspondance. Non, cinq ou six feuillets couverts de son écriture appliquée de facteur. Il y donnait force détails. À la dernière minute, ils étaient parvenus à vendre « La Baraque », ce qui leur avait permis d'acheter un pavillon ultramoderne dans une des cités de la populeuse ville de Baie-Mahault, qui n'était encore qu'un village quand il avait quitté la Guadeloupe. Ils avaient largement de quoi loger les filles, sa fiancée et lui, s'ils le désiraient. Il ne tarissait pas d'éloges sur le pays. Ah ! Qu'il avait progressé. La Pointe n'était plus l'amoncellement de taudis qu'il avait connu dans sa jeunesse. On comptait des routes, des autoroutes à quatre voies, des échangeurs et des ronds-points. On recevait la télévision par satellite tandis que l'île pouvait s'enorgueillir du plus grand centre commercial de la Caraïbe, Porto Rico excepté.

Qu'ils allaient être heureux pour leurs vieux jours !

III

Par négligence, ou parce qu'il ne pouvait rien écrire qui reflète le même optimisme, Kassem ne répondit pas à cette lettre. Mal lui en prit.

Un ou deux mois plus tard environ, au petit matin, une de ses sœurs lui téléphona, la voix méconnaissable de fureur :

— Tu sais la nouvelle ? Elle est partie !

— De qui parles-tu ? demanda Kassem.

— D'elle. De Drasta. Elle est retournée en Roumanie. Elle a retrouvé sa sœur à Paris et elles sont rentrées dans leur pays.

— Elle veut divorcer ? souffla Kassem, atterré.

— Je ne sais pas ce qu'elle veut. Elle a laissé le pauvre papa sans un mot d'explication.

Il aurait été informé de la mort de sa mère qu'il en aurait moins souffert. C'était comme si toutes ces années qu'elle avait vécues à Sussy, son mariage, Kellermann, ses sept enfants ne signifiaient rien pour elle.

Ce n'avait été qu'une longue parenthèse qui se refermait. Enfin, elle prenait sa liberté. Dans son désarroi, le soleil se levait sur lui, se couchait sans qu'il s'en aperçoive. Ses jours ressemblaient à des nuits. Il allait, haletant, frissonnant, grelottant comme s'il était atteint de malaria. Il se remémorait de grands pans de son enfance, des moments du passé qui, pareils à des ruines du temps, longtemps s'effondraient sur lui, le laissant saignant et endolori.

Ulcéré, révolté, déchiré, il se rappelait les larmes de Drasta lors de sa visite. Hypocrite ! Peut-être qu'à l'époque elle avait déjà échafaudé tout son plan dans sa tête ? Les femmes, toutes les femmes, les plus soumises en apparence, les plus aimantes, ne sont donc que des trompe-l'œil ? Parfois, sa colère faisait place à une immense pitié. Il la plaignait. Il se disait qu'elle avait passé sa jeunesse en étrangère à Sussy et qu'elle n'avait pu recommencer la même expérience en Guadeloupe alors qu'elle était aux portes de la vieillesse. Elle était revenue vers *sa* terre. Oui, une terre compte plus que tout.

Cela fortifiait son désir de s'enraciner en fondant une famille avec Aminata. Elle constituerait sa terre et le vengerait de tant de frustrations. Aussi, un après-midi, l'entreprit-il de nouveau. Ils venaient de faire l'amour dans un réduit où l'on entreposait les sacs de riz, où l'on mettait les tout-petits pour la sieste, où parfois un sage s'enfermait avec son Coran. Il ne rêvait que de la solitude à deux :

— Tu as vu ma famille il y a quelques mois. Comment l'as-tu trouvée ?

Embarrassée, elle ouvrit la bouche, la referma, l'ouvrit à nouveau :

— Je ne veux pas te faire de peine, surtout en un pareil moment. Elle ne m'avait pas vraiment fait l'effet d'une famille ! La preuve, ce qui arrive aujourd'hui ! ajouta-t-elle très bas.

Bien que cette dernière remarque ait été prononcée avec infiniment de tendresse, elle laboura le cœur endolori de Kassem. Consciente de l'effet produit, elle le gratifia d'un baiser rapide sur le front et reprit dans un souffle :

— Cela importe guère. Parle à mon papa. Demain, c'est son jour de congé. Il ne quitte pas la maison, je lui annoncerai ta visite.

Pour la première fois depuis longtemps, le soir retrouva sa douceur. Pour un temps, Kassem cessa de se torturer à propos de Drasta, de questionner son fantôme, de l'imaginer dans sa ferme de Roumanie aux prises avec sa volaille.

Le cœur en fête, il courut annoncer la bonne nouvelle à Ousmane qui, cette fois, tentait d'écouler des sacs à main faussement Vuitton.

— Elle accepte de m'épouser ! hurla-t-il éperdu.

Il éprouvait le sentiment d'exaltation d'un sportif qui vient d'accomplir une performance. À sa surprise, Ousmane fit la moue :

— Avant de t'engager, réfléchis bien. Les Anciens disent que le mariage est un cirque russe. Ceux qui sont assis au premier rang savent bien qu'il n'y a rien à voir.

Il décida tout de même d'emmener Kassem fêter l'événement au Brasero, un bar brûlant comme l'indiquait son nom. Dans le beuglement de la musique du Super Étoile, on se heurtait à l'habituelle mosaïque de déracinés qui ne se consolaient pas de ce qu'ils avaient perdu dans l'exil : estime de soi, sentiment d'appartenir à une communauté respectable et vivante et non d'errer, les mains vides, à la surface de la terre. « *Disposable people* », disent en anglais les sociologues, « des êtres jetables » dispersés au gré des besoins, utilisés, rejetés. Cependant, en dépit de l'exil et des dépossessions, l'atmosphère du Brasero n'était pas triste. Les filles aguichantes proposaient le sexe à si bon marché que tous pouvaient se l'offrir. Que serait la vie des plus démunis sans ce plaisir-là ?

Kassem s'assit en face de Joseph, un Soudanais de belle mine mais triste comme la pluie. Un jour, Kassem lui avait parlé de Rimbaud, mais il était clair qu'il entendait ce nom pour la première fois. En levant son verre, Joseph fit de sa voix rocailleuse :

— Tu vas te marier, à ce que j'apprends ? Attention ! Rappelle-toi ce que disent nos Anciens. « La femme est un sac d'où tout peut sortir. »

Qu'avaient-ils tous à vouloir lui gâcher son bonheur ?

— De celle-là ne sortira que le meilleur ! affirma Kassem avec assurance.

Le Soudanais rit :

— Écoute mon histoire avant de t'avancer. On l'appelait Amouroukou, qui dans notre langue veut dire « Petite Nuit ». Elle habitait la concession voisine de la mienne. Elle était aveugle. Toute la journée, oubliée des siens, elle traînait dans la cour parmi les vans, les pilons et la poussière de mil. Je l'adorais. Je l'emmenais se promener, se baigner, je lui apportais à manger (j'étais le seul à y penser, sans moi elle serait morte de faim), je l'ai inscrite à l'école privée des Sœurs pour qu'elle apprenne à lire en braille. Mon père ne voulait pas de ce mariage. « Si tu l'épouses, répétait-il, tu seras son esclave. Alors que c'est la femme qui doit être l'esclave de l'homme. » Mais j'ai tenu bon. La veille de la cérémonie, un de ses frères m'a attiré dans un coin : « Écoute Joseph, m'a-t-il dit, Amouroukou n'est pas celle que tu crois. » Sans vouloir en entendre davantage, je me suis jeté sur lui et je lui ai cassé la gueule. Peu après la nuit de noces, ma femme et moi, nous avons déménagé à la cité Abdel-Karim Belaye dans une de ces villas ultramodernes que le pouvoir construisait pour ses privilégiés. Rien ne manquait. Ni le gaz. Ni l'électricité. Ni l'eau courante. Je travaillais alors au ministère de l'Investissement humain, c'est-à-dire que je me rendais dans les régions les plus reculées pour exhorter les paysans à appliquer les consignes révolutionnaires. Aussi, je m'absentais des journées entières. Un jour, je suis revenu à Khartoum plus tôt qu'à l'habitude. Au milieu de l'après-midi. La terrasse de notre maison était pleine de monde. Des hommes attendaient, des Noirs, des Arabes, des miliciens, des soldats, des marins. On la surnommait « Délice de l'Orient ». C'était la plus célèbre putain de notre pays, riche en putains. Eh oui, voilà celle que j'avais épousée.

Là-dessus, il s'écroula sur la table en sanglotant.

Pour ne pas entendre plus longtemps ce fâcheux, Kassem se leva et sortit. Dehors, l'air de la nuit était vif. La sirène d'un vaisseau en partance vers une ville inconnue mugissait : Kassem s'efforçait d'être optimiste, d'oublier tant de déceptions : Drasta, Hafsa, Ebony Star. Les femmes l'avaient échaudé et de belle manière. Mais il avait foi en son Aminata. Elle serait le roc sur lequel il bâtirait sa destinée.

Aucune lumière ne brillait aux fenêtres du palais Grizzi, Ramzi n'était pas rentré. Où était-il ? Probablement à un dîner, à un spectacle ou à une réception mondaine. Kassem n'avait jamais parlé d'Aminata à Ramzi pour de multiples raisons. La plus inavouable, c'est qu'il craignait ses sarcasmes. Lui, si épris du luxe et de la parade, quel prix accorderait-il à cette humble enfant de travailleur immigré ? Que dirait-il des projets de son ami ? Se marier, s'installer avec Aminata signifiait se séparer de Ramzi. En serait-il capable ? Kassem préféra chasser ces pensées de son esprit.

Le lendemain, il s'efforça d'être optimiste. N'était-il pas un prétendant honorable ? Que pouvait-on lui reprocher ? Il monta quatre à quatre les escaliers de la cité Beaumarchais. Babakar, le père d'Aminata, un échalas à mine débonnaire — à croire qu'il laissait l'embonpoint aux femmes de la famille —, se réveillait à peine. Son épouse remplissait d'eau chaude une vieille baignoire en zinc et Kassem dut attendre près de trois heures qu'il fût lavé, rasé, habillé, restauré. Pour nourrir sa vaste parenté, cet homme harassé avait trois boulots à la fois. Il croyait en quelques principes simples qu'il aimait exposer à ses interlocuteurs :

1. L'oisiveté est la mère de tous les vices.
2. L'instruction ouvre toutes les portes.
3. La femme est l'avenir de l'homme.

Ce dernier principe pouvait surprendre chez un homme de son éducation. Mais, père de six filles, Allah lui ayant refusé des fils, il faisait contre mauvaise fortune bon cœur. Il écouta Kassem avec une bienveillance distraite. À la fin de son discours, il posa une condition. Qu'Aminata passe d'abord son bac. Après, on verrait pour le mariage.

Kassem sentit qu'il serait vain d'insister. Une seule solution se présenta à son esprit : il devait aider Aminata à atteindre le but fixé par son père. Lui qui avait toujours haï les maths, il fut bien obligé de se faire répétiteur et de lui acheter des piles de corrigés. Chaque jour, il tentait avec elle d'élucider d'insolubles problèmes d'algèbre et de géométrie. Au fur et à mesure que la date fatidique des examens approchait, la vie devenait plus fiévreuse. On ne parlait plus que de théorèmes et d'équations. Aminata n'avait la tête qu'au carré de l'hypoténuse. Certainement pas à la poésie ni à l'amour. Un crayon entre les dents, alors que le malheureux Kassem, morfondu de désir, tentait de prendre son mal en patience, elle jonglait avec l'équerre et le compas. Enfin, le jour de l'examen arriva. Puis celui du résultat, aussi terrifiant que le jour du Jugement dernier. Une troupe de supporters quitta la cité Beaumarchais et se précipita devant le lycée où les noms des heureux admis devaient être affichés en lettres majuscules, à l'encre rouge.

Catastrophe ! Celui d'Aminata ne figurait nulle part. Une fois de plus, elle était collée.

Kassem fit partie de la procession qui rapporta la mauvaise nouvelle à la maison. Aminata fondit en larmes dans les bras de sa mère qui sanglotait haut et fort qu'Allah n'avait pas de pitié. On aurait cru à les entendre qu'en notre époque de réchauffement de la planète, c'est-à-dire de tsunami, de tremblements de terre meurtriers et de cyclones de catégorie 5, une monstrueuse catastrophe naturelle s'était abattue sur Marseille. Les mêmes phrases terrifiées voltigeaient sur toutes les lèvres :

— Qu'est-ce que Babakar va dire ?

— Comment va-t-on lui annoncer la nouvelle ?

— Il sera trop fâché !

Kassem ne partageait pas le sentiment de désolation générale. Au contraire. Cet échec, le troisième, lui semblait un cadeau du sort. Il pourrait servir d'accélérateur à ses projets : mieux vaut tête bien pleine que bien faite. Soit ! Mais il faut se contenter de ce que l'on a. Aminata n'était pas douée pour les études. Il fallait ouvrir les bras à celui qui voulait l'épouser. Allaient-ils continuer à vivre, elle à la cité Beaumarchais, lui au palais Grizzi, se cachant pour faire l'amour, se cachant pour voler des moments de bonheur à l'existence ?

Il se sentait de taille à faire entendre raison au redouté Babakar.

Pourtant, le lendemain, paralysé par la timidité, il ne dit pas grand-chose quand il se trouva devant lui. Babakar déjeunait avec des oncles et des cousins. Rien que des hommes, drapés dans leurs grands boubous de bazin, chaussés de babouches couleur beurre-frais. C'est ainsi que se traitent les choses sérieuses. Loin de l'émotivité des femmes et de leurs choix irraisonnés. Kassem dut attendre qu'ils aient fini de manger, de siroter le thé vert, puis de partager la noix de cola. Babakar l'écouta avec la même bienveillance distraite. Quand il se tut, il joignit les mains :

— Regarde-moi, dit-il. Regarde-moi bien. Le matin, je cours aux Halles pour aider « la patronne » à se procurer des produits frais et moins chers. Toute la journée, je travaille sur un chantier de construction. Ensuite, je fais le gardien de nuit sur un autre chantier avec des chiens qui n'ont qu'une envie : me dévorer. L'un d'eux m'a pris là et a failli emporter mon bras. Et tu sais pourquoi je fais tout cela ? Parce que je sais à peine lire et écrire, et que je ne peux pas trouver d'autres boulots. De bons boulots. Et tu sais pourquoi je suis comme ça ? Parce que mon papa a abandonné ma maman avec six enfants. Il est parti pour la France, on n'a jamais revu la couleur de ses yeux. À neuf ans, j'ai dû arrêter l'école pour donner un coup de main à ma maman. Je veux que cela n'arrive à aucun de mes enfants.

Les oncles et cousins approuvèrent bruyamment en chœur.

— Il dit la vérité. Il parle bien.

— Grand frère, ce que tu dis là est bon.

— Écoute-le bien, petit frère !

Kassem interrompit ce concert d'éloges qu'il soupçonnait d'ailleurs d'être hypocrites :

— J'aime Aminata ! cria-t-il. Je n'ai pas la moindre intention de la quitter. Au contraire, je serai à côté d'elle toute la vie.

Babakar haussa les épaules tandis que les oncles et les cousins riaient doucement de ce jeunot, naïf comme tous les jeunots.

— Quel âge as-tu ? On dit cela à vingt ans, assena-t-il. À quarante, on dit autre chose. Non ! Pas de mariage avant le baccalauréat. C'est mon dernier mot.

Là-dessus, il se leva, signifiant que l'entretien était terminé. Tout le monde l'imita et l'assemblée des hommes se dispersa.

Kassem descendit l'escalier :

C'est bien l'idée d'un homme illettré ! pensa-t-il en colère. L'éducation n'est plus un sésame. Et puis, quelle éducation ? Où Aminata ira-t-elle avec un malheureux bac ? Les A.N.P.E. regorgent de gens superqualifiés. Des docteurs en science ou en philosophie qui sont fatigués de chômer.

Il traversa la cour lépreuse où quelques « deuxième génération », apparemment inconnus des services de La Main tendue jouaient au football. S'imaginer qu'Aminata se révolterait contre le diktat paternel, c'était irréaliste. Elle manifestait une fâcheuse tendance à l'obéissance. Il marcha tristement jusqu'au palais

Grizzi, insensible à la diversité des rues qui, en général, l'amusait. Au fur et à mesure, ses pensées prenaient un tour de plus en plus sombre. Qu'avait-il gagné depuis qu'il s'était enfui de Porto Ferraille ? Pas grand-chose. Il croyait avoir trouvé le bonheur dans les bras d'Aminata, ce n'était qu'un leurre en fin de compte. À Porto Ferraille, il n'aimait pas « parer ». Ici, il n'aimait pas davantage La Main tendue.

Il entra dans sa chambre et s'assit devant la télé. Il y avait *Shrek* 2. C'est seulement dans les contes de fées que les ogres trouvent le bonheur et une compagne à leur mesure.

Il l'éteignit avec impatience.

IV

Brusquement, la porte s'ouvrit et Ramzi entra. Ramzi !

Ils n'avaient pas pris un repas ensemble depuis des semaines. Quand il revenait de La Main tendue, le palais était vide, Ramzi faisait le beau dans un salon quelconque. Ce soir-là, il semblait soucieux, et se laissa tomber dans un fauteuil en s'exclamant :

— Les choses vont mal !

Toute l'affection que Kassem lui portait et dont, absorbé par les médiocres péripéties du quotidien, il n'avait pas toujours conscience, reflua vers son cœur. Il eut honte des secrets, des cachotteries qu'il ne cessait de lui faire :

— Qu'y a-t-il ? fit-il en lui prenant tendrement la main.

— J'ai de mauvaises nouvelles à t'annoncer, répondit Ramzi. Je n'ai plus d'argent, plus un sou. Ruiné. Big Boss a réussi à geler tous mes avoirs, tous mes comptes en banque hors du pays. Même l'argent que j'ai hérité de mon père m'est inaccessible.

— En a-t-il le droit ? s'exclama Kassem.

— Le droit ? fit moqueusement Ramzi. Un dictateur est le Droit. De même qu'il est la Révolution. Qu'il est la Nation. Qu'il est l'Alpha et l'Oméga.

— Que vas-tu faire ?

Ramzi railla :

— Comme toi. Je vais chercher un travail « honorable ».

Kassem ne releva pas la moquerie. Ramzi continuait, fataliste :

— Je suis médecin, ne l'oublions pas. À Leeds, j'ai étudié la parasitologie sous l'égide du grand Levis Levisham. Nous avons isolé le virus de nombreuses maladies et nous avons été à deux doigts de trouver le vaccin contre le sida. À Samssara, dans mon laboratoire, dans les fleurs, les plantes et les plus communs feuillages, j'ai découvert des micro-organismes qui sont à l'origine de terribles infections. Je vais reprendre mon métier.

Dès le lendemain, il fit appel à un entrepreneur. Celui-ci fit tomber des cloisons, condamner des fenêtres, ouvrir des galeries, en un mot, il modernisa le palais Grizzi. Puis Ramzi engagea du personnel, une réceptionniste trilingue et une infirmière, deux brunes pulpeuses fort jolies qui n'avaient d'yeux que pour leur nouveau patron.

Cependant, il y a parfois loin de la coupe aux lèvres. Une violente campagne se déchaîna par journaux interposés. À peine le président de l'ordre des Médecins, le pompeux docteur Chazal, eut-il vent de l'ouverture du cabinet de médecine tropicale de ce docteur Ramzi An-Nawawî qu'il émit bruyamment des réserves. D'où sortait ce charlatan ? Ses diplômes, douteux ! Aucun Ramzi An-Nawawî n'était sorti de la faculté de médecine de Leeds en 1998. Devant ce tollé, Kassem se rappelait les accusations jamais prouvées de Hafsa. Elle lui avait tenu des propos quasiment identiques. Une fois de plus, une voix affirmait que Ramzi n'était pas celui qu'il paraissait être, que peut-être le personnage n'était pas très recommandable.

L'autre se défendait comme un beau diable.

— Ce sont des snobs, des racistes, se plaignait-il à Kassem. Le docteur Chazal ne supporte pas qu'un étranger, un sang-mêlé ou, comme il dit, un métèque, accède à son clan.

Kassem ne demandait qu'à le croire. Ils reçurent tous deux un fameux coup le jour où le quotidien *Le Marseillais* publia en une la photo de Ramzi aux côtés de Big Boss, dictateur connu et reconnu sur tous les continents. Cette photo fit scandale non seulement auprès des intellectuels de gauche, mais, plus simplement, des honnêtes gens qui font la distinction entre le bien et le mal. Ce Ramzi était donc un assassin des peuples ? Cependant, l'estocade fut portée quelques jours plus tard. Sous la plume d'un certain Claude Sénécal, le quotidien rapporta que le docteur An-Nawawî avait été impliqué dans une épidémie d'une extrême gravité, jamais élucidée, qui avait emporté des milliers de jeunes filles à Porto Ferraille. Elle lui aurait permis de s'enrichir grâce au coût prohibitif des embaumements, rebaptisés « parages », qu'il préconisait.

— Il ment ! se répétait Kassem, bouleversé, se rappelant la visite des étudiants du docteur Fankel, mais s'efforçant de se convaincre de l'innocence de son ami.

Ramzi dut s'incliner et renoncer à ses projets. Il donna congé à ses deux ravissantes recrues et régla son entrepreneur. Pourtant, il semble que ni le docteur Chazal ni Claude Sénécal n'eurent le dernier mot. Ils furent emportés, l'un et l'autre, par une embolie pulmonaire et leurs propos n'eurent plus d'autre poids que celui des défunts. La victoire changea de camp. Ramzi fréquentait trop de gens illustres et influents. Il avait trop de connaissances pour traverser longtemps le désert de la malchance. Un après-midi, il rentra tout guilleret, fredonnant une plaisante mélodie de sa voix bien timbrée.

Tu dis que dans la danse les tendres confidences
N'ont guère d'importance.

— On vient de me confier un poste important, claironna-t-il. Celui de haut-commissaire à l'Intégration.

— Haut-commissaire à l'Intégration ? Cela consiste en quoi ? interrogea Kassem qui, décidément, ne comprenait rien à ces titres ronflants : « Pareur officiel », « Guide suprême de la révolution », à présent, « Haut-commissaire à l'Intégration ».

Ramzi eut un geste vague :

— Marseille et ses environs, comme d'ailleurs toute la France, regorgent de communautés qui se regardent en chiens de faïence quand elles ne se déchirent pas à belles dents. Il s'agit de leur faciliter la vie ensemble.

— Comment comptes-tu y parvenir ? demanda Kassem.

— On verra. Tu es assommant, tu sais, avec tes questions. Ce n'est pas là que je vais m'enrichir, poursuivit-il. C'est certain. Mais voyons toujours ce que cela donnera.

Dès le lendemain, il prit ses fonctions. Peu importe si personne ne savait exactement en quoi elles consistaient. Il occupait un magnifique bureau au premier étage de l'hôtel de Région, une petite merveille d'Art déco. Il tutoyait le maire, les conseillers régionaux et municipaux, était invité à déjeuner chaque fois qu'un ministre venait de la capitale. Kassem ignorait le salaire qu'il percevait. Toutefois, il en était convaincu, il ne devait pas être aussi minable que le sien, ses demandes d'augmentation se heurtant régulièrement à des fins de non-recevoir. Étant donné l'incertitude des temps qu'il traversait, Ramzi quitta le palais Grizzi pour l'hôtel Siglione, beaucoup moins vénérable puisqu'il ne datait que de la fin du XIXe siècle. En outre, une fâcheuse réputation s'attachait à lui. Il avait appartenu à une famille de collaborateurs notoires dont deux avaient étés exécutés à la Libération. Moins luxueux que le palais Grizzi, il gardait tout de même bonne allure et était situé rue des Estouffettes, au centre d'un vieux quartier aristocratique. Les murs de ses douze pièces étaient recouverts de boiseries patinées par le temps, sur lesquelles étaient accrochés d'énigmatiques visages. Un condottiere à moustache d'Espagnol ornait la chambre de Kassem.

L'ennui, c'est qu'à cause de ses nouvelles activités la vie de Ramzi se transforma considérablement. D'oisive et bohème, elle devint réglée comme papier à musique. Il se levait à l'aurore, car il lui fallait des heures pour se préparer et enfiler la panoplie du parfait séducteur. Caftan de soie, gilet et bonnet assorti au caftan, babouches de peau souple. À neuf heures et demie, sa Mercedes le conduisait à son bureau. Il y passait la journée, et ne revenait qu'à dix-huit heures, sa secrétaire ployant sous le poids de ses dossiers. Vers vingt heures, il dînait entouré de collaborateurs qui, ensuite, déployaient une grande débauche d'ordinateurs portables, de dictaphones et de téléphones cellulaires qui rappelait à Kassem le temps de la collaboration avec Hafsa, et s'enfermaient avec lui dans un bureau. Comme Ramzi n'avait pas engagé de chef et faisait appel aux services de Kassem, du coup, chaque soir, il se trouvait confiné à la cuisine. Il mitonnait les plats, disposait les plateaux de fromage, servait le café et le cognac Courvoisier jusqu'aux premières heures du jour. Bref, il n'avait plus beaucoup de liberté.

Il est vrai qu'à ce même moment la cité Beaumarchais lui était devenue pratiquement interdite. Babakar avait été si furieux du nouvel échec de sa fille qu'il l'avait consignée entre les quatre murs de la chambre qu'elle partageait avec ses sœurs et ses cousines et lui avait interdit les visites. Si Kassem parvenait parfois à outrepasser cette consigne, c'était grâce à l'un des innombrables cousins d'Aminata, qui, pour prix de sa complicité, exigea d'abord un D.V.D., puis un iPod, puis une Wii. Aminata et Kassem se voyaient une heure de temps, entre le moment où celui-ci cessait son service à La Main tendue et celui où il devait retourner à l'hôtel Siglione. Il se sentait revenu aux jours de Porto Ferraille. Son travail l'épuisait, l'excédait, les gamins se montraient de plus en plus insolents. Il n'avait plus de femme, plus d'amis. Mais n'était-ce pas de sa faute ? Pourquoi était-il perpétuellement malcontent de son existence ?

— J'ai haï les « parages », se répétait-il. Je n'ai guère apprécié les cuisines du palais. À présent, je hais La Main tendue. À quoi suis-je bon ? Qu'est-ce que j'aime, en fin de compte ? Qu'est-ce qu'il me faut ?

Kassem ignorait qu'il était comme la majorité des humains. À rêver de l'inaccessible.

La nausée que lui causait son travail rejaillissait sur ses prouesses sexuelles. Lui d'habitude si gourmand, et qui en redemandait, manquait s'endormir sur le sein d'Aminata. En outre, l'amour, pour être correctement exécuté, a besoin de s'entourer d'un minimum d'intimité, « *privacy* » disent les Anglais. Or, le cousin d'Aminata se tenait toujours debout devant la porte du réduit où ils s'ébattaient dans le plus parfait silence, sans une parole, sans une plainte, sans un gémissement, de peur d'attirer l'attention des autres occupants de l'appartement.

Ils se virent une seule fois sans se cacher. Ironie du sort! Ce fut à l'occasion d'un concert organisé par Ramzi. Il inaugurait à la fois le début de ses activités créatrices et une salle polyvalente, baptisée, après trois mois de cogitations, le Hall André-Malraux. Ce choix peut surprendre ceux qui ne réfléchissent pas. Ce grand esprit, amoureux des paysans illettrés peintres de Saint Soleil en Haïti auxquels il consacra un chapitre de *L'Intemporel*, ne fut-il pas l'initiateur de ce « dialogue des cultures » dont on nous rebat les oreilles?

Le concert imaginé par Ramzi rassembla près d'un millier de spectateurs. Ramzi entendait prouver que la musique était le seul langage capable de transcender les frontières. Le clou en était une « Conversation à trois voix ». Un célèbre griot du Sénégal chantait avec une célèbre chanteuse française, accompagnés par le célèbre Grand Orchestre du Caire. On comptait aussi des chanteurs de rap américains de Pittsburgh. En vedette américaine se produisait un ensemble venu de Guinée, le nouveau Bembeya Jazz. La publicité faite autour de cet événement sans précédent était telle qu'elle avait trouvé un écho dans les cités les plus reculées. C'est ainsi qu'elle était parvenue aux oreilles de Babakar. S'il était têtu, il n'était pas obtus. À cette occasion, il leva toutes les interdictions pesant sur Aminata. Lui-même était présent au milieu d'un groupe d'hommes en boubous escortant leurs épouses coiffées de volumineux mouchoirs de tête. Reconnaissant Kassem, il le serra chaleureusement contre sa poitrine.

— Bonjour, mon fils! fit-il affectueusement.

Puis, il continua son chemin, royal. Pendant ce temps, le cœur de Kassem s'affolait. « Mon fils! » Il avait dit : « Mon fils! » Est-ce que cela signifiait qu'il le considérait comme un membre de la famille? Qui sait, un futur gendre?

Le malheureux ignorait que les mots « fils », « frère » et « sœur » sont très dévalués en Afrique.

On peut dire que ce soir-là marqua la vengeance et le triomphe de Ramzi. Il rappela à Kassem des instants précédemment vécus. Quand, à vingt et une heures, Ramzi monta sur la scène de la salle polyvalente, toute sa personne fut auréolée du même éclat qu'à Porto Ferraille, quelques années plus tôt, quand il était apparu à la télévision pour préconiser les « parages ». De la même manière, sa beauté conquit tous les esprits. Les êtres humains ne sont-ils donc sensibles qu'à l'apparence? Sous quelques cieux que ce soit, un cœur intelligent et sensible qui se cache dans une enveloppe disgracieuse n'a-t-il aucune chance de réaliser ses ambitions? Celui que les yeux admiraient maintenant était-il le même que celui que la presse avait vilipendé et traîné dans la boue? En vérité, celui que l'on voyait là était sûrement une « grande âme », comme le

Mahatma Gandhi. C'était un Être que le ciel envoyait pour remplir une mission de la plus haute importance, pensèrent les esprits pieux.

Kassem raccompagna Aminata chez elle. Il le savait, la séduction de Ramzi reposait sur son pouvoir d'éblouir hommes et femmes par l'éclat de son physique et celui de son esprit. Lui-même avait cessé de s'intéresser à la véritable nature des sentiments qu'il lui portait. Mieux valait ne pas pêcher en eaux troubles. Il savait que, toute sa vie, il porterait ces sentiments inavouables, ambigus, enfouis à l'intérieur de son être comme une graine dans la terre. Cependant, il fut entièrement rassuré. Aminata, elle, n'était pas tombée sous le charme de Ramzi :

— Tu le connais depuis longtemps ? fit-elle d'un ton soupçonneux. Quel drôle de type !

Kassem bredouilla. Elle insista :

— Il paraît que tu habites chez lui ?

— Il me loue une chambre pour me dépanner. Autrefois, en Afrique, j'ai travaillé sous ses ordres, répondit-il de façon évasive.

— Sous ses ordres ? Alors, j'en suis sûre, c'est avec lui que tu as commis ces actes dont tu n'es pas fier.

Elle le fouaillait du regard. Les femmes sont-elles de simples êtres humains ? Il s'effraya de cette perspicacité et pressa le pas, se demandant comment changer de sujet.

Venues de la mer, des coulées d'un vent frais les saisissaient aux épaules, annonçant que l'automne n'était pas très loin. Comme à l'accoutumée, les rues débordaient d'une foule bruyante, affamée, dévorant merguez ou pizzas.

— Comment envisages-tu notre avenir ? interrogea Kassem. Combien de temps allons-nous vivre ainsi séparés l'un de l'autre ?

Elle lui prit la main :

— Je t'en prie. Aie un peu de patience, je l'aurai ce foutu bac.

Elle parlait avec la détermination d'un croisé qui va délivrer Jérusalem des mains des infidèles. Il n'osa pas protester.

V

Après le concert, la vie reprit son cours maussade.

Aminata disparut à nouveau à la cité Beaumarchais, séquestrée par Babakar. Kassem et elle en furent réduits à communiquer au moyen de mélancoliques S.M.S.

> Aminata. Nata mia.
> Si tu m'aimais comme je t'aime,
> Nous fuguerions ensemble.

Elle répondait illico :

> Kassem, mon Kassem adoré,
> Ne t'y trompe pas, je t'aime
> Mais je dois obéir à mon père
> Et puis, fuguer où ?

Kassem traînait avec Ousmane au Brasero jusqu'aux petites heures du matin. Comme il ne leur faisait pas d'avances, les filles se moquaient ouvertement de lui, pouffaient et chuchotaient en le voyant. Il savait qu'elles l'avaient surnommé « celui qui n'en a pas deux », mais cela lui était bien égal. Il n'éprouvait de réconfort que le vendredi, lors de la prière à la mosquée. Alors, la grâce, s'il fallait l'appeler ainsi, fondait sur son âme soumise. Il se battait la coulpe avec humilité : — « Ne sais-tu pas que Dieu possède la royauté des cieux et de la terre, psalmodiait-il avec une sorte d'ivresse, qu'Il châtie qui Il veut, accorde Son indulgence à qui Il veut ? »

Août n'en finissait pas d'humidité, avec d'inhabituelles bourrasques et, soudain, des pluies torrentielles.

— La nature est détraquée ! se plaignaient les habitués du tramway de sept heures huit que Kassem manquait de rater chaque matin.

Ils en prenaient pour preuve ces catastrophes qui s'abattaient sur notre planète. Ah non ! La fin du monde n'était pas loin !

La fin du monde ? songeait Kassem. Cela ne me déplairait pas. On partirait tous ensemble. Ce serait plus réconfortant. Ce qui est terrible, c'est d'y aller un par un !

Une fin d'après-midi qu'il sortait de La Main tendue, exécrée chaque jour davantage, une silhouette se détacha du mur ocre qui faisait face au triste enclos. Il la prit d'abord pour celle d'un S.D.F. ou d'un chômeur de très longue durée. Maigre, hirsute, mal ficelé dans un imperméable de fortune. Pourtant, ses yeux clairs, lumineux, mangeant son visage en lame de couteau, étaient inimitables. Avec un coup au cœur, malgré tant d'années écoulées, Kassem reconnut Klodomir. De tous ses frères, Klodomir, de dix-huit mois son aîné, avait été longtemps le plus proche de lui. Seuls de la portée Mayoumbe à aimer les livres, ils s'embarquaient ensemble pour le royaume de *Lassie, chien fidèle* ou de *Croc-Blanc*. En ce temps-là, Harry Potter n'était pas encore sorti de l'esprit fertile de J. K. Rowling pour détrôner ces amis-animaux. Leur intimité avait cessé autour de leurs treize ans. Klodomir avait cédé à l'obligation imposée par Kellermann Jr. de mépriser le petit dernier, chéri à son papa, et il était devenu partenaire favori dans les jeux nocturnes. Des sentiments d'autrefois, Kassem n'éprouvait plus rien. Car l'affection s'évapore comme un parfum oublié sur une étagère.

— Klodomir ! s'exclama Kassem. Qu'est-ce que tu fais là ?

L'autre s'avança vers lui :

— Je suis venu te voir.

Quelle nouvelle !

— Ne restons pas là ! fit Kassem, paniqué à l'idée qu'un de ses collègues ou l'un des enfants puissent le surprendre dans une compagnie si peu reluisante. Dis-moi ! Comment m'as-tu retrouvé ?

Klodomir grommela :

— Pas difficile. C'est Kumétha et Kathrina qui

m'ont donné ton adresse quand je suis passé leur dire que j'allais prendre le bateau à Marseille.

Kassem s'exclama :

— Prendre le bateau ? Pour quelle destination ? Où vas-tu ?

Klodomir ne répondit pas à la question. Il se saisit de son bras :

— Elles m'ont dit que tu rentrais d'Afrique ? Comment vont les forêts de Côte d'Ivoire ? Du Gabon ? De la Guinée équatoriale ?

— Les forêts ? répliqua Kassem ahuri. Ça, je ne pourrais pas te le dire ! Tout ce que je sais, c'est que les hommes y sont au plus mal. Tu lis les journaux ?

Klodomir secoua vivement la tête :

— Les journaux ? Jamais !

— Moi-même, j'ai failli y perdre la vie.

Klodomir ne sembla pas très ému mais une étincelle s'alluma au fond de ses yeux :

— On dirait que ça ne te fait pas plaisir de me voir.

Pris de court, Kassem tarda à répondre et Klodomir reprit d'une voix résignée :

— Personne n'aime me voir. Je fais peur à tout le monde. Après toutes ces années d'hôpital psychiatrique, je dois avoir l'air d'un fou.

— D'hôpital psychiatrique ! répéta Kassem atterré. Tu sors d'un hôpital psychiatrique ?

— Ça vaut mieux que de sortir de taule, pas vrai ?

Kassem eut honte de son ignorance. Ainsi, son frère était malade et il n'en avait jamais rien su. Il le croyait en taule comme les autres mâles de la famille. Il est vrai qu'un pas, vite franchi, sépare souvent la prison de l'hôpital psychiatrique. À bien réfléchir, Klodomir n'avait-il pas toujours eu un « grain »? Il avait des visions, il faisait des rêves, des cauchemars. Il n'arrêtait pas de raconter les histoires les plus invraisemblables! Ainsi, il avait persuadé Kassem qu'ils étaient tous les deux tombés d'une roulotte de Gitans et n'avaient rien à voir avec Kellermann, Drasta et le reste de la maisonnée. Il projetait donc de partir à la recherche de leurs véritables géniteurs et, la nuit, dévalisait le réfrigérateur pour faire des provisions pour la route. À l'adolescence, il était devenu rasta, avait refusé de consommer du porc et des fruits de mer et avait laissé sa tignasse s'emmêler en dreadlocks. Une année, Drasta, qui s'inquiétait, l'avait emmené auprès du R.P. Hauvert. Celui-ci l'avait rassurée. Non, le garçon n'était pas ensorcelé. Dieu l'avait simplement béni du don de seconde vue.

— Les médecins ont déclaré que j'étais guéri, assura-t-il. Ils ont garanti que je pouvais reprendre ma place parmi les gens normaux.

Les deux frères firent quelques pas en silence.

— Tu sais ce que j'ai appris durant toutes ces années d'hôpital? reprit Klodomir. La folie n'existe pas! — Là, il se frappa le front. — Simplement, chacun de nous a sa logique propre.

Après cette belle affirmation, les deux hommes continuèrent de marcher côte à côte du même pas. Kassem se torturait l'esprit pour trouver quelque chose à dire :

— Tu es au courant pour maman ? demanda-t-il.

L'autre hocha la tête avec indifférence.

— Ça m'étonne que ça ne se soit pas produit plus tôt. Tu te rappelles comment il la traitait ? Kellermann Jr. avait juré de le tuer s'il la frappait. Tu sais ce que j'ai toujours pensé de ce salaud ? Il a fait notre malheur à tous par son égoïsme et sa brutalité.

Les choses étaient-elles si simples ? Plus que ses enfants, et avant eux, Kellermann n'avait-il pas été une victime ? Klodomir enchaîna d'une voix mystérieuse :

— Je prends le bateau parce que je pars pour le Brésil.

— Le Brésil ?

Ce n'était pas surprenant. Allez savoir pourquoi, Klodomir avait toujours eu la passion de ce pays-là. À onze ans, il avait découvert la *capoeira*, la lutte des anciens esclaves africains déportés au Brésil. À la bibliothèque municipale, il avait trouvé de vieilles gravures du XVIIe siècle et il avait eu l'idée de monter un spectacle avec Kassem, qu'ils auraient pu jouer à la salle des fêtes et qui leur aurait rapporté de quoi fuir Sussy. Malheureusement, Kassem, raide comme un *bwabwa*, ne possédait pas l'agilité requise et le projet avait capoté. Ensuite, il s'était passionné pour les *quilombos*, rêvant d'en fonder un au fond d'une des forêts avoisinantes. On y vivrait sans père ni mère, sans toit ni loi. Cependant, pour l'heure, dans l'esprit de Klodomir, il n'était apparemment question ni de *capoeira* ni de *quilombos*. Il se lança dans une histoire longue et confuse dont Kassem ne retint qu'une chose : il faisait partie d'une association, Planète en danger, dont les membres, à l'instar de ceux de Greenpeace, entendaient arrêter le massacre des forêts tropicales, sauver les arbres !

— Sauver les arbres? répéta Kassem qui n'en croyait pas ses oreilles.

Qu'on se mobilise contre le sida, la tuberculose, le pian ! une de ces maladies qui affectent l'homme. Qu'on se mobilise contre la faim dans le monde ! c'est compréhensible. Mais qu'on se soucie de sauver des arbres, il fallait vraiment être fou ! Du coin de l'œil, Kassem l'observa avec inquiétude, sensible soudain à la fièvre de ses yeux, à ses balbutiements incompréhensibles, à toute son allure désordonnée. Klodomir grommela :

— Les humains sont des carnassiers. Ils saccagent la planète. Ce qu'ils font aux arbres est leur plus grand crime. Les arbres, nos amis de toujours. Nos poumons. Notre oxygène. Imagine un monde où les arbres n'existeraient plus. Plus d'ombrage. Plus de fraîcheur.

Kassem qui n'avait jamais songé à cet aspect des choses ne trouva rien à répondre. Klodomir n'en eut cure et poursuivit :

— Certains se mobilisent pour la mer. Moi, la mer m'a toujours fait peur. Quand nous étions petits, tu te rappelles, les parents nous amenaient à la plage de Calpurnia. C'était plein de dunes. Nous passions des heures à bâtir des châteaux de sable que la marée aplatissait méchamment d'un seul coup de talon. La mer est comme une de ces femmes qui n'ont jamais voulu de moi.

Lui aussi? C'était donc de famille? se dit Kassem. Qu'avons-nous fait pour être pareillement mal aimés?

— Les arbres sont notre protection et notre refuge. C'est le lien entre le ciel et la terre.

Brusquement, s'arrêtant en plein milieu du trottoir, Klodomir se mit à déclamer :

Dans la forêt céphalopode
Gros coquillage chevelu
De vase, sur des rochers roses qu'érode
Le ventre des poissons-lunes d'Honolulu.

Là-dessus, il quêta l'approbation de son frère. Mais, nous le savons, celui-ci n'avait pas la tête poétique :

— Qu'est-ce que tu en dis? C'est beau, nom de nom?

Kassem n'avait qu'une idée. Qu'allait-il faire de cet encombrant personnage? Comment s'en débarrasser? Soudain, Klodomir se tourna vers lui et fit d'une voix plaintive :

— J'ai faim!

Faim? Il ne manquait plus que cela! Pourtant quelque chose — l'esprit de famille? — arrêta Kassem et il entraîna son frère vers le premier troquet venu. Les troquets, les gargotes, ce n'est pas ce qui manque à Marseille. On y trouve de tout. Des pans-bagnats. Des quiches. Des pizzas. À la manière dont Klodomir s'empiffra, on pouvait se demander depuis combien de jours il n'avait pas mangé. Quand il fut repu, il consulta la montre qu'il portait curieusement en sautoir :

— C'est l'heure que je me rende au *Ruby*.

— C'est quoi le *Ruby*? interrogea Kassem qui allait de surprise en surprise.

L'autre se rengorgea :

— C'est notre bateau. Nous l'avons racheté à la Cunard Line, c'est-à-dire que nous l'avons tiré des griffes du capitalisme international. Ce soir, nous y tenons une réunion importante, car nous n'appareillerons que demain. Dès que cette réunion sera finie, je redescendrai à terre. Où pouvons-nous nous retrouver?

Kassem lui donna la première adresse qui lui vint à l'esprit, celle du Brasero, et le regarda s'éloigner. Klodomir allait-il lui demander l'hospitalité pour la nuit? Dans ce cas, où l'emmènerait-il, lui qui ne possédait pas de toit? Comme à chaque fois qu'il était dans l'embarras, il décida d'aller prendre conseil auprès d'Ousmane.

Ce jour-là, celui-ci vendait des pull-overs en acrylique qui, en dépit de couleurs criardes — vert, bleu, violet —, se vendaient comme des petits pains. Il écouta attentivement le récit de son ami, puis l'interrogea d'un ton grave :

— C'est ton frère? Même père? Même mère?

Kassem haussa les épaules et expliqua avec un peu d'agacement :

— Ma famille n'est pas polygame, voyons. Mes frères et moi n'avons qu'un père et une mère. Les mêmes.

— Tous les hommes sont des polygames! affirma Ousmane. Certains ouvertement. Les autres, en douce.

Il continua son interrogatoire :

— C'est ton petit frère ? Ou ton grand frère ?

— Grand frère !

— En ce cas, tu dois tout faire pour lui. L'héberger aussi longtemps qu'il le voudra. Lui donner de l'argent, s'il en a besoin.

Kassem leva les yeux au ciel :

— De l'argent ? Où veux-tu que j'en trouve ?

— D'ailleurs, reprit Ousmane, même s'il ne t'était rien, l'hôte n'est-il pas un don de Dieu ?

Bien qu'il fût à peine vingt heures, les deux compères se rendirent au Brasero, l'endroit étant aussi un modeste restaurant qui, le soir, proposait de la viande grillée au feu de bois à ses clients attitrés. Bien évidemment, Joseph était déjà là avec son air funèbre, assis derrière un verre de bière. Il accueillit Kassem avec un large sourire et une grande claque sur l'épaule :

— Tu ne te maries plus à ce que j'entends dire ? fit-il d'un ton réjoui. Tu ne connais pas ton bonheur.

Ulcéré, Kassem préféra ne pas répondre. Il commanda sa boisson favorite et, tandis qu'Ousmane se lançait à la conquête d'une belle avec fougue, il s'installa à l'autre bout du comptoir. Il ne cessait de songer à son frère. Quelle famille Kellermann et Drasta avaient engendrée ! Des voyous, des drogués, des fous ! Ainsi, le malheureux Klodomir sortait de l'hôpital psychiatrique !

Était-ce la vérité ? Klodomir avait toujours été un redoutable bonimenteur, capable de vous faire prendre des vessies pour des lanternes. Un verre à la main, Joseph se rapprocha de Kassem :

— Il paraît que nous allons faire la connaissance de ton grand frère ?

Justement, celui-ci arrivait, la tête encapuchonnée, vêtu d'une parka verdâtre, regardant autour de lui d'un air scandalisé :

— Tu fréquentes de drôles d'endroits ! s'exclama-t-il.

Il serra la main de Joseph qui lui offrit une bière. Il refusa :

— Je ne bois pas. Est-ce qu'il y a des forêts chez vous ? Comment se portent-elles ?

— Il n'y a pas de forêts chez moi, au Soudan, répondit Joseph comme si la question était banale. Mais les hommes s'y portent mal. Je dirais même qu'ils s'y tuent. Mais sans doute n'as-tu pas entendu parler de nos guerres civiles ?

Klodomir hocha négativement la tête et Kassem eut honte de ce frère tellement mal fagoté et qui ne connaissait rien à rien.

Joseph sembla au contraire heureux d'avoir trouvé un auditoire. Il commanda une nouvelle bière :

— Pendant longtemps, je vivais tranquille, reprit-il. Dans un pays ravagé par les conflits, je ne me mêlais pas de politique. Je m'étais finalement remarié pour faire plaisir à mes parents à une broussarde, une fille de Dendi en qui j'avais confiance. Je travaillais au ministère de l'Investissement humain. Un beau jour, des policiers sont venus m'arrêter. Ils m'ont roué de coups. Soi-disant, j'aurais été un membre de l'Armée de libération nationale. Ils m'ont jeté en prison. J'y ai passé cinq ans, chaque jour battu, chaque jour torturé. Puis, un beau matin, j'ai été libéré. Sans un mot d'explication.

J'ai déjà entendu ça quelque part! se dit Kassem, se remémorant le récit du cheikh nigérian. Est-ce que la même histoire se répète partout?

— Quand je suis retourné chez moi, il n'y avait plus personne. Ma femme, au cours d'une visite à sa mère, avait été violée et tuée par les Janjaweed. Pendant deux ans, j'ai vainement cherché du travail. Noir et catholique, je n'avais aucune chance. Alors, je dormais devant la cathédrale Sainte-Sophie. Je fouillais dans les ordures. Finalement, j'ai suivi des conseils. Je suis parti pour Djibouti et de là, je suis venu ici.

— Mon pauvre ami! Et as-tu trouvé du travail au moins? demanda Klodomir avec sollicitude.

Ces deux-là avaient l'air de s'entendre comme larrons en foire! pensa Kassem.

— Je ne me plains pas. Je suis employé dans le bâtiment.

Cependant, l'heure avançait. Les nuages de fumée s'épaississaient, creusant d'ombre les visages des consommateurs. Les filles offertes, les amoureux des plaisirs nocturnes dansaient de plus en plus *kolé seré* dans le tapage d'un orchestre venu cette fois du Congo, ex-Zaïre.

Klodomir se tourna vers Kassem et lui posa la question qu'il redoutait :

— Est-ce que tu peux m'héberger? Oh, pas pour longtemps! juste cette nuit.

Tout le long du trajet qui les ramenait à l'hôtel Siglione, Kassem pesta intérieurement contre ces fous, ces malades mentaux qui débarquent sans crier gare et attendent d'être logés par vos soins. Klodomir marchait trois pas derrière lui en déclamant, à tue-tête, son poème favori :

Dans la forêt céphalopode
Gros coquillage chevelu
De vase, sur des rochers roses qu'érode
Le ventre des poissons-lunes d'Honolulu

Comme il était près de deux heures du matin, cela n'avait pas d'importance. Entendant cette voix tonitruante, les rares passants, apeurés, pressaient le pas. L'hôtel Siglione avait appartenu à une vieille famille italienne qui, à la suite de différends avec le pape, avait choisi de venir vivre en France. Des revers de fortune avaient forcé ses héritiers à le vendre à la Région qui y logeait son personnel de marque. Aristocratique et élégant, il s'élevait au milieu d'un jardin de trois mille mètres carrés, planté d'eucalyptus, de lauriers-roses et de massifs de pensées.

— C'est là que tu habites? s'exclama Klodomir, estomaqué.

Kassem avait préparé une explication plausible :

— Un bon ami à moi, haut-commissaire à l'Intégration, me loue une chambre chez lui.

Il ouvrit la grille. Mais l'autre ne semblait pas pressé d'avancer et restait là, humant l'air autour de lui :

— Je sens une mauvaise odeur…
— Une mauvaise odeur ?
— C'est l'odeur… du Mal.
Le Mal a donc une odeur ? Est-ce pour cela que Baudelaire a écrit *Les Fleurs du mal* ?
— … C'est celle qui rampe autour des prisons, des maisons des pédophiles et des camps d'extermination. On la respire aussi…
— Cesse de dire des bêtises et dépêche-toi d'entrer, fit Kassem, troublé malgré lui par la gravité de l'intonation.
Il s'aperçut que la Mercedes était au garage, ce qui signifiait que Ramzi était à la maison. Que se passerait-il s'il était tapi quelque part dans l'ombre, yeux grands ouverts, comme il aimait à le faire ? Ramzi était comme les chats, il adorait le noir. Que lui dirait-il ? Klodomir tournait la tête de droite et de gauche comme un animal aux aguets et claironna :
— Ton ami est un prince des Ténèbres…
Kassem le bâillonna d'une main, le saisit vivement par le bras de l'autre et l'entraîna à l'intérieur. Ils traversèrent à tâtons, en essayant de ne pas se heurter aux meubles, l'enfilade des pièces du rez-de-chaussée, puis s'engagèrent dans l'escalier recouvert d'un tapis. Comme il grinçait à chaque marche ! Quand ils furent à l'abri dans la chambre à coucher de Kassem, derrière la porte close, Klodomir, livide, s'écria :
— Si j'ai un conseil à te donner, c'est de déguerpir d'ici au plus vite si tu ne veux pas être mêlé à de sales, très sales affaires. Ton ami est… est un monstre !

— Dors ! répliqua Kassem en lui lançant un pyjama à la tête.

VI

Quand il s'éveilla, la chambre était inondée de lumière et Klodomir avait disparu. Il aurait pu croire avoir rêvé.

Dans la salle à manger, Ramzi prenait son petit déjeuner. Il beurrait des tartines de pain de mie tout en feuilletant les journaux. Après l'avoir embrassé, il posa sur lui un regard inquisiteur :

— Qu'est-ce que tu as fait cette nuit ? Tu es encore rentré tard, je t'ai entendu. Tu as l'air fatigué.

Une fois de plus, il sembla à Kassem qu'il obéissait à une volonté, impérieuse, plus haute que la sienne. Il s'entendit raconter par le menu et le détail la visite de son frère.

— Prince des Ténèbres ! Comme il y va ! rit Ramzi. D'abord, qu'est-ce que cela veut dire ?

Kassem haussa les épaules :

— Je n'en sais rien. Klodomir est fou.

— Il n'y a pas de fous, dit Ramzi, péremptoire. Il n'y a que des gens qui ne pensent pas comme nous. Où est ton frère à présent ?

— Je suppose qu'il est monté sur son bateau. Il devait appareiller aujourd'hui.

La journée se déroula sans incidents. C'était jeudi, jour de piscine pour les gamins de La Main tendue.

C'est-à-dire que Kassem n'avait pratiquement rien à faire, les maîtres nageurs s'occupant de tout. Il alla s'asseoir dans la cafétéria et discuta avec un autre moniteur. Celui-ci venait de passer ses vacances à Tabarka, en Tunisie, et en était encore tout émoustillé :

— C'était rempli d'Italiennes belles comme Sophia Loren.

Toutes ces femmes sur celluloïd ou papier glacé qui font rêver les benêts !

Le soir, il alla traîner au Brasero, réalisant une fois de plus combien les heures de son existence étaient vides et mornes. Joseph s'approcha de lui, mais il l'évita. Il avait pris en grippe cet homme qui ne lui avait rien fait et qui n'avait que le tort d'avoir connu trop de malheurs. Si seulement il avait pu avoir accès au corps d'Aminata inaccessible, enfermé à la cité Beaumarchais. Kassem s'était laissé dire que Babakar, surmontant son antipathie pour les *toubabs*, avait engagé un bachelier frais émoulu du lycée Marcel-Pagnol pour donner des leçons d'algèbre et de géométrie à sa fille. L'idée de ces tête-à-tête le torturait.

La nuit, ses rêves ne furent guère compatissants. Il se vit, tout nu, perdu dans une forêt au milieu d'arbres aux branches multiples comme les bras de Kali. Puis Klodomir surgissait armé d'une hache et le poursuivait pour le tuer.

Le lendemain quand il arriva à La Main tendue, un sujet de conversation était sur toutes les lèvres. C'était écrit là, en première page du quotidien *Le Marseillais*.

La veille, le *Ruby* avait été proprement arraisonné dans le port de Marseille et ses occupants appréhendés, conduits au poste de police. Des photos représentaient un navire assez minable, un rafiot qui semblait attendre le moment fortuné de la casse. Massé sur le pont, face aux forces de l'ordre, un groupe d'hurluberlus parmi lesquels Kassem ne reconnut pas son frère. Reconnaît-on jamais personne sur les photos des journaux ? *Le Marseillais* assurait qu'il s'agissait de dangereux terroristes impliqués dans divers attentats. Dans les cales du *Ruby* se trouvait un arsenal d'armes légères et lourdes. Où se dirigeait-il ? On ne l'ignorerait pas longtemps. Le célèbre juge Bailleul, spécialiste du terrorisme, arrivait de Paris dare-dare pour interroger et probablement inculper ce beau monde.

Un événement tragique s'était produit. Alors que les policiers tentaient de les encercler, l'un des terroristes s'était jeté à l'eau pour leur échapper. Avant qu'on ait pu le repêcher, il s'était noyé car il ne savait pas nager. Il s'appelait Klodomir Mayoumbe. Il avait vingt-quatre ans et était originaire de Lille. Kassem courut jusqu'aux quais comme un fou. Un cordon de policiers, casqués, bottés, en tenue de combat, en barrait l'accès. Il n'avait jamais remarqué combien en tous lieux, Porto Ferraille comme Marseille, l'engeance est hideuse. Massifs, mafflus, la poigne serrée sur la crosse du revolver. Michel Leiris la décrit ainsi :

« Brutes grossières, sentant la sueur, le derrière brumeux et le prépuce mal lavé. »

Magnifique, non ?

Ayant croisé le regard féroce d'un de ces cerbères, il s'enfuit ventre à terre sans demander son reste. Arrivé square Edgar-Poe, petite place tranquille à côté de la vieille église Saint-Barthélemy, il s'arrêta net. Son frère était mort, nom de Dieu. On peut dire qu'il avait été tué ! Allait-il rester les bras croisés ? En pareille circonstance, Ousmane n'était pas capable de l'aider. La mort de Klodomir dépassait ses compétences. Il ne pouvait compter que sur lui-même. Il échafauda mille plans pour les rejeter aussitôt. Dans quel hôpital Klodomir avait-il été transporté ? *Le Marseillais* ne le disait pas. Il finit par aller rôder devant chacun d'entre eux dans l'espoir absurde d'y percevoir un indice. Mais il ne se doutait pas qu'il y en avait tant ! Tous différents les uns des autres. Les uns étaient visiblement d'anciens hospices, vénérables bâtisses de pierre usées par le temps, datant du Moyen Âge, portes basses, façades aveugles. Les autres étaient des constructions modernes, voire ultramodernes, toutes de verre et de béton. Dans leur diversité, ces hôpitaux illustraient l'étendue de la souffrance humaine ! Il n'avait jamais pensé à cela auparavant. Des hommes, des femmes de tous âges, de toutes corpulences, le visage fermé ou carrément en pleurs, entraient, sortaient, se croisaient, se heurtaient. Des ambulances, des voitures privées s'arrêtaient dans une grande cacophonie. Des brancardiers couraient dans tous les sens, chargés de leur triste fardeau. Au bout de quelques heures, sa quête s'avérant vaine — mais qu'espérait-il ? —, il retourna à La Main tendue. Dans son désespoir, il se confia à M. Castaldo, dont on chuchotait que c'était un prêtre défroqué, toujours très cordial avec lui. M. Castaldo l'écouta gravement, puis s'assura qu'aucune oreille indiscrète ne traînait dans les parages :

— Si j'étais vous, dit-il ensuite, parlant avec une mine de conspirateur, je ne me ferais pas remarquer. Même, je quitterais la région pour quelques jours. Car la police ne tardera pas à découvrir que ce Klodomir Mayoumbe avait un frère à Marseille et que ce frère, c'est vous. À partir de là, vous avez tout à craindre. Accusations de complicité. Arrestation. Vous ne lisez donc pas les journaux ? Ils sont remplis de ce genre d'histoires.

Quitter la région ? Pour aller où ? Il s'imaginait la tête que feraient ses sœurs s'il cherchait refuge auprès d'elles à Lille.

Il recommença d'errer par la ville maintenant en proie à la panique. Il lui semblait que mille dangers s'ouvraient sous ses pas. Mille paires d'yeux guettaient ses faits et gestes. Même les agents chargés de la circulation qui le suivaient d'un regard soupçonneux. Puis, il essayait de se calmer. Là où il était, après toutes ses tribulations, Klodomir connaissait enfin la paix.

« Dieu est Tout pardon, Miséricordieux. »

Le soir le ramena au Brasero. Là, c'était le vacarme habituel. Un orchestre des îles du Cap-Vert se produisait et chantait un fado.

— Mort ! s'écria Ousmane. C'est impossible !

— Hier, il était en parfaite santé ! s'exclama Joseph.

— Ces choses-là arrivent, balbutia Kassem.

— Cela me fait penser à la mort de ma mère,

enchaîna Joseph. Elle avait porté dix-sept enfants. Elle semblait bâtie à chaux et à sable. Jamais le plus petit rhume. Puis, un beau jour, vlan, elle tombe au milieu du marché, le nez sur son étal de patates douces. J'avais trois ans à l'époque. J'étais le petit dernier. Mon père s'est aussitôt mis avec une femme qui était sa maîtresse depuis des années.

Ah non ! Il n'allait pas rester là à écouter pareilles fariboles. Il préféra rentrer à l'hôtel Siglione. Dans le tramway, une bande de jeunes désœuvrés et agressifs lui chercha des noises. Il ne s'en aperçut même pas, plongé qu'il était dans ses pensées.

La Mercedes était au garage. Des lumières brillaient aux fenêtres. Ramzi, la dernière personne qu'il souhaitait voir en ce moment, l'attendait familièrement dans sa chambre.

Il lui fit signe de s'asseoir à côté de lui sur le lit et enlaça affectueusement ses épaules :

— J'ai beaucoup réfléchi, commença-t-il sans préambule. Nous n'arriverons à rien dans ce pays, quoi que nous fassions. Nous sommes de la mauvaise couleur, et de la mauvaise religion.

— Toi, tu sembles bien t'en tirer ! murmura Kassem qui ajouta avec rancune : tu ne peux comparer ta condition et la mienne.

— Tu te trompes. C'est vrai ! Je côtoie les gens les plus puissants, les mieux introduits. Si tu savais les promesses qui m'ont été faites lors de mon embauche ! Aucune n'a été tenue. Je n'ai aucun moyen d'action. Il n'y a qu'une solution, partir d'ici !

Kassem haussa les épaules :

— Partir ! Où irons-nous ?

Ramzi fit une pause comme s'il ménageait ses effets, puis assena :

— Nous allons reprendre les « parages ».

— Reprendre les « parages » ?

Un condamné à mort apprenant la date de son exécution n'éprouve pas plus de désespoir que Kassem à ce moment-là.

— Dans quel pays les « parages » constituent-ils une institution extrêmement rentable ? continua Ramzi. Je te l'ai déjà dit : ce sont les États-Unis d'Amérique. Veux-tu que je te prête le livre qu'une femme a écrit à ce sujet ?

Kassem n'avait que faire de cette offre et ne répondit pas. Ramzi poursuivit avec autorité :

— Nous allons donc y aller. J'ai tout prévu. Les premiers temps, nous habiterons chez mon oncle. Jibril An-Nawawî. Il vit à New York depuis près de vingt ans où il possède un restaurant sur la 118e Rue. Étant donné que les lois d'entrée sur le territoire américain sont devenues très strictes depuis les attentats de 2001, je reprendrai mon identité européenne : Dominique Tesso de Saavedra, apparenté à Cervantès. Toi, bien sûr, tu n'as rien à craindre. Français, tu es. Français, tu restes.

Ne pouvant plus se contenir, Kassem fondit brusquement en larmes. Pourtant, il ne savait pas sur quoi il pleurait : sur Klodomir qu'il n'avait pas su protéger ? sur ce départ qu'il redoutait ? Enfin il parvint à balbutier :

— Je ne veux pas aller en Amérique.

Ramzi lui demanda du ton dont on interroge un enfant déraisonnable :

— Pourquoi ?

— C'est un pays raciste. On n'y aime ni les Noirs ni les métis !

Ramzi rit à gorge déployée :

— Et ici ? Crois-tu qu'on les aime davantage ? Pour nous, tous les pays se valent. Partout, on nous accuse de tous les maux. Nous sommes le chiendent que l'on voudrait brûler. Mais ce n'est pas là ta vraie raison.

Il serra Kassem plus fort :

— C'est à cause de cette petite Sénégalaise qui était au concert avec toi ? Il paraît que tu voulais l'épouser mais que son père s'y est opposé. Heureusement pour toi ! Quelle vie tu te préparais !

Ainsi, il était au courant !

— Tu vois, tu m'as tout caché, poursuivit Ramzi sans colère, et pourtant je sais tout. Où que tu sois, quoi que tu fasses, je le saurai. Tu as beau me faire des cachotteries, c'est peine perdue. Pour en revenir à cette Aminata, pas plus que Hafsa ou Ebony Star, elle n'est faite pour toi.

Kassem eut la force de protester :

— Qu'en sais-tu ? Tu ne la connais pas. Elle est très cultivée. Plus cultivée que moi.

Ramzi eut une moue de mépris :

— Une fille de travailleur immigré, élevée dans une H.L.M. de banlieue.

— Elle adore la poésie, affirma Kassem.

Ramzi ne l'écoutait pas et continuait avec mépris :

— Une « deuxième génération », c'est ainsi qu'on appelle ses pareils. Sans identité. Sans pays ni culture.

— C'est peut-être pour cela que je la chéris ! sanglota Kassem. Nous sommes les mêmes. Elle me ressemble. Moi aussi, j'ai les mains vides. Moi non plus, je ne sais pas qui je suis. Je ne compte pour rien ni pour personne.

Ramzi l'embrassa chaleureusement :

— Allons ! Allons ! Et pour moi ? murmura-t-il. Est-ce que tu ne comptes pas pour moi ?

Quand il fut seul, Kassem s'abattit sur son lit, la mort dans l'âme. Il ne songeait pas un seul instant à s'opposer à la volonté de Ramzi. L'autre avait décidé de partir : il le suivait. L'autre avait décidé de recommencer les « parages » : il obéissait, quoi qu'il puisse lui en coûter.

Au moment de s'endormir, il s'aperçut qu'il n'avait même pas mentionné Klodomir. Il eut l'impression d'avoir enseveli son frère de ses propres mains.

VII

Nous devons au souci de la vérité de rendre compte du comportement de Kassem les jours qui précédèrent son départ, car il ne fut pas des plus honorables.

Certes, il donna officiellement son congé à La Main tendue. La direction organisa même une fête d'adieu en son honneur dans une salle décorée de ballons rouges. Les discours se succédèrent, vantant M. Mayoumbe, sa gaieté, sa générosité, son enthousiasme communicatif. Après quoi, on servit aux enfants des chips et du Coca-Cola tandis qu'un groupe de jongleurs arméniens payés au rabais maniaient des boules écarlates. Les enfants n'essayaient pas de masquer leur manque d'enthousiasme, même quand l'un d'eux récita un poème malgache, traduit en français, choisi pour ses vertus multiculturelles :

Merci pour la brousse !
Merci pour le soleil !
Merci pour
Le froid !

Que M. Mayoumbe aille se faire pendre ailleurs ! signifiaient clairement leurs regards.

Kassem fit ses adieux à Marseille, jouant des coudes parmi ses innombrables amoureux. Il brava les hordes de touristes qui arpentaient le Vieux-Port, flâna pour la dernière fois le long du quai des Belges, respirant son odeur âpre de saumure et de poisson frais dans les vociférations des marchands ventripotents à grande gueule. Il faillit même entrer dans ses musées dont il n'avait jamais accepté de franchir le seuil même quand Aminata le suppliait. Par contre, il fut incapable d'aller l'affronter à la cité Beaumarchais bien que son cœur fondît de tendresse à l'imaginer aux prises avec ses problèmes d'algèbre et de géométrie. Que lui dire ? Que lui expliquer ?

La veille de son départ, il n'y tint plus et entra au Brasero à la recherche d'Ousmane qu'il évitait prudemment. Ce soir-là, l'ambiance était encore plus survoltée qu'à l'accoutumée. L'orchestre venait d'Afrique du Sud et tout le monde était transporté. Dérogeant à ses habitudes, Joseph souriait et faisait le galant avec une Soudanienne qui parlait sa langue. Kassem dut hurler pour se faire entendre :

— Je suis venu dire adieu ! Demain, je pars pour l'Amérique !

— Pour les States ! fit Joseph sur le même ton. Sacré veinard ! Ç'a toujours été mon rêve. Fouler les trottoirs de New York.

Comme Kassem semblait morose, il l'encouragea :

— C'est dans ce pays-là seulement qu'un nègre peut montrer qu'il a des couilles.

Kassem sembla incrédule, car, malgré son inculture, il avait au contraire entendu parler de lynchages de nègres et de chiens policiers dévorant les Black Panthers.

— Regarde Colin Powell, insista-t-il. Un fils d'immigrés !

Ousmane s'était approché. Pas rancunier, il gratifia Kassem d'une bourrade affectueuse. Ses sentiments étaient plus complexes. Il était visiblement partagé entre l'inquiétude, le chagrin, l'envie et l'admiration.

— Fais bien attention à toi, fit-il. Il paraît que les Américains nous haïssent, nous les musulmans, depuis le 11 Septembre. Il paraît qu'ils nous parquent dans des camp de concentration à travers l'Europe. J'ai vu ça à la télévision. Il y en a partout, même à Cuba.

— Tu es malade ! Pas à Cuba ! protesta Joseph qui ne cachait pas sa sympathie pour le communisme. C'est impossible !

Kassem n'était pas venu discourir des relations des Américains avec les musulmans ni de l'idéologie de Cuba. Il était venu parler de sa bien-aimée, Aminata, tenter de se soulager du remords de sa conduite inqualifiable. Il prit Ousmane à l'écart :

— Va voir Aminata de ma part, implora-t-il. Dis-lui que je l'aime. Que je n'aime qu'elle.

— Va le lui dire toi-même, répliqua Ousmane. Je suis sûr qu'elle préférera l'entendre de ta bouche.

— Je ne peux pas, pleura Kassem. Je n'ose pas. Dis-lui que je reviendrai. Que je ne la trahirai jamais.

— On dit ça, on dit ça, commenta Ousmane. Il y a tant de filles sous le soleil.

Il s'y connaissait en promesses non tenues.

Le blanc

I

Jibril, que Ramzi appelait par déférence son oncle — en réalité c'était son cousin, le fils d'un frère aîné de son père —, était un petit homme aux traits tristes, vêtu d'un boubou qui dépassait comme une jupe de son manteau couleur terre. Il ne prononça pas une parole pendant le trajet depuis l'aéroport. Aussi Kassem put-il tout à loisir considérer les taxis jaunes jouant à se poursuivre, le panorama de gratte-ciel derrière l'East River, ces images popularisées par le cinéma qui, soudain, prenaient vie.

Jibril habitait à l'angle du boulevard Adam Clayton Powell Jr. et de la 110e Rue. Le portier, en habit galonné, s'affaira autour de Ramzi, mais jeta un regard de mépris à Kassem qu'il laissa se débrouiller avec les valises. De part et d'autre de l'océan, les choses demeuraient identiques. Sur le palier du cinquième, une femme les attendait qui les accueillit avec effusion : la Chascona, de son vrai nom Dolorès, l'épouse de Jibril. Avant de s'établir à New York, pendant des années, Jibril avait été employé dans les cuisines du S.S. *Franconia*, un navire de croisière qui faisait la route Fort Lauderdale, canal de Panamá, Équateur, Pérou, Chili, Argentine, Brésil, Fort Lauderdale, avec pour cargaison de riches oisifs. C'est au cours d'une escale dans le port de Manta, en Équateur (pour ceux qui ne connaissent pas leur géographie), que la Chascona et Jibril s'étaient rencontrés. Le jour, parmi trois cent cinquante autres ouvrières, elle mettait du thon en boîtes à la fabrique Gustamar. C'était le seul emploi salarié possible du petit port. La nuit, elle chantait des chansons engagées avec un groupe de *payadores* expulsés de leurs terres. Commotionné et par l'odeur qui, rétive aux bains, douches, lotions, se dégageait d'elle, et par sa beauté — voilà pourquoi on la surnommait la Chascona, elle ressemblait à la troisième femme de Pablo Neruda —, Jibril était remonté dare-dare sur le S.S. *Franconia* pour acheter un flacon de Chanel N° 5, vaporisateur, eau de toilette et, de retour à quai, lui avait proposé de l'épouser. Pour elle, il renoncerait à la mer. Elle avait accepté dans un hosanna d'allégresse contre l'avis de sa catholique et raciste famille pour qui ce nègre musulman était le Diable. Physiquement, le couple était mal assorti. Pourtant, il tenait bon. Seule ombre à leur bonheur, ils n'avaient pas d'enfants. Dolorès tentait de se consoler de cette stérilité en élevant des oiseaux exotiques. Elle en possédait près d'une trentaine dans des cages en osier : des parakeets enfouis dans leurs boas de plume, des perroquets à tête noire, deux quetzals écarlates achetés à prix d'or à un oiseleur de Soho, des jacamars et d'innombrables camareux. Elle avait beaucoup pleuré quand Moreno, son Toco Toucan, était mort et que Jibril avait dû le jeter aux ordures. Depuis près de vingt ans, Dolorès résistait aux États-Unis d'Amérique. À la télévision, elle ne regardait que les chaînes en espagnol. Elle ne lisait que les journaux en espagnol et ne fréquentait que des « Latinas », généralement des Portoricaines ou des Dominicaines qui faisaient le ménage dans les immeubles avoisinants. Elle-même, estimant qu'elle avait assez trimé dans sa vie, ne faisait rien de ses dix doigts sinon, les dimanches après-midi, préparer un chocolat à la péruvienne, c'est-à-dire trop épais et trop sucré.

Des fenêtres de sa chambre, Kassem avait vue sur la somptueuse agonie des frondaisons de Central Park. Cet amoncellement de pourpre et d'or avec, çà et là, plus haut, plus droit, plus à la verticale dans le ciel, la silhouette écarlate d'un arbre inconnu, l'écrasait. Éperdu, il considérait aussi l'incessant ballet des taxis. C'est vrai, le cinéma et la télévision lui avaient rendu New York familier à l'instar de ces bêtes sauvages dont on connaît les formes grâce aux atlas de géographie et qui, pourtant, ne laissent pas d'effrayer. Éléphants. Zèbres. Hyènes. Panthères. Tigres du Bengale.

Dès le réveil, New York fumait, grondait, pétait, piaffait, éructait des flots d'humains qui engorgeaient trottoirs et artères, paralysant le trafic à perte de vue. Kassem ne quittait pas l'appartement avant cinq heures du soir, où il s'habillait à la va-vite puis, rasant les murs, allait donner un coup de main à Jibril au Kilimandjaro.

Ce restaurant ressemblait comme un frère au Fouta Toro et il s'y engouffrait avec l'apaisement que procure l'accès à un refuge. À New York, les vivants l'effrayaient. Ces escogriffes insatisfaits, arpentant les trottoirs à la recherche du crack.

Kassem s'entendit tout de suite très bien avec Jibril, même mieux qu'avec Ousmane. Malgré la différence d'âge, ils avaient le même tempérament. Peu bavards, gauches, mal à l'aise en public. Ils partageaient la même passion pour la cuisine. Au Kilimandjaro, ils s'affairaient pareillement devant les gazinières, communiquant à travers l'échange du sel, du poivre, de l'aneth et du cumin. Jibril tendait la cuillère en bois. Kassem ouvrait la bouche, fermait les yeux, approuvait ou désapprouvait.

Jibril était un musulman convaincu. Le vendredi, il entraînait Kassem. Ils marchaient côte à côte, leur natte de prière sous le bras, jusqu'à la mosquée de la Troisième Avenue, ironiquement située à deux pas d'une synagogue vers laquelle convergeaient des Juifs. Dans le temps, Kassem ne franchissait jamais le seuil d'une mosquée sans un sentiment de malaise. N'était-il qu'un vil imposteur ? Jour après jour, cette crainte s'estompait. Cette religion était la sienne. Et ce n'était pas dû à la circoncision imposée par Aminata. C'est qu'il l'avait gagnée, conquise, comme un militaire ses galons.

Après la prière, en attendant de retourner au Kilimandjaro — et c'était leur unique fantaisie dans le régime boulot-dodo de la semaine —, Jibril et Kassem allaient boire du thé vert au Rendez-vous des amis. Affiches en français, s'il vous plaît, en plein mitan de la Troisième Avenue. Entouré d'une bordure de néon, il tenait tête à ses voisins : Pizza Hut, McDonald's, Dunkin' Donuts. Intérieur, très franchouillard. Nappes vichy blanc et rouge. Aux murs, photographies des deux derniers présidents de la République, l'un très haut, l'autre courtaud, identique sourire de circonstance sur les lèvres. Musique de fond, Édith Piaf :

Padam padam,
Il arrive en courant derrière moi...

Ou Brassens :

Quand Margot dégrafait son corsage
Pour donner la gou-goutte à son chat...

Kassem était stupéfait que New York abritât autant de francophones. Faux artistes, faux intellectuels, chômeurs authentiques, djobeurs, hommes d'affaires sans business, tous avaient un accent exécrable mais cultivaient cette différence. On comptait trois Martiniquais et, ô miracle, un Guadeloupéen, ni plus noir, ni plus clair que lui, *chaben* ils disent là-bas, né à Wonche. C'est drôle, une langue, cela amarre serré, serré, sans s'occuper des couleurs. Le préféré de Kassem fut très vite Zaramian, un métis encore plus improbable que lui, père turc, mère canadienne que cette maladie d'amour qui court avait saisie en pleine ville d'Ottawa et contrainte à faire quatre enfants. Zaramian traitait Kassem un peu de la même manière que Ramzi, comme un gamin, un petit frère ou un animal de compagnie. Cependant, comme il était infiniment moins beau et séduisant que lui, ses caresses et ses attouchements ne le troublaient pas. On peut dire qu'entre les deux garçons une franche camaraderie régnait. Zaramian invitait Kassem à voler de ses propres ailes et à devenir adulte.

— Tu ne vivras pas toujours chez ce vieux ! dit-il en désignant Jibril.

— Où veux-tu que j'aille ? murmura Kassem.

— Chez moi ! Je cherche un locataire.

Alors, il lui expliqua qu'il habitait un trois-pièces à Eastern Parkway à Brooklyn un peu trop grand pour lui seul et trop coûteux pour sa bourse ! Si Kassem faisait preuve d'un peu d'audace, la fortune ne manquerait pas de lui sourire. Car pour celui qui a des dents solides, c'est connu, New York est pomme bonne à croquer !

Kassem n'avait pas touché une femme depuis qu'il avait quitté son Aminata. S'il lui était fidèle, les sentiments qu'il éprouvait pour la Chascona étaient de plus en plus violents. C'était un morceau de premier choix comme il les aimait ! Mince comme une baguette de goyavier, le ventre plat et la poitrine au-dessus en promontoire, les hommes se retournaient sur son passage. De sa voix chantante qui roulait les r, confondait les b et les v, elle pouvait tout lui demander : trier les ordures et les répartir dans des sachets en plastique de différentes couleurs pour le recyclage, nettoyer les cages des oiseaux, descendre au sous-sol faire la lessive, courir à Broadway acheter du chocolat en barre, le râper. Pour le récompenser de ces menus services, le dimanche, au sortir de la cathédrale œcuménique Saint John the Divine, elle lui remettait quelques dollars, les seuls billets qu'il eût jamais en sa possession car Jibril ne rétribuait pas son travail en cuisine. L'après-midi, il servait le chocolat aux invitées dans de petites chopes équatoriennes. Lui était incapable d'en boire. Dans son enfance, Kellermann marquait chaque fête d'un plat spécifique. Noël, c'était le cochon de lait rôti qui arrivait sur la table brillant de gelée, un piment fiché dans le groin, du persil plein les oreilles. Mardi gras, c'était les « merveilles » et les beignets. Pâques, le calalou. À la Pentecôte, le matété de crabe. À chaque anniversaire, le chodo. Le dimanche, c'était le chocolat à la vanille. Hermine, la grande sœur de Kellermann, lui envoyait régulièrement des colis de bâtons de kako dou, chocolat noir et amer. Pourquoi fallait-il que l'odeur de ce breuvage rameute en lui une telle nostalgie ? Il revoyait ses parents vieux-corps, fragiles tels qu'ils lui étaient apparus lors de sa visite à Sussy, et réalisait que c'était la dernière image qu'il garderait d'eux. Comment les imaginer vivant séparément ? Kellermann sous le dur soleil des Antilles. Drasta dans une ferme en Roumanie.

Après avoir bu le chocolat avec ses amies, la Chascona écoutait des chansons folkloriques. Si elle avait persévéré, aimait-elle à dire, elle se serait peut-être fait un nom et, à quarante-cinq ans, elle n'en serait pas à s'étioler dans un pays de barbares et de pervers.

Sa personnalité était telle que même Ramzi, qui ne s'intéressait ni aux femmes ni aux hommes, semblait tombé sous le charme. Il lui offrait des coffrets de maquillage Gemey Mabelline, Bourjois, Black Open et de coûteux parfums français. On doit dire que cela ne servait à rien. Comme Aminata, de prime abord elle s'était méfiée de lui et l'avait pris en grippe :

— Tu as vu ses yeux? Ce n'est pas un homme, répétait-elle en frissonnant. C'est le Mal incarné. Satan. Quand il me regarde, je sais qu'il imagine que je suis morte et qu'il se livre à toutes sortes d'horreurs avec mon corps. On m'a raconté...

Là, elle baissait la voix et Kassem se croyait revenu à Porto Ferraille quand les pires histoires circulaient sur le compte de Ramzi.

Aussitôt arrivé à New York, Ramzi avait opéré une nouvelle métamorphose. Il avait endossé la vêture d'un résistant politique et enjolivait ses démêlés avec Big Boss, rapportant une conversation qu'il aurait eue avec lui :

— Je lui ai dit : « Président, écoute! La Révolution est une Vierge farouche, Président. Personne ne peut la coucher de force dans son lit. »

Il évoluait dans une autre sphère. S'il logeait aussi chez Jibril, on ne l'y voyait jamais. Dehors dans la froidure pour courir à de mystérieux rendez-vous. Jamais rentré avant l'aube. Il avait toujours soigné son apparence, mais à présent c'était un vrai dandy. Il avait abandonné ses habits musulmans et se coiffait de feutres qui faisaient de l'ombre à ses yeux gris, un cigare bagué éternellement planté au coin de la bouche. Dans ce pays où il venait à peine d'aborder, il semblait posséder un fameux carnet d'adresses et dînait tous les soirs entouré d'une clique de Noirs, de métis, d'Asiatiques, dans le salon privé du Kilimandjaro. Il laissait d'effroyables ardoises à Jibril, lequel, tenant à ses sous, se faisait du souci et pressait Kassem de questions :

— Tu crois qu'il me remboursera ?

Huit jours durant, Ramzi s'attabla, tête contre tête, avec Cornell et Houston Jackson. Cornell Jackson et son jumeau, Houston, avaient donné dos à la misère de l'Alabama et étaient montés à New York pour devenir l'un directeur d'une chaîne de maisons funéraires, les Jackson Funeral Home, l'autre créateur d'une ligne de cosmétiques, la ligne Queen of Sheba. Malheureusement, après un démarrage en flèche, leurs affaires périclitaient et ils étaient sur le point de fermer une partie de leurs maisons funéraires. Qu'est-ce que Ramzi espérait d'eux ? Cela ne lui ressemblait pas de faire la cour à des losers.

Toujours est-il que, le neuvième soir, un mystérieux marché fut conclu.

Débordant de joie, Ramzi héla Kassem. Quand il les rejoignit, les trois hommes étaient assis autour de la table dans l'odeur des havanes et du cognac Courvoisier qu'ils consommaient en abondance.

— Kassem Mayoumbe, fit-il, mon assistant.

Cornell et Houston étaient deux géants d'un mètre quatre-vingt-quinze et d'un mètre quatre-vingt-dix-huit respectivement, le front ceinturé de locks fournis et grisonnants. Une seule chose les distinguait. Cornell s'exprimait d'une voix de fausset, risible dans ce grand corps. Houston était au contraire doté d'un baryton sonore et mélodieux. Ils grimacèrent un sourire peu convaincu à l'adresse de Kassem. Conscient de l'effet que ce jeunot produisait avec son œil barré d'une coquille, ses cheveux mal peignés et son survêtement acrylique aux couleurs criardes, Ramzi ajouta :

— Il a l'air comme cela. Mais ne vous y fiez pas. Je l'ai bien dressé et il en connaît un bout sur les « parages ». À Porto Ferraille, nous en avons fait de belles, tous les deux. Pas vrai, Kassem ?

Sur ce, les frères Jackson se décidèrent à lui serrer la main sans enthousiasme.

— Ce pays est bizarre, soupira Ramzi quand ils eurent tourné le dos. Ségrégé, quoi qu'on dise, en plein XXIe siècle. Les Blancs avec les Blancs. Les Noirs avec les Noirs. Les Asiatiques avec les Asiatiques, etc. Depuis que ses « maisons » existent, c'est-à-dire depuis 1975, Cornell n'a jamais « paré » que des gens de sa couleur. Remarque, ce n'est pas notre affaire. Ce qui importe, c'est qu'ici ce n'est pas la peine de se démener pour imposer le « parage ». Il est déjà dans les mœurs des Américains, blancs comme noirs.

— Nous allons donc travailler dans les Jackson Funeral Home ? gémit Kassem.

— À partir de demain ! Huit heures trente, répondit Ramzi.

Là-dessus, il décrocha son manteau, mit son feutre et après un baiser sur le front de Kassem s'en alla à son tour.

Resté seul, Kassem se prit la tête entre les mains. Il avait l'impression d'être plongé dans un bain de glace. Recommencer les « parages » ? Rien ne lui déplaisait davantage. Il se sentait si bien aux cuisines du Kilimandjaro. Mais à présent qu'il avait suivi Ramzi jusqu'à New York, comment lui dire non ?

Jibril entrebâilla la porte, engoncé dans son manteau, un bonnet de laine enfoncé jusqu'aux yeux, qui lui mangeait la moitié du visage :

— On s'en va ?

Ils tournèrent les interrupteurs, enclenchèrent le système d'alarme. Ensuite, Kassem aida Jibril à fixer les grilles de fer censées protéger les fenêtres des cambrioleurs.

Dehors, la première neige était tombée, si pressée qu'elle n'avait pas attendu Thanksgiving, et ce suaire blanc enroulé autour de la cité rappelait à Kassem d'autres suaires, des deuils déjà lointains, mais jamais oubliés.

Toutes les villes sont belles à la tombée du jour. Miséricordieuse, la noirceur de la nuit les enveloppe de ses replis. Elle dissimule les artères mal tracées, les monuments disgracieux, les bâtiments trop lourds. Mais New York est reine de la Nuit, sacrée par des générations d'admirateurs. Le flot des piétons et des voitures ne tarit jamais. Sous la lumière des réverbères, pareils à des lampions, il devient danse, ballet orchestré par les plus grands chorégraphes et le spectacle se transforme en un gigantesque carnaval. Pourtant, en ce moment, Kassem était peu sensible à cette beauté. Il se sentait au bord des larmes.

— Écoute papa, haleta-t-il en saisissant le poignet de Jibril, pardon, je ne rentre pas avec toi. Je vais faire un tour au Rendez-vous des amis.

Jibril le dévisagea. Quelle mouche piquait le garçon ? À pareille heure ! Ce n'était pas dans ses habitudes, sérieux et rangé comme papier à musique. C'est Dolorès qui serait mécontente. Sans attendre de réponse, Kassem avait déjà disparu dans la noirceur et filait, ventre à terre, au mépris des glissades.

Épiloguons ! Qu'espérait Kassem ? Que se serait-il passé s'il avait trouvé Zaramian au Rendez-vous des amis ? Peut-être le cours de sa vie en aurait-il été changé. Cependant, nos destins sont inscrits à l'avance. Il eut beau parcourir la grande salle en jouant des coudes parmi les buveurs et même descendre au sous-sol, il ne vit pas Zaramian. Il dut boire tout seul son thé vert à la menthe.

Vers minuit, il se décida à rentrer.

II

Ainsi, le lendemain matin, Kassem et Ramzi prirent-ils le chemin d'une des Jackson Funeral Home. Elle n'était pas éloignée puisqu'elle était située un peu plus haut, à Harlem, sur la 135ᵉ Rue. À droite et à gauche s'élevaient les célèbres *brownstones*, ces lourdes maisons de pierre brune occupées autrefois par les familles noires bourgeoises. La Jackson Funeral Home abritait une demi-douzaine de salons au luxe hiérarchisé. Tout dépendait du prix que l'on consentait à payer pour verser ses larmes. De l'extérieur, c'était un bâtiment quelconque, un quadrilatère assez mastoc, curieusement coiffé d'un dôme de pierre, lui-même surmonté d'une longue aiguille. L'intérieur surprenait, Cornell n'ayant mégoté ni sur le marbre, ni sur les vitraux, ni sur les sculptures, ni sur les tableaux. On disait qu'il s'était rendu en Grèce, patrie des mausolées, pour nourrir son imagination. À intervalles réguliers étaient disposées des amphores blanches où s'épanouissaient des fleurs de même teinte : arums, gardénias, roses et lys. Partout résonnaient en sourdine les accents d'un requiem que Kassem reconnut en tressaillant : celui de Dvořák, le favori d'Onofria…

Kassem retrouva ce qu'il haïssait le plus, l'odeur. Cette odeur inimitable qui, croyait-il, s'accrochait aux vêtements, à la peau, aux cheveux. Cette odeur qu'il retrouvait dans les aliments qu'il mangeait, les vins qu'il buvait, les draps et les couvertures desquels il s'enveloppait.

Cornell leur avait affecté un aide, Ben, sorte de Quasimodo afro-américain mal embouché, le tablier toujours taché de sang et de brûlures de cigarette, qui avait l'horrible manie de chantonner entre ses dents.

Tout y passait : *My Funny Valentine, Like a Rolling Stone, Red Sails in the Sunset* et tout le répertoire de Marvin Gaye. La routine bien établie à Porto Ferraille reprit son cours à Harlem. Les trois hommes travaillaient ensemble et abattaient le gros de l'ouvrage. Puis Ben et Kassem se retiraient, laissant Ramzi apporter les dernières finitions. À ces moments-là, répétait-il, il tenait à être seul puisqu'il ne faisait confiance qu'à son talent. Vannés, Ben et Kassem ne se faisaient pas prier. Ils en profitaient pour aller manger un morceau dans la cafétéria. À force, ils étaient devenus sinon amis au moins copains. Ben ne parlait que de lui-même, rappelant à Kassem les soliloques de son compagnon d'autrefois, Abdel-Kader. Là, pourtant, il n'était pas question de drame passionnel. Ben racontait sa vie et Kassem ne se lassait pas de l'écouter. Pour lui qui n'avait lu aucun auteur afro-américain, c'était mieux qu'un roman. Ben était né dans l'abjecte pauvreté de Macon, une petite ville du sud des États-Unis. Un soir où il avait bu plus qu'à l'accoutumée, son père avait fendu la tête de sa mère à la hache. Après quoi, les services sociaux avaient vainement essayé de les faire adopter, lui et sa sœur. Hélas! Ils étaient trop noirs. Alors, il avait été confié à une vague parente, accro au crack, qui oubliait de préparer à manger quand elle avait pris sa dose. À vingt ans, il avait rencontré Dieu grâce à une congrégation évangéliste qui lui avait aussi appris à lire et à écrire. Débarqué à New York à la recherche d'un emploi, il avait rencontré son deuxième Dieu sous les traits de Cornell Jackson. Il devenait intarissable quand il s'agissait de décrire les bienfaits des frères Jackson à l'égard de leur communauté.

— Ce ne sont pas des hommes ordinaires ! répétait-il. Ce sont des saints.

Un soir, Ben arrêta son habituel bavardage, cessa de mastiquer son cheeseburger et fixa Kassem droit dans les yeux :

— Ça fait combien de temps que tu travailles avec lui ?

Kassem eut un geste vague :

— Pas mal de temps déjà. Nous avons bossé en Afrique.

— À ton avis, qu'est-ce qu'il fout tout seul ?

— Il applique les dernières retouches ! bégaya Kassem. Le fard à joues, la poudre, le mascara. Il est particulièrement expert dans la manière de relever les cils.

Ben arqua ses sourcils :

— Relever les cils, hein ?

Kassem inclina la tête :

— Oui ! C'est du grand art.

Ben grimaça :

— Ça ne te paraît pas bizarre ? Moi, je parierais qu'il fait tout autre chose !

— Quoi donc ?

Ben se pencha, l'empestant de son haleine délétère :

— Tu connais le titre de ce film avec Marilyn Monroe, *Certains l'aiment chaud* ? Là, ce serait plutôt le contraire. Il les aime froides.

Il ponctua sa phrase d'un rire gras. Horrifié, Kassem s'obstina à ne pas vouloir comprendre :

— Que veux-tu dire ?

— Ne te fais pas plus couillon que tu n'es ! éructa Ben.

Là-dessus, mécontent, il alla peler son orange à une autre table.

Kassem regarda son large dos vêtu d'une chemise molletonnée à carreaux rouges et blancs.

Pareils soupçons ne m'ont-ils jamais effleuré ? se dit-il.

Il se remémorait les accusations proférées par des individus aussi différents qu'Hafsa, Adhémar, Ebony Star, Pierre-Gilles et il fut pris d'une terrible envie de vomir.

Quelques heures plus tard, il rejoignit Ramzi dans leur luxueuse limousine de location.

— Tu en fais une mine ! s'exclama ce dernier.

Lui, au contraire, semblait au septième ciel. Adossé contre les coussins de cuir, un verre de whisky à la main, il fumait un havane, l'air repu, comblé. Tout à trac, encore hors de lui-même, sans savoir à quoi il obéissait, Kassem lui débita sa conversation avec Ben. Ramzi ne parut guère ému et se borna à questionner :

— Il a dit ça, hein ?

Puis, fermant les paupières, il laissa tomber :

— Ne te tourmente donc pas pour si peu. Qui est ce Ben ? Une fourmi que les soldats de Salomon piétinent, comme dit le Saint Livre.

Car il avait recommencé à citer le Coran à tout bout de champ.

Ce que Kassem haïssait autant que le travail dans la

maison funéraire, c'étaient les fêtes que les frères Jackson donnaient le week-end.

Cornell et Houston, tous deux célibataires, habitaient une villa qu'ils avaient achetée au temps de leur splendeur à un magnat de la saucisse. Elle ne comptait pas moins de vingt-cinq pièces sous un toit en forme de pagode chinoise car le magnat avait adoré Shanghai. Elle se situait dans le New Jersey au milieu d'un bois où, l'été, l'on chassait la biche et le daim. L'hiver, les arbres auraient été moins dénudés, le sol moins recouvert de glace que ce cadre aurait rappelé à Kassem celui du palais présidentiel. À la différence qu'il n'y avait pas de fantômes. Comme il les passait à se tourner et se retourner sans sommeil, ses nuits étaient également interminables. Sa chambre à coucher était si vaste qu'il en avait peur. L'espace alentour de son lit lui faisait l'effet du vide sidéral. La première fois qu'en butte à ses habituelles insomnies il osa sortir dans le parc, un garde engoncé dans une combinaison de cosmonaute, fusil braqué, fonça sur lui. C'était un Afro-Américain d'une vingtaine d'années qui s'efforçait de donner à sa figure juvénile une expression menaçante :

— Patron ! s'exclama-t-il. Fais attention à toi ! Ici, on tire d'abord. On vérifie après.

— Ne m'appelle pas « patron », protesta Kassem. Je ne suis le patron de personne.

— Est-ce que tu n'es pas l'assistant du docteur Ramzi ? fit l'autre avec déférence.

— Lui est puissant, peut-être, convint Kassem. Pas moi !

— C'est vrai, questionna le garde les yeux brillants, que dans son pays, même le Président avait peur de lui ? C'est vrai qu'il peut se rendre invisible comme dans le film, ou bondir dans les airs comme Batman ou Spiderman ?

Ainsi donc, les mêmes balivernes, les mêmes mythes traversaient les mers. Quels que soient les rivages, les hommes étaient-ils donc pareillement crédules ?

Par la suite, à force de se heurter à lui dans le parc glacé, Joe, le jeune garde, devint son copain. À un endroit où la pierre était descellée, ils enjambaient le mur. La neige amortissait leur chute et ils prenaient l'autobus pour Ratcliff qui ne payait pas de mine mais comptait d'excellents dancings. Surtout le Flamingo. De même que le Kilimandjaro ressemblait comme un frère au Fouta Toro, le Flamingo ressemblait au Brasero. Preuve que sous tous les cieux, misère et frénésie du sexe sont liées.

C'est donc à cela que se résume ma vie ? s'interrogeait Kassem. Le jour, faire un travail que je hais. La nuit, troquer une boîte de nuit contre une autre. Échanger Adhémar pour Ousmane, pour Joe. Comment donner un sens à mon existence ?

Comme Kassem n'arrêtait pas de les fixer avec une concupiscence mêlée de terreur, les filles du Flamingo, comme celles du Brasero, avaient trouvé un surnom, presque identique, à Kassem : « Celui qui n'en a pas. »

Dans son abstinence, la pensée d'Aminata confortait Kassem.

Aminata. Nata mia.
L'eau d'amour que tu m'as versée,
En retrouverai-je jamais la source?

Que faisait-elle en ce moment? L'avait-elle beaucoup pleuré? L'avait-elle déjà oublié? Il n'osait lui écrire, n'ignorant pas que chaque jour de silence supplémentaire rendait son pardon plus difficile.

Les réceptions que Cornell et Houston donnaient étaient bien pâles.

On n'y rencontrait guère que des Afro-Américains, des Latinos, quelques Asiatiques. Boutonnés jusqu'au col, c'étaient des politiciens, des chanteurs, des écrivains, des acteurs de cinéma, des journalistes. Bien qu'en aparté ils se prétendissent chacun très en vue, collectivement leur conversation roulait inlassablement sur l'« invisibilité » des « minorités ». Si un de leurs membres parvenait à se hisser au sommet, il ne faisait rien pour sa communauté et se bornait à répéter la Voix de son Maître.

Comment changer la donne? se demandaient-ils avec fièvre.

Kassem se souciait peu de cette importante question. Cornell et Houston louaient les services d'un chef cuisinier originaire de La Nouvelle-Orléans, expert dans la préparation des plus succulents étouffés de crevettes ou riz jambalaya. Chaque fois que cela lui était possible, Kassem prenait le chemin des cuisines où, voluptueusement, il s'emplissait les narines des senteurs perdues. Toutefois ces escapades déplaisaient et au chef, un mauvais coucheur qui n'acceptait pas n'importe qui auprès de lui, et à Ramzi qui répétait :

— Qu'on ne te confonde pas avec la valetaille ! Tu n'es pas un cuisinier, nom de Dieu !

Que suis-je ? se demandait Kassem, renvoyé une fois de plus à ses interrogations familières.

Alors, il se soûlait morosement à la vodka Smirnoff, reluquait les beautés, rares, car on comptait surtout, on l'aura compris, d'ambitieuses jeunes personnes dissimulant leurs formes sous de sobres tailleurs griffés. Kaiama était belle et pulpeuse comme Kassem les aimait, la peau couleur thé léger, les cheveux teints au henné et gracieusement ramenés sur le dessus de la tête. Ses aventures passées l'ayant rendu perspicace, Kassem comprit tout de suite qu'à travers lui elle ne s'intéressait qu'à Ramzi. Elle chuchotait les sempiternelles questions :

« C'est vrai que le Président de son pays avait peur de lui ? » « C'est vrai qu'il fait de la magie ? » Elle baissait la voix : « On dit que… »

Racontars, racontars !

Un soir, après l'une de ces fêtes sans joie, Kassem et Ramzi revenaient à New York par l'autoroute. La froide lune d'hiver découpée au couteau gisait comme un cadavre dans le ciel. Soudain, Ramzi poussa un profond soupir de satisfaction :

— Enfin, je suis parvenu à convaincre Cornell et Houston ! Et crois-moi, ce ne fut pas facile ! Leurs affaires périclitent. Ils se désolent, mais c'est tout. Des semaines que je suis sur eux ! À les travailler comme un boulanger la pâte à pain.

Il rit à gorge déployée de sa plaisanterie.

— Les convaincre de quoi ? interrogea Kassem.

— D'agir. Que veux-tu ? Ce sont des bondieusards. À l'église tous les dimanches.

Kassem le suivait de moins en moins. La voix de Ramzi se fit pressante :

— Ce qu'il faut, c'est une bonne épidémie qui nous remettra à flot. À Brooklyn, dans le Bronx, le New Jersey, dans tous les districts où Cornell possède des funérariums. Alors, les « parages » nous rapporteront des fortunes.

Kassem espéra avoir mal entendu :

— Une épidémie ! répéta-t-il. Qu'est-ce que tu veux dire ?

Il y eut un silence. Kassem répéta sa question mais les mots s'étranglaient dans sa gorge :

— Est-ce que cela veut dire que ce qu'on raconte sur toi est vrai ? À Porto Ferraille, l'épidémie, tu y étais pour quelque chose ?

Ramzi haussa les épaules :

— Qui veux-tu que ce soit ? Comment veux-tu qu'il en soit autrement ?

Ramzi s'assura que la vitre qui les séparait du chauffeur était bien fermée et raconta avec complaisance :

— J'ai rencontré l'Italien Aldo Moravia au cours d'un dîner au palais présidentiel. Je m'étiolais à Samssara, je me demandais comment sortir de l'anonymat et de l'ennui que me causait ce trou. Lui arrivait d'Ombrie, des projets plein l'esprit. Il préparait la ligne Nefertiti et cherchait les moyens de faire fortune grâce à elle. Nous avons tout de suite compris le parti que nous pouvions tirer l'un de l'autre. Nous sommes devenus partenaires, puis amis.

Kassem se remémora toutes ces jeunes vies fauchées, la douleur des parents, des maris, des amants, des amis, le deuil accablant la ville et gémit :

— C'est horrible ! C'est horrible ! Comment avez-vous fait ?

Ramzi, très fier de lui, était intarissable :

— Depuis cinq ans, dans mon labo à Samssara, je travaillais sur la sève du bafo, un arbre qui contient un poison violent. Je l'avais rendu indétectable. INDÉTECTABLE, tu m'entends ? En somme, notre idée était toute simple. Il suffisait d'introduire une quantité infinitésimale de bafo dans un bâton de rouge à lèvres : en se fardant, puis en s'humectant les lèvres, la fille en absorbait et mourait. Et le tour était joué.

À présent, Kassem pleurait toutes les larmes de son corps. Ramzi continuait comme si de rien n'était :

— Aldo et moi, nous avons choisi une jolie teinte, très populaire, le rouge Tango. Nous avons mis en circulation des coffrets bon marché et le rouge Tango est devenu le rouge qui tue.

— Quel intérêt cet Aldo Moravia trouvait-il à commettre pareils crimes ? hurla Kassem. Et toi ? Et toi ?

— On peut dire d'abord le fric. Nous avons réalisé des profits énormes qui se chiffrent par millions, fit cyniquement Ramzi. Quand l'épidémie battait son plein, Aldo n'arrivait plus à fournir assez de produits pour les « parages ». Pourtant, ce n'est pas seulement le fric.

Il rêva :

— C'est… C'est… Un sentiment de puissance ? Je ne sais pas vraiment ce que c'est…

Il se tut et reprit sur le même ton satisfait :

— J'ai offert un de ces coffrets promotionnels à Onofria. Elle adorait se maquiller, se faire belle. Ainsi, j'ai vérifié que tout marchait à merveille. Tu connais la suite.

— Onofria était ton amie ! Tu l'as dit toi-même, sanglota Kassem. Et tu l'as tuée.

— Amie ! Amie ! C'était surtout la fille de Big Boss qu'elle admirait comme un dieu.

À droite et à gauche de l'autoroute, les affiches lumineuses beuglaient, emmêlant fiévreusement leurs jambages. Pourtant, en Kassem, il faisait nuit noire. Deuil et ruines.

— Cette fois, nous allons opérer de la même manière, expliqua Ramzi, très professionnel. Nous avons choisi le rouge Bruised Hibiscus, une teinte très appréciée ici. Il sera notre arme, le rouge qui tue. Je suis entré en contact avec un petit laboratoire qui va fabriquer la molécule…

Des pensées affolées faisaient la ronde dans l'esprit de Kassem.

Je me demandais s'il était pervers. Maintenant, j'apprends de sa propre bouche que c'est un assassin.

Un *serial killer*. Le plus dangereux de l'histoire de l'humanité. Un fou. Satan en personne. Je ne peux plus rester avec lui.

Il était prêt à sauter de la voiture au carrefour suivant, à prendre ses jambes à son cou et à se perdre dans l'épaisse foule new-yorkaise. Ce qui l'avait toujours effrayé, ce à quoi il ne s'était jamais résigné devenait impératif. Il ne pouvait plus continuer à vivre avec Ramzi. Être associé aux « parages », c'était se rendre complice de ses crimes.

Quand la voiture s'arrêta devant l'immeuble de Jibril, il bafouilla :

— Bonsoir. Je ne rentre pas me coucher. Je vais boire un dernier verre avec Zaramian.

Ramzi se borna à lui enjoindre :

— Motus et bouche cousue, c'est compris ?

Dieu soit loué, Zaramian était là, avec son sourire et sa carrure de footballeur, en train de vider une bière au comptoir. Il ébouriffa la crinière de Kassem. Bien sûr, son offre était toujours valable. Bien sûr, il l'hébergerait avec plaisir. Malheureusement, à l'aube, il prenait le bus pour le Canada. Il serait absent une huitaine de jours.

Rendez-vous fut pris pour la semaine suivante.

III

Kassem dut donc poursuivre son calvaire et retourner à la 135e Rue.

Ramzi et Houston ayant fait le voyage jusqu'à Albany pour rencontrer des politiciens — car Houston avait des ambitions de ce côté-là —, il travaillait seul avec Ben qui ne lui adressait plus la parole. Un matin, ce dernier ne parut pas. Jane, une réceptionniste que Kassem aimait à cause de sa poitrine généreuse, lui annonça que l'autre ne voulait plus travailler avec eux, prétextant qu'il se passait de drôles de choses dans la Jackson Funeral Home.

— Lesquelles ? bafouilla Kassem.

Jane haussa les épaules :

— Ce n'est pas clair, mais il prétend qu'il en aurait de belles à raconter à la police.

— À la police ?

Kassem avala son déjeuner, triste et inquiet. Vers quinze heures, Cornell Jackson se pointa pour boire un verre avec ses employés, comme il aimait à le faire en patron modèle, pour les encourager à se tuer à la tâche. À en juger par les courbettes et les mines obséquieuses qui l'accueillirent, aux yeux de tous, il incarnait vraiment le bon patron. Celui qui, ayant réussi, veille sur les moins chanceux. C'était un *role-model*, un exemple à suivre, à l'instar d'une poignée d'autres. Pourtant, Kassem n'avait jamais remarqué à quel point les plis autour de sa bouche exprimaient la fourberie et combien son regard était fuyant.

Il lui tendit une main molle :

— Ça va le travail ?

Kassem rêva d'une réponse hardie, lourde de sous-entendus qui lui permettrait de le jauger. Que savait-il des agissements de Ramzi? Jusqu'à quel point en était-il le complice ? Peut-être Ramzi l'utilisait-il à son insu? Comme à l'accoutumée, les mots lui manquèrent. Il ne sut rien dire et se dandina d'un pied sur l'autre.

Ce fut le lendemain qu'on apprit la mort de Ben. Crise cardiaque. On ne s'était pas aperçu tout de suite de son décès, car il vivait seul dans son deux-pièces de la 175e Rue. C'est le portier avec lequel il blaguait chaque soir en revenant du travail qui s'était inquiété. Il l'avait trouvé mort dans sa salle de bains. L'embaumement eut lieu à la Jackson Funeral Home de la 135e Rue. Cornell paya le rapatriement du corps jusqu'à Macon et, une fois de plus, tous louèrent sa générosité.

Heureusement, la fin de la semaine arriva. Ramzi revint d'Albany et Kassem brûla la politesse à tout le monde.

Non sans mal.

Généralement, en rentrant du Kilimandjaro, il préparait à Jibril et à la Chascona une infusion de Celestial Seasonings censée assurer une bonne digestion et un doux sommeil. Une fois l'infusion bue, le couple se retirait dans sa chambre à coucher. Kassem entendait le murmure de leurs voix, précédant les ronflements sonores de Jibril. Dormir! Comment un homme pouvait-il dormir à côté de la Chascona? Si elle était auprès de lui, il s'en emplirait la bouche, s'en repaîtrait, la dévorerait.

Le soir où il décida de prendre la poudre d'escampette, il dut attendre près de trois heures du matin avant d'entendre les ronflements de ses voisins. Le couple avait discuté fiévreusement. De quoi ? Kassem ne le saurait jamais. Il marcha alors à pas de loup jusqu'à la porte d'entrée. Il le sentait, son existence s'engageait sur une route dont il ignorait le tracé et son cœur s'épouvantait. À pareille heure, le portier galonné avait terminé son service. Les paliers étaient déserts et il croyait deviner des ombres plus menaçantes que celles qui hantaient le palais présidentiel.

Arrivé sur le trottoir, il se précipita au Rendez-vous des amis où, comme convenu, Zaramian l'attendait. Le logement étant assuré, il s'agissait de trouver du travail.

Pendant deux mois, Kassem vécut ce qu'il avait déjà expérimenté à Marseille. Il s'engouffra dans des centaines d'ascenseurs, il poussa des centaines de portes et se soumit à des centaines d'entretiens. Les emplois ne manquaient pas, mais voilà, on ne voulait pas de lui. La raison de ces incessants refus était simple. Que les employeurs potentiels fussent jeunes, vieux, grands, petits, maigres, obèses, chauves, chevelus, quelle que fût la couleur de leur peau, ils butaient sur la même interrogation, posée en préambule comme s'ils n'avaient pas de temps à perdre et que celle-là seule importait :

— Pourquoi vous appelez-vous ainsi ? Vous êtes musulman ?

Chaque fois, Kassem se sentait envahi d'un sentiment qui le surprenait lui-même. Il se redressait et répondait à la question :

— Oui ! Je dirais même que je suis dévot. Le vendredi, je ne manque jamais de me rendre à la mosquée et je ne rate pas une seule des cinq prières. Où que je sois.

Ce n'était pas simple provocation. Il lui semblait qu'il avait suivi un chemin hasardeux, semé d'embûches, qu'il avait affronté les pires dangers et qu'il avait acquis sa dénomination religieuse comme on acquiert un titre de gloire ou une de ces décorations dont la république française n'est pas avare : ordre des Arts et Lettres, ordre national du Mérite, Légion d'honneur.

Grâce à ses études à Paris, à son expérience à l'étranger et aux mois passés auprès de Pierre Lenormand, dont la réputation n'était plus à faire dans le milieu culinaire, un restaurateur français de Tribeca lui glissa :

— Vous comprenez, je veux vous aider. Mais, nous Français, en ce moment, nous devons être particulièrement prudents. Nous clamerons bien fort que vous êtes né à Lille, nous vous appellerons Chrysostome, votre deuxième prénom, et le tour sera joué.

Kassem repoussa l'offre avec dignité.

Finalement, grâce à un copain de Zaramian, il fut engagé aux toilettes de la Chauve-Souris, un dancing très populaire qui était situé dans le Meatpacking District au cœur d'un enchevêtrement d'immeubles vétustes d'aspect patibulaire. Cet emploi peu glorieux lui rapportait de quoi ne pas mourir d'inanition.

Carrelées de blanc et noir, situées en sous-sol, les toilettes de la Chauve-Souris n'étaient pas ce que le naïf peut imaginer, un endroit où chacun vient se soulager des tristes besoins naturels. C'était un lieu où les danseurs, abandonnant pour un instant les flonflons de la piste, descendaient se piquer, sniffer, tirer un coup en bande entre garçons, ou avec une ou plusieurs filles. Si au cours de l'année écoulée on avait dû déplorer l'issue tragique d'une bonne demi-douzaine d'overdoses, en revanche, on ne comptait pas de viols. À la Chauve-Souris, le sexe était toujours consentant. Les habitués des toilettes étaient généreux avec celui qui savait fermer les yeux quand il le fallait, tenait les lieux aussi propres que possible et veillait à la sécurité. Ni bagarres. Ni coups de feu. Aussi, au lieu des cinquante cents requis, ils jetaient bien davantage dans sa soucoupe. Parfois même des billets froissés. Kassem s'était vite habitué à l'odeur des désinfectants, pour lui moins intolérable que celle des « parages », à la pénombre, à l'humidité de ce sous-sol où, vêtu de son uniforme rouge frappé dans le dos d'un gigantesque insecte noir, il allait, venait, régnait en maître. Il ne redoutait que les moments où il fallait ranimer ceux qui avaient bu avec excès et nettoyer leur vomi. À part cela, il s'acquittait avec maestria des autres tâches. D'une main experte, il passait la serpillière, tirait la chasse, promenait le balai-brosse dans les cuvettes, rechargeait les distributeurs de serviettes, replaçait les rouleaux de papier double épaisseur, ramassait aiguilles et seringues. À l'aube, les poches pleines d'une moisson de dollars, il se traînait en tremblant vers le métro. Car le Meatpacking District n'est pas un quartier rassurant, malgré sa remarquable *« gentrification »*. Les anciens entrepôts, peu à peu reconvertis en immeubles d'habitation, semblaient abriter une faune inquiétante. Le métro surtout, désert à cette heure, terrifiait Kassem. Il s'effondrait sur un siège inconfortable, somnolait fiévreusement, ouvrait l'œil par à-coups sur quelques sans-logis, estropiés, voyous, mendiants, jusqu'à son arrêt de Eastern Parkway. Curieusement tant qu'il était à la Chauve-Souris, il agissait comme un zombie. Il ne pensait à rien. Puisque certains philosophes ont défini le bonheur par l'absence de désirs, de sentiments, alors on aurait pu dire qu'il était heureux.

Par contre, dès qu'il sortait de la bouche de métro et voyait poindre l'alignement des arbres, rigides et noirs dans le tapis de neige, comme un fusain de Bernard Buffet, les chiens de la douleur fonçaient sur lui. De la meute, il ne savait lequel des rottweilers était le plus féroce. La peine d'être séparé d'Aminata était constante.

Aminata
Nata à moi, Nata mia.

S'ajoutait celle d'avoir perdu Jibril, toujours paternel même quand il l'exploitait, et la Chascona à la fois exigeante et tendre ! Ils devaient le prendre pour un ingrat, disparu en pleine nuit sans un merci après avoir profité de leur hospitalité. Chaque jour, il devait se retenir pour ne pas leur téléphoner et bredouiller des excuses. Chaque vendredi, pour ne pas envoyer un mot par l'intermédiaire de Zaramian qui, après la mosquée, buvait le thé vert avec Jibril au Rendez-vous des amis. Chaque dimanche, pour ne pas courir à la cathédrale Saint John the Divine et expliquer à la Chascona les raisons de sa fuite.

Pourtant, la douleur la plus vive naissait d'être toujours séparé de Ramzi. À Porto Ferraille, à Marseille, il l'apercevait, même de loin en loin, et était au courant de ses activités. À présent, il ignorait ce qu'il devenait. Quel mystère que le cœur humain ! Malgré la peur et le dégoût qu'il lui inspirait, il ne se consolait pas de son absence. Être privé de lui plongeait son existence dans le noir. À imaginer les journées qui allaient s'écouler et se terminer sans lui, il demeurait transi sous ses draps. Tout cela irritait fort Zaramian qui ne brillait ni par la patience ni par l'indulgence.

— Secoue-toi ! criait-il. Nom d'un chien ! Tu es amoureux de lui ? T'es pédé ou quoi ?

Ces interrogations plongeaient Kassem dans la plus vive confusion.

Je ne suis pas homosexuel, se répétait-il. J'aime Aminata et je le lui ai prouvé en la comblant de plaisir. Alors qu'est-ce que j'éprouve pour Ramzi ? Peut-être incarne-t-il celui que j'aurais aimé être. Beau. Séducteur. Amoral. Sans scrupules. Tout ce qu'il faut pour réussir dans la vie.

À cause de ces querelles, les relations entre Zaramian et Kassem se détériorèrent. En outre, Kassem découvrit d'où Zaramian tirait ses moyens de subsistance. Il dirigeait un réseau de petits truands qui maquillait et revendait des téléphones portables subtilisés aux abords des écoles. Tous ces gens étaient malhonnêtes. Il avait troqué un tueur aux ambitions grandioses pour un voleur minable, un détrousseur d'adolescents.

Il faut que je me tire d'ici! se répétait-il. Et en vitesse.

Mais la ville lui faisait toujours aussi peur. Il savait que peu après qu'il avait quitté Jibril, Ramzi avait lui aussi déménagé. Il habitait un quartier élégant au nord de Manhattan : Riverside Drive. Au fond de lui, chaque jour, il s'attendait à ce que l'autre le relance au téléphone ou par lettre, et souffrait de son silence.

L'immeuble qu'il habitait avec Zaramian était occupé en majorité par des Haïtiens. À cause de cela, il était surnommé l'« Ibo Lélé » du nom d'un célèbre hôtel de Port-au-Prince avant la descente aux enfers du pays. Malgré le froid, les portes des appartements demeuraient ouvertes. Sur les paliers, c'étaient des conciliabules, des va-et-vient d'hommes et de femmes, qui échangeaient, comparaient, commentaient les dernières informations. Léogâne était tombée aux mains des rebelles. Non, c'était Mirebalais. Non, c'était Jacmel. À ce qu'on disait, les cadavres empuantissaient Lalue, la principale artère de la capitale. Combien? Les uns avançaient le chiffre d'une dizaine, les autres n'y allaient pas de main morte et affirmaient qu'il s'agissait de plusieurs centaines. Pourtant, malgré le deuil et la douleur, on se levait au son de la merengue. On se couchait au son du compas. De jour comme de nuit, la musique et le beuglement des chaînes de télévision en créole ne cessaient jamais. Kassem s'était lié avec son voisin de gauche, Lilian, un type dégingandé aux allures funèbres qui, après des études de journalisme à l'université Columbia, travaillait à *Haïti Reporter.* Sa spécialité était de parler par aphorismes :

« La vie, mon cher, est un tournoi d'un genre spécial. Pas de vainqueurs, ni de vaincus. Personne n'en sort vivant. » Ou encore : « La vie, mon cher, c'est un roman de Gary Victor. Le fantastique l'emporte sur le réel. »

Malheureusement, Kassem, qui lisait peu, nous le savons déjà, n'avait jamais ouvert un livre de Gary Victor, ce qui était dommage ! Sous ses airs de philosophe, Lilian cachait une profonde détresse. Quand il était bébé, les tontons macoutes avaient tué son père et sa mère. À vingt-cinq ans, les « zinglindos » avaient assassiné sa femme. Les « chimères » venaient d'achever son frère.

— Tu te plains continuellement de n'avoir pas de pays, répétait-il à Kassem. Pense à ceux dont le pays est une plaie qui suppure constamment à leur flanc !

De ses malheurs, Lilian essayait de tirer un ouvrage qu'il rêvait de vendre à des millions d'exemplaires :

— Je l'écris directement en anglais, expliquait-il, derrière un barrage de dictionnaires et de précis de syntaxe. Un livre n'est pas un enfant adoptif. Il doit être conçu dans la langue de celui qui le lit.

En dépit des tristes nouvelles d'Haïti, des désaccords et des querelles passagères, Kassem, Zaramian et Lilian partageaient de bons moments. Ils avaient le même âge, vingt-deux ans. Avec des ailes de dinde achetées en vrac au supermarché discount du coin, Kassem régalait son monde. La vodka Smirnoff était à son cours le plus bas chez les marchands d'alcool. Kassem découvrait une intimité qu'il n'avait pas connue avec ses frères. Les filles de l'« Ibo Lélé » avaient le cœur plus large que celles du Flamingo. Tout borgne et gringalet qu'il fût, elles auraient bien enfoui Kassem entre leurs cuisses s'il ne s'était juré de rester fidèle à Aminata et s'efforçait de tenir parole.

De son séjour en prison, il ne s'était jamais entièrement remis. Deux fois le mois, il devait consulter un ophtalmologiste. Non pas qu'il chérît l'absurde espoir de recouvrer entièrement la vue. Mais parce que certains jours, des fulgurances dansaient devant ses yeux que perforaient d'invisibles aiguilles.

Un après-midi donc, il se rendit à l'hôpital. Dans la salle d'attente, il tendit la main vers un magazine écorné qui ne payait pas de mine malgré son titre ronflant : *Black Renaissance — Renaissance noire*. En tournant les pages, il tomba sur une publicité pour la ligne de produits Queen of Sheba. Un coffret de maquillage de nature à satisfaire les plus coquettes était proposé pour la modique somme de dix dollars si l'on répondait correctement à quelques questions stupides :

1. Quel est le nom du premier président des États-Unis ?

2. Où se trouve la Maison-Blanche ?

3. Quel est le nom du premier homme qui a marché sur la Lune ?

En vedette, le rouge Bruised Hibiscus.

Kassem faillit s'évanouir. Cette lecture ne permettait pas le doute. Ramzi avait commencé de mettre à exécution ses sinistres desseins.

Comment l'arrêter ? Courir au siège du journal ? Il se trouvait à plus d'une heure de trajet, dans le Bronx. Et que dirait-il si quelqu'un consentait à le recevoir ? Il pouvait deviner ce qui s'ensuivrait. Le directeur de la rédaction ne manquerait pas de lui vanter les mérites des frères Houston et Cornell Jackson qui, grâce à leurs entreprises, fournissaient des centaines et des centaines d'emplois à la communauté noire américaine. Il le sommerait de s'expliquer plus clairement et il en serait bien incapable.

Bouleversé, il décida de rentrer chez lui.

Il ne fut pas sitôt sorti de l'hôpital qu'il se mit à neiger et il salua avec volupté cette blancheur glaciale qui tombait du ciel comme pour apaiser son angoisse. Sur Eastern Parkway, les chasse-neige avaient commencé leur vacarme. À un angle de rues, de jeunes Noirs se battaient à coups de boules de neige en hurlant en kréyol :

— *Babaï, Titid ! Babaï ! Lanfè two bon pou-w !*

Des Haïtiens, visiblement. C'est ainsi qu'il apprit qu'un membre de l'armée des dictateurs était tombé. Ni fleurs ni couronnes. Une vague de joie l'envahit. Au moins, Lilian serait heureux. C'était à désespérer que rien de tel ne semblât près d'arriver à Big Boss. Il pressa le pas. Comme il approchait de son immeuble, des rumeurs de fête parvinrent jusqu'à lui. De haut en bas, les neuf étages étaient illuminés et toutes qualités de musique claquaient aux fenêtres. Dans l'entrée, des gens s'embrassaient, s'étreignaient, pleuraient. D'autres dansaient sur les paliers, dans les couloirs, dans les escaliers. Une grosse femme qu'il avait croisée chez Lilian conduisait une farandole et attrapa sa main.

— Je ne suis pas haïtien, se défendit-il timidement.

— N'importe! C'est pour tout le monde, ce bonheur-là.

La farandole grimpa jusqu'au neuvième étage, redescendit jusqu'au rez-de-chaussée, entra dans des appartements où des bougies brillaient en permanence devant des autels vaudous, en ressortit, se déhanchant et braillant à tue-tête. C'est alors que Kassem vit Zaramian et Lilian debout dans l'embrasure d'une porte, immobiles et muets. Zaramian bondit sur lui, l'arracha de force à la farandole, et bégaya :

— Nous te cherchons depuis des heures. La Chascona est morte.

IV

— Elle repose au salon « Sweet Briar », porte numéro six, lui susurra suavement une hôtesse vêtue de mauve depuis les chaussures jusqu'à la toque.

Avec une mine de circonstance, comme si elle était au bord des larmes, elle s'exprimait d'une voix si ténue que Kassem n'entendit pratiquement rien. N'osant la faire répéter, il longea le corridor à l'aveuglette, ouvrit une porte au hasard et tomba sur un groupe d'inconnus endeuillés qui le dévisagea avec surprise, ressortit en bredouillant des excuses, et continua sa quête.

Il finit par trouver le salon qu'il cherchait. Là résonnait le *Requiem* de Fauré. À travers l'odorante fumée de l'encens et des herbes aromatiques, une forme émergea du brouillard. Celle du cercueil ouvert, monumental, qui trônait sur une estrade.

Dans cet écrin capitonné de velours blanc, la dépouille de la Chascona ne révélait rien de spécial. Ce visage qu'il avait tant de fois rêvé d'embrasser n'avait pas bougé. Coquillage bombé des paupières, arc parfait des sourcils, velours de la peau, imperceptible sourire étirant la bouche fardée.

Quels avaient été ses derniers instants ? Avait-elle eu peur ? De quoi ? Son expression artificielle ne trahissait rien.

Chancelant, il chercha un prie-Dieu pour s'agenouiller. Alentour, peu de monde. À part les fidèles amies « latinas », il n'y avait guère que Jibril, prostré, la tête entre les mains. Kassem se glissa à côté de lui. Aucun mot ne monte aux lèvres quand la douleur est si pesante. Au bout d'un moment, il parvint tout de même à hoqueter :

— De quoi est-elle morte ?

Jibril essuya ses larmes :

— Crise cardiaque.

— Elle souffrait du cœur ?

Jibril secoua la tête :

— Non ! Mais c'est ce que les médecins ont dit.

— Il y a eu autopsie?

— Autopsie? Pourquoi?

Luana la Péruvienne posa un doigt sur ses lèvres et leur adressa un « chut » vigoureux. Ils durent sortir. Dehors, Jibril se mit à sangloter sans retenue :

— En plus de vingt ans de vie commune, je ne l'ai jamais vue malade. Elle était plus solide que moi. À quinze heures, quand je suis parti au Kilimandjaro, elle allait très bien. Elle était au salon et écoutait un disque d'Alberto Cuàbu qu'elle venait de recevoir. Tu sais, Alberto Cuàbu, son poète préféré? Quand je suis revenu vers une heure, deux heures du matin, elle était étendue sur le plancher de la salle de bains. Raide. Morte.

Il pleura plus fort :

— Sans Ramzi, je ne sais pas ce que j'aurais fait. Je l'ai appelé tout de suite sur son portable. Il était en train de dîner avec des amis. Il les a laissés et il est venu tout de suite. Moi, je ne pouvais rien faire. Tout est tellement compliqué ici en Amérique, et puis, je ne connais pas l'anglais. Il s'est occupé de tout. Le « parage », c'est lui qui s'en est chargé. Cette maison funéraire appartient à un de ses amis.

Je le sais trop bien, songea Kassem qui fit tout haut :

— Écoute-moi. Écoute-moi bien. Essaie de te rappeler. Est-ce qu'il y avait parmi les effets de Dolorès dans la salle de bains un coffret de maquillage Queen of Sheba?

Jibril le regarda avec stupeur. Dans un pareil

moment, comment pouvait-il nourrir des pensées si frivoles ?

— Un coffret de maquillage ? répéta-t-il, choqué. Elle en avait plusieurs.

— Est-ce que Ramzi lui a fait un cadeau récemment ? Est-ce qu'un de ses rouges à lèvres s'appelait Bruised Hibiscus ?

Visiblement, Jibril ne savait que répondre.

— Rappelle-toi. Rappelle-toi, reprit passionnément Kassem.

Jibril leva sur lui un regard plein d'incompréhension et il se fit pressant :

— Tu dois me faire confiance. Ramzi n'est pas celui que tu crois. C'est un homme dangereux. Un criminel.

Jibril recula. À en juger par son expression, l'« homme dangereux », le « criminel », c'était plutôt Kassem. Un courroux inhabituel déforma ses traits bonasses :

— Ramzi est l'enfant du petit frère de mon père. Frère de lait, même père, même mère. Et tu viens me raconter du n'importe quoi sur lui ?

Dans son angoisse et sa précipitation, Kassem venait de fouler aux pieds les règles sacro-saintes de la parenté, de la famille. Jibril perdit toute retenue :

— Il m'avait bien conseillé de me méfier de toi. Il paraît que tu es un menteur. Tu n'es pas musulman à ce qu'il m'a dit ?

Qu'avancer pour s'expliquer ? Comme Aminata, il ne comprendrait pas.

— Tu seras précipité en Enfer, face en avant, hurla

Jibril, pour le seul fait d'avoir proféré des calomnies ! C'est l'envoyé d'Allah qui l'affirme.

Kassem s'enfuit.

C'est Ramzi qui l'a tuée, se dit-il en s'engouffrant dans le métro. Comme jadis Onofria. Il l'a utilisée comme cobaye pour être sûr de l'efficacité de son rouge à lèvres.

Il reconstituait le fil des événements dans sa tête et à un moment, sous l'effet de l'émotion, il se mit à sangloter si fort que sa voisine, attendrie, lui tendit un kleenex.

— Je viens de perdre quelqu'un que j'aimais comme ma mère, lui expliqua-t-il.

Elle hocha la tête avec sympathie.

Cette nuit-là, Kassem rêva. Ou était-ce un souvenir qui prit l'intensité d'un rêve ?

Il était petit. Il s'était rendu avec Kellermann, Drasta, les frères et les sœurs à la plage de Franconia. Là, pas de dunes. Trois kilomètres d'un sable s'allongeant plat, monotone, çà et là parsemé de touffes de varech, rêches comme les poils d'un pubis. Kellermann, qui ne savait pas nager, barbotait avec les enfants dûment pourvus de bouées bon marché. Drasta s'était enduit généreusement les épaules et le visage avec de l'écran total avant de s'allonger sur son drap de bain. Kassem, qui n'avait pas cessé de la contempler, posa amoureusement la tête sur son sein, blanc et ferme malgré les maternités. Longtemps, il écouta les battements amples et réguliers de son cœur. Il lui sembla qu'ils répondaient à ceux de son propre cœur et qu'un courant mystérieux et brûlant circulait de l'un à l'autre.

Se réveillant en sursaut, il se précipita vers la table et il osa écrire à Aminata. Chacun le sait, les lettres constituent une forme de communication démodée. Que dirait Mme de Sévigné de ce triste développement qu'elle n'avait pas prévu ? Et tous ces grands épistoliers ? Cette nuit-là, Kassem avait besoin de la blancheur du papier. Il s'épancha longtemps, songeant avec regrets à la vie simple, sans histoires dont il s'était stupidement privé.

Il sortit jeter sa lettre à la boîte.

Dans la nuit blanche et noire comme un manteau d'Arlequin, Brooklyn ne dormait pas. Dort-il jamais ? Sous la calotte du ciel énorme, trop grand pour la terre, les voitures de police traquaient les malfaiteurs. Précédées du hurlement de leurs sirènes, les ambulances couraient ramasser les mourants et les morts gisant aux quatre coins de la ville. Quelle moisson !

La peur, le danger, l'insécurité, c'est de cette existence-là qu'il ne voulait pas.

V

Le lendemain, quand il arriva à la Chauve-Souris, il se vit remettre unc lettre de la direction qui lui annonçait son renvoi. Aucune explication n'était donnée. La direction l'informait simplement qu'elle ne voulait plus de ses services à dater de la fin du mois.

En cercle autour de lui, les autres employés étaient consternés. Surtout Sephora, la vendeuse de cigarettes, affectée comme si elle se sentait responsable de l'événement :

— Ils n'ont pas le droit, protesta-t-elle. C'est injuste. Qu'est-ce qu'ils te reprochent ?

Sephora était un mélange détonnant d'Afro-Américain et d'Indien. Mince et cependant bien en chair. Tout en courbes comme une voiture de course. Elle avait déjà revêtu son uniforme. Sous le tutu rouge, à travers la résille noire des bas, apparaissaient ses belles jambes galbées. Elle entretenait avec Kassem des relations fort singulières qui emplissaient ce dernier de remords. Malgré ses promesses de fidélité, il avait techniquement trompé Aminata avec elle. Un soir qu'il la couvait d'un de ces regards timides et concupiscents dont il était coutumier, d'une main distraite, elle l'avait récompensé d'une branlette. Par la suite, l'opération s'était répétée à plusieurs reprises, sans qu'elle perde jamais son regard distant et son air ennuyé. Le dimanche, jour de fermeture de la Chauve-Souris, elle invitait régulièrement Kassem chez elle. Avec ses deux garçonnets, elle habitait Little Odessa, quartier surprenant dans cette ville qui ne cessait de surprendre. Au sortir du métro, on croyait soudain débarquer dans une province de l'ancienne U.R.S.S. Les affiches, les noms des magasins, les restaurants, les cinémas s'illuminaient, rouge, vert, bleu, en caractères cyrilliques. D'abord enchanté d'être si souvent convié à déjeuner, Kassem se rendit compte qu'elle n'avait guère qu'une idée en tête : se plaindre à une oreille compatissante des machos de sa couleur qui, par deux fois, lui avaient foutu un ventre et s'en étaient allés. Souvent, elle disparaissait pendant de longues heures en lui laissant les gamins sur les bras. Quand, après des heures passées devant les dessins animés des différentes chaînes de télévision, ils se chamaillaient trop, il les emmenait à Coney Island, au parc d'attractions tout proche. Au bout du champ de neige, la mer, aussi blafarde que le ciel, entassait rouleaux sur rouleaux. Les enfants voulaient monter sur le Cyclone, mais leur mère n'avait pas laissé assez d'argent et Kassem n'en avait pas. Maussades, frigorifiés, ils s'engouffraient chez Nathan et s'empiffraient de hot dogs.

Peut-être était-ce à cause d'elle qu'il était renvoyé ?

Un jour, revenant à l'appartement de Sephora plus tôt que prévu, il l'avait trouvée au lit avec un colosse du nom de Jihad. Jihad avait choisi ce prénom au sortir de dix-huit mois de taule qu'il avait tirés pour braquage, cela après divers séjours plus courts pour des méfaits divers. Sephora ne tarda pas à se plaindre de lui à Kassem. Jihad n'avait de guerrier que le nom. Il faisait peu et mal l'amour. Toute la journée, il restait vautré au lit dans l'odeur du crack et le vacarme des disques de rap. Il déblatérait sans arrêt contre les Blancs, s'interrompant parfois pour justifier le choix de son prénom :

— Le Prophète a dit : « Il m'a été ordonné de combattre les hommes jusqu'à ce qu'ils attestent qu'il n'y a pas de Dieu si ce n'est Allah et que Muhammad est l'envoyé d'Allah, qu'ils accomplissent la prière et qu'ils versent l'impôt légal. S'ils font cela, ils préserveront vis-à-vis de moi leur vie et leurs biens, sauf si je dois les mettre à mort ou confisquer leurs biens pour une juste raison tenant à l'islam. »

Puis, il se remettait à ronfler. Il n'était en grande forme que le soir. Alors, vêtu de blanc, il apparaissait à la Chauve-Souris, flanqué, au grand dam de Sephora, de ses autres bonnes amies. Il professait la plus vive affection pour Kassem à qui il donnait du « Brother » à tout bout de champ. Il lui témoignait aussi une entière confiance, le chargeant de recueillir et de comptabiliser les gains considérables qu'il tirait de la vente de petits paquets de poudre blanche aux usagers des toilettes. C'est ainsi que Kassem passait une partie de son temps le nez baissé sur un cahier grand format, à équilibrer des colonnes :

Vendu Payé Crédit

Pour le dédommager, Jihad, bon prince, lui refilait de temps en temps un billet de cent dollars qui beurrait ses fins de mois. C'est connu ! La police n'a pas d'entrailles. Elle mit fin à cette belle fraternité en coffrant de nouveau Jihad, et ce pour des années, dans un pénitencier à Fort Oregon, dans l'État de New York. Kassem envisageait d'aller le voir avec Sephora, or celle-ci, en vertu du dicton : « Loin des yeux, loin du cœur », cherchait un autre partenaire et n'avait plus de temps pour lui.

Kassem avait fini par y aller tout seul. De Penn Station, il avait quitté New York pour la première fois. Le train était bondé et il trouva difficilement à s'asseoir entre deux femmes noires — l'une le visage enveloppé d'un tchador — qui, il ne tarda pas à le comprendre, allaient visiter leurs compagnons, eux aussi emprisonnés à Fort Oregon. Au sortir de la ville, le paysage l'oppressa. Tous ces champs de neige ondulant à perte de vue. Il lui semblait qu'il cheminait sans espoir de retour vers un bout du bout du monde, un pôle mystérieux qui n'était ni le pôle Nord ni le pôle Sud. Assises autour de lui, il le remarqua, il n'y avait que des Afro-Américaines, jeunes, vieilles, minces, grosses, tristes, rieuses, élégantes ou avachies. À croire que seuls leurs hommes étaient responsables des nombreux crimes de l'Amérique. Il s'enhardit et offrit un café à ses voisines.

— Avant, les Blancs lynchaient nos hommes, lui expliqua l'une d'elles. Ils les pendaient aux branches des arbres. Tu connais la chanson de Billie Holiday?

Honteux, Kassem s'excusa :

— Je ne suis pas très fort en musique.

— À présent, ce n'est plus nécessaire, reprit-elle. Ils ont trouvé plus simple et ne se donnent plus cette peine. Ils se contentent de les jeter en prison pour un oui pour un non.

Elle parlait sans colère, avec une sorte de résignation.

Le pénitencier de Fort Oregon était un sinistre bâtiment de pierre grise, hérissé de plusieurs miradors car, au cours des récentes années, les évasions avaient été fréquentes. Les prisonniers prenaient avantage de l'impénétrable forêt qui s'étendait aux alentours. Un certain Pedro s'était joué pendant des mois d'un millier de gardes accompagnés de chiens policiers.

Jihad, amaigri, vêtu de la combinaison rouge des détenus, étrangement vulnérable sans ses dreadlocks, manifesta une joie profonde en voyant Kassem.

— Mon frère, tu es venu ! Où est Sephora ? demanda-t-il.

— Elle me charge de t'embrasser, bafouilla Kassem. Elle n'a pas pu venir.

Jihad eut un mouvement d'épaules qui signifiait qu'avec les femmes on peut s'attendre à tout. Il avait été pris en main par une association d'avocats et d'assistants sociaux qui travaillaient quasiment gratuitement et s'efforçaient de tirer des griffes du système judiciaire de pauvres hères, souvent plus victimes que coupables, et surtout veillaient à leur réinsertion. C'est ainsi que, pour la première fois de sa vie, il apprenait un métier : l'électronique.

Quel étrange pays ! se dit Kassem. Le meilleur y voisine avec le pire, ce qui fait qu'on ne sait si on doit en dire du bien ou du mal.

— Cette fois, j'en ai pris pour douze ans, geignit Jihad. Douze ans, mec, tu t'imagines ! J'aurai trente-six ans quand je sortirai d'ici. Un vieillard. Et toi, tout va bien ? Tu n'as pas été inquiété ?

— Pourquoi serais-je inquiété ? protesta Kassem.

— Tu travaillais pour moi.

Ce soir-là, Kassem réalisa qu'avoir vendu de la drogue dans les toilettes d'un dancing n'était pas très légal. C'est pour cela qu'il était renvoyé.

Les employés de la Chauve-Souris se dispersèrent, car Juan Flores, le directeur, toujours sur leur dos avec son mauvais anglais de Vénézuélien et sa mauvaise haleine, était apparu, plastronnant comme à l'habitude. Pour la dernière fois, Kassem regagna son sous-sol. Chose étrange, son renvoi et la perspective du chômage qui allait suivre le laissaient pratiquement indifférent. Il avait d'autres soucis. En fait, il ne songeait qu'à Ramzi. La mort de la Chascona marquait le début des opérations. L'épidémie avait donc démarré. Le rouge Bruised Hibiscus était-il efficace ? Il n'avait aucun moyen de le savoir. Tant de journaux à feuilleter ! De chaînes de télévision à regarder ! De stations de radio à capter pour arriver à se faire une idée de la réalité ! Ce n'était pas comme à Porto Ferraille où les nouvelles faisaient vite l'entour. Cette ville était trop grande pour un avorton tel que lui !

De son sous-sol, il ne voyait rien. Il savait seulement que des torrents de neige tombaient sur la ville. Un vrai blizzard. Aussi, la soirée était molle, deux des D.J. étaient bloqués dans leurs banlieues, les danseurs rares, le va-et-vient des drogués considérablement ralenti. Quand il la vit surgir, sa crinière rousse en friche, il ressentit un véritable coup au cœur. La Chascona. On aurait dit que, rajeunie de trente ans, elle était revenue visiter une terre dont elle se languissait déjà. Elle s'approcha de lui, le fixant de ses prunelles dilatées et luisantes, des prunelles de junkie, songea-t-il.

— Tu en as? demanda-t-elle.

Il fit oui de la tête.

— Tu en veux combien ?

— Tout dépend du prix.

Il prononça un chiffre. Elle fit oui de la tête. Transaction coutumière et discrète. De petits paquets enveloppés de plastique, des billets verts changèrent de main. Puis, elle fonça vers les toilettes des hommes, pourtant bien distinctes avec leurs urinoirs identiques à ceux utilisés par Marcel Duchamp. Elle était habillée comme en plein été et portait une robe de soie bleu vif qui découvrait ses épaules brunes. Elle serrait sous son bras une large pochette triangulaire.

Il la hélait pour lui signaler son erreur quand, rapide, elle tira une porte derrière elle. Deux ou trois clients entrèrent, sortirent. Des habitués qui, grêle ou neige, ne peuvent se passer d'une piste de danse. Ils prirent Kassem à témoin et échangèrent des commentaires sur le temps.

— Des jours comme ça, on rêve d'aller s'installer en Californie!

— Ou en Floride!

— Mieux! À la Jamaïque. J'y ai passé une semaine l'an dernier.

Sephora apparut soudain, son panier de cigarettes reposant sur sa poitrine, l'air toujours aussi désolé :

— Tu as vu ma copine Elena? interrogea-t-elle. Tu sais, la rouquine?

— Elle est aux toilettes.

Il désigna les w.-c. et comme elle remontait l'escalier, il suivit de l'œil les méandres de sa croupe. Au bout d'une trentaine de minutes, comme Elena ne réapparaissait pas, il se permit de crier à la cantonade :

— Ça va ?

Silence. Inquiet, il rangea nerveusement les paquets de mouchoirs en papier Tempo à un dollar qu'il vendait aussi. Au bout d'une heure, il n'y tint plus et décida d'aller toquer à la porte. Elle n'avait même pas pris la peine de la fermer à clé. Il lui suffit de tourner le loquet. Elle était coincée dans l'espace étroit entre la cloison et la cuvette des w.-c., le visage couleur de chaux, les yeux révulsés, un rictus de bête découvrant ses canines. Par terre, le contenu de son sac. Outre les inévitables cosmétiques, rien ne manquait de la panoplie bien connue des drogués : cuillère à café noircie par le feu, briquet, seringue, sachets en plastique vides. Kassem fut pris d'une véritable panique. Une overdose. Il s'agissait d'une overdose ! Il la saisit par les chevilles, la traîna près des lavabos. Non ! la Chascona ne pouvait pas mourir une deuxième fois. Personne ne meurt deux fois. Il ne le supporterait pas. Dieu ne permettrait pas la répétition de cette monstruosité. Il perdit la tête et s'affaira frénétiquement autour d'elle.

Kassem ne sut jamais qui donna l'alerte.

En un rien de temps, les curieux attirés par l'odeur forte et nauséabonde des drames se pressèrent, ne voulant pas perdre une miette du spectacle. Les policiers, vite présents eux aussi, avaient beau hurler : « Allez ! Ne restez pas là ! », les gens ne bougeaient pas, chuchotaient, s'apitoyaient, blâmaient en se déboîtant le cou.

En un rien de temps, Kassem fut jeté à terre, menotté et brutalement poussé vers une voiture cellulaire rangée contre le trottoir. Quelques minutes plus tard, on y fit aussi monter Juan Flores, le directeur, qui jurait que ces choses-là ne s'étaient jamais produites dans son établissement. Ses paroles étaient incompréhensibles, car l'émotion et la peur rendaient son accent encore plus fort.

Il neigeait.

Les vannes du ciel semblaient ouvertes et laissaient passer un inlassable flot blanc qui engorgeait les rues et les artères et noyait les passants dans un silence qu'on aurait dit surnaturel. La ville entière devenait peu à peu un château de la Belle au bois dormant, magiquement préservé.

Pourquoi suis-je condamné à me heurter toujours et partout à la police ? songeait Kassem, au désespoir.

Pourtant, il avait été bien éduqué ! Baptême. Première communion. Confirmation. Séjours chez les boy-scouts. Chorale à l'église. Dès le plus jeune âge, Drasta lui avait appris à joindre les mains sur sa poitrine et à réciter le « Notre Père ». À quel moment les chemins conduisant au Bien et au Mal, à une bonne ou une mauvaise vie, s'étaient-ils emmêlés ?

Le commissariat devant lequel le fourgon s'arrêta était situé au bas de la ville, dans un quartier élégant où cet essaim de voitures à gyrophares et cette nuée de policiers en armes étaient déplacés. Une bourrade précipita Kassem à genoux sur le tapis de neige. Il se releva et il fut brutalement conduit jusqu'à une cellule malodorante et glaciale. Un autre homme, un Afro-Américain, y dormait sur une banquette. Tiré de son sommeil, il se redressa sur un coude et examina Kassem. Apparemment, ce qu'il vit lui déplut, car il se recoucha, se tourna vers le mur et se remit à ronfler. Kassem s'allongea sur l'autre banquette. L'angoisse ne le tint pas éveillé. Au contraire, il s'endormit très vite. Un sommeil fiévreux, peuplé de rêves brutaux comme des cauchemars. Tour à tour s'y bousculaient Ramzi, la Chascona, Jihad, Aminata, Zaramian, la neige sur les trottoirs, Drasta, Klodomir.

Au matin, quand il ouvrit les yeux, grelottant de froid dans le jour sale qui filtrait de l'embrasure de la porte, il était seul, l'Afro-Américain avait disparu. Peu après, deux policiers vinrent le chercher. Ils lui remirent les menottes et le conduisirent par un dédale de corridors jusqu'à un bureau chichement meublé. Deux autres policiers l'attendaient. L'un blond, le regard d'acier, l'autre brun, plus souriant, façon Starsky et Hutch, une série qu'il avait regardée dans son enfance. Les deux hommes lui serrèrent la main avec une cordialité feinte :

— Moi, c'est James. Lui, c'est Dick, dit l'un des deux, d'un ton qui se voulait plaisant.

Kassem se souvenait de la violence de ses précédents accrochages avec la loi à Porto Ferraille. Cette fois, au contraire, James et Dick affichaient une parfaite courtoisie. Une sorte de familiarité. Néanmoins, pourquoi les trouvait-il si terrifiants ? Ils prirent sa déposition — Dick pianotant sur son ordinateur —, la relurent et la lui firent signer. Ensuite, avec une apparente désinvolture, ils lui posèrent quelques questions :

— Vous travailliez pour Reiser Matlin ?

— Reiser Matlin ? répéta Kassem, ahuri. Qui est-ce ?

James sourit :

— Vous le connaissez sans doute mieux sous son surnom de Jihad.

Kassem secoua la tête

— Pas du tout ! Je ne travaille pas pour lui.

Les deux flics le fixèrent d'un air de reproche :

— Vous vendiez de la drogue pour lui. Vous êtes même allé le voir à Fort Oregon.

— C'est un ami, bafouilla Kassem, terrifié par toutes ces précisions. Tout cela se faisait dans l'amitié. Ce n'était pas du travail.

Dick s'empara d'un dossier et dit sans transition :

— Elle s'appelait Elena Alvarado. Portoricaine. Elle habitait Little Odessa. Vous l'aviez déjà rencontrée chez votre *girl friend* Sephora King ?

Kassem allait protester « Sephora King n'est pas ma *girl friend* ! », quand il se rappela les privautés qu'elle lui consentait. Il se borna à affirmer :

— Jamais !

— C'était une habituée du dancing la Chauve-Souris.

Le ton était-il affirmatif ? Ou s'agissait-il d'une question ?

— Il y a à peine deux mois que j'y suis employé, répondit Kassem, de plus en plus paniqué. Je ne prétends pas connaître tous les clients de la Chauve-Souris, mais je peux jurer que je ne l'avais jamais vue.

— Pourtant, vous la connaissiez ? Vous êtes sûr que vous n'avez pas déjeuné ou dîné avec elle chez Sephora King?

Tremblant de peur, il haussa la voix :

— Puisque je vous dis que je ne la connaissais pas!

— Ne criez pas!

Le ton était sec, meurtrier. Ce fut comme si Kassem avait reçu un coup de fouet. Il sentit que James et Dick ne croyaient pas un mot de ce qu'il disait. James le fixa et il trembla sous le regard de ces yeux trop clairs qui ne trahissaient rien :

— Pourquoi pleuriez-vous à chaudes larmes contre sa poitrine? Tous les témoins s'accordent sur ce point. Vous aviez l'air personnellement touché. Désespéré même. Vous étiez, paraît-il, carrément étendu sur elle. Vous la couvriez de baisers.

— C'est qu'elle ressemblait... à quelqu'un qui m'était très cher et que je viens de perdre, bégaya Kassem, conscient de l'invraisemblance de son explication.

Il fut tenté de parler de la Chascona. Une peur absurde de compromettre Ramzi le retint. Il ne dit rien. Brusquement, Dick déclara d'un ton guilleret :

— Eh bien, monsieur Mayoumbe, c'est fini pour aujourd'hui.

— Comment cela? s'exclama-t-il, stupéfait.

Les deux hommes se firent solennels :

— Dans quelques jours, deux ou trois, vous comparaîtrez devant le juge de la troisième Chambre qui décidera si vous devez être remis en liberté.

Kassem faillit fondre en larmes. Titubant, à demi inconscient, il se laissa ramener en cellule. Un autre Afro-Américain y avait pris place. Souriant celui-là. Fraternel. Il écouta attentivement Kassem et fit la moue :

— Les affaires de drogue, c'est toujours mauvais. Moi, c'est juste coups et blessures. J'en aurai pour quelques mois. Tu n'as jamais été arrêté ?

— Aux États-Unis, jamais ! fit Kassem tremblant. Mais ailleurs, oui !

Que se passerait-il si on fouillait dans son passé ? Si on exhumait ses déboires à Samssara et à Porto Feraille ? Les heures suivantes s'écoulèrent à écouter Oberon — il se prénommait ainsi —, bassiste dans un orchestre, parler avec volubilité d'un sujet que Kassem ignorait : la musique.

— Tu vois, c'est grâce au hip-hop que le reggae gagne du terrain en Amérique. Il y a quelques années, il n'y avait pas de place pour lui. Le grand Bob lui-même n'a pas été accepté tout de suite.

Aux alentours de treize heures, on leur servit une soupe tiédasse qu'Oberon avala voracement. Puis deux policiers vinrent le chercher et Kassem resta seul avec ses pensées.

Il devait être cinq heures, il somnolait, fiévreux, quand la porte s'ouvrit à nouveau et qu'un mastodonte apparut sur le seuil :

— Kassem Mayoumbe ! hurla-t-il.

Sans se lever, Kassem le regarda. Qu'est-ce qu'on lui voulait encore ? Est-ce qu'on ne pouvait pas le laisser en paix ? L'autre le mit sans ménagement sur ses pieds, ordonnant :

— Suis-moi.

Il le précéda à travers les corridors jusqu'à un vaste bureau où deux hommes jouaient aux cartes en écoutant la radio.

— Signe là ! fit l'un d'eux, en lui présentant un registre.

Kassem finit par comprendre qu'il était libre.

Il ne neigeait plus. Le tapis immaculé qui, la veille, recouvrait rues et trottoirs avait changé de couleur. Il s'était endeuillé. Des murailles d'une boue noirâtre bordaient les rues. Comme un automate, Kassem marcha jusqu'à la bouche du métro, s'y engouffra. Le souvenir de ce terrifiant intermède, de cet interrogatoire, n'était pas près de s'effacer de sa mémoire. Il se sentait pris dans les mailles d'un filet d'autant plus effrayant et redoutable qu'il était invisible. Ainsi, ses moindres faits et gestes étaient connus de la police ? Pourquoi l'épiait-elle ainsi ? Depuis combien de temps ?

À l'« Ibo Lélé », l'appartement était vide. Zaramian n'était pas là. Aucune oreille compatissante pour écouter le récit de ses malheurs. Personne pour le consoler.

Il se mit au lit.

À sa surprise, il trouva du travail sans peine quelques jours plus tard : au Bon Plaisir. En plein mitan de Flatbush Avenue, à deux pas du pont de Brooklyn balançant gaiement sa silhouette légère. C'était un drugstore qui, le midi, offrait des quiches lorraines et des pans-bagnats à une clientèle largement francophone. Kassem s'étonnait toujours qu'il y ait tant de francophones à New York. Il s'agissait cette fois surtout de femmes mariées à des Américains qui s'échinaient à travailler pendant qu'elles ne se lassaient pas de comparer les États-Unis et la France. À l'avantage de cette dernière, bien évidemment. Tout était meilleur, plus beau au paradis perdu. Curieusement, on comptait parmi les clients du Bon Plaisir un contingent de personnes originaires de Wallis-et-Futuna atterries à Manhattan on ne savait pourquoi. Le patron, Axel, était un Niçois, ancien pianiste de concert, homme affable et souriant.

— Tu es de quel coin ? s'enquit-il d'une voix aussi mélodieuse que les notes de son instrument.

— Je suis de Lille.

Aucun étonnement :

— Lille ? En 1990, j'y ai donné un concert mémorable. J'ai été rappelé dix-huit fois. Dix-huit fois, tu m'entends !

Certes, les cuisines du Bon Plaisir ne valaient ni celles du Dream Land, ni celles du palais présidentiel ni même celles du Kilimandjaro. C'était une série de fours à micro-ondes alignés dans un réduit. Quel bonheur c'était d'entendre parler un idiome que l'on connaît depuis l'enfance et que l'on comprend sans effort, tout naturellement ! C'est comme quand, en pays étranger, on tombe sur un vieil ami. Pour la première fois, Kassem, stupéfait, réalisait que le français était sa langue. Tout petit, il avait corrigé les fautes de Drasta et de Kellermann qui lui faisaient honte. À l'école, il avait admiré Rimbaud et Baudelaire. Sans qu'il s'en doute, cette langue-là était devenue sienne, un peu comme l'islam était devenu sa religion. Il se rendit vite populaire car sur le menu il ajouta des sandwiches qu'il qualifia de « cubains » sans trop savoir pourquoi puisqu'il n'avait jamais mis les pieds à Cuba — qui firent leur petit effet.

Cette semaine-là fut décidément mémorable. En effet, après une dernière querelle avec Zaramian — à quel propos ? —, il finit par prendre ses cliques et ses claques et déménagea dans un secteur de Brooklyn aussi différent que possible de celui qu'il venait de quitter. Le précédent était bon enfant, voire plaisant ; celui-là l'était peu. Aux carrefours se massaient des hommes à la mine patibulaire, qu'on devinait prompts à tenter de vous trucider malgré les rondes constantes des policiers. Les rues suaient le danger. Les réverbères émergeaient d'îlots d'ombre que leur lumière chiche et rougeâtre ne parvenait pas à dissiper. L'immeuble où Kassem trouva à se loger était à l'image du quartier. Ses occupants, principalement des Afro-Américains ou des Latinos, ne se donnaient ni le bonjour ni le bonsoir. Ils se croisaient en silence dans les corridors, s'entassaient dans les ascenseurs sans se regarder. Derrière les portes blindées et les serrures renforcées des appartements, chacun vivait claquemuré, redoutant ou haïssant son voisin. Régulièrement, des enfants disparaissaient. Leurs figures souriantes et naïves s'affichaient dans le hall d'entrée qu'émaillaient déjà des mises en garde en deux langues contre toutes sortes de malfaiteurs. Kassem vivait dans la terreur qu'un jour la pétarade des fusils ne l'atteigne en pleine poitrine. Lilian, qui l'aida à transporter ses quelques effets, lui recommanda de s'acheter une arme. Lui-même en possédait une. Cela lui donna matière à pondre un aphorisme comme il les affectionnait :

— Mon cher, quand tu vis chez les borgnes, tu fermes un œil. Quand tu vis chez les Américains ou chez les Haïtiens, tu te procures une arme.

Quand Kassem découvrit une mosquée à quelques blocs de chez lui, il se sentit moins abandonné et se réconcilia presque avec son quartier. Même si cette mosquée n'était fréquentée que par des Bosniaques réchappés du génocide. La prière terminée, tous regardaient ce basané par en dessous. Tout de même, ils se prosternaient tous pareillement et priaient :

« Si Dieu tenait rigueur aux hommes de leur iniquité, Il ne laisserait pas subsister un animal sur la terre; mais Il les ajourne à terme fixe : quand leur terme adviendra ils ne pourront le retarder d'une heure… »

Un vendredi, il revenait de la mosquée justement quand il trouva, peinte sur sa porte en gigantesques lettres noires, l'inscription :

« Fuck you. Go home. »

Pourquoi ces injures? Qu'avait-il fait? Il eut l'impression de recevoir un coup en pleine figure sans raison. Il se balançait d'un pied sur l'autre, comme un boxeur sonné, quand la jeune fille qui occupait le studio en face du sien se pointa, croulant sous le poids de sacs de supermarché.

Elle s'approcha de Kassem et lut l'insulte par-dessus son épaule :

— C'est qu'ici, expliqua-t-elle sans qu'on pût savoir si elle partageait ces préjugés ou les condamnait, on n'aime pas les Arabes.

— Je ne suis pas arabe, protesta-t-il.

— Qu'est-ce que vous êtes alors ? s'étonna-t-elle. D'où venez-vous ?

Une impulsion l'envahit. Il y avait si longtemps qu'il n'avait pas partagé l'intimité d'un être :

— Est-ce que je peux vous offrir une tasse de thé ? de café ? de chocolat ?

Elle hésita, battit des ailes comme un oiseau apeuré, sachant qu'il faut se méfier des hommes. Pourtant, celui-là semblait bien inoffensif. Alors, elle fit oui de la tête, posant à nouveau la question qu'il entendait sempiternellement :

— D'où êtes-vous ?

Kassem la précéda dans son studio. Tandis qu'elle ôtait son manteau et se révélait jeune et jolie, il alla chercher une brochure qu'il avait dénichée au Bon Plaisir. Un de ces guides touristiques qui ont une mission doublement ardue : transformer les pays du Sud en proie à la misère ou à l'incurie de leurs dirigeants en pays de rêve accessibles aux fauchés.

Il s'y essayait de son mieux.

« Bleu du ciel, végétation flamboyante, vaguelettes

de la mer Caraïbe, turquoise et tiède, que l'alizé berce plus qu'il ne les pousse. La Guadeloupe aux couleurs du rêve. Reste à greffer sur ces édéniques paysages la vitalité à la fois rieuse et fataliste de la population qui se souvient trop du passé pour ne pas imaginer un autre avenir. »

— Bon Dieu, c'est là que j'aurais dû naître ! soupira la jeune fille.

Elle se libéra de son bonnet malgracieux et une masse de cheveux noirs dansa sur ses épaules. Avec une extase enfantine, elle s'arrêtait à chaque page, caressant de la main les images luxueuses sur papier glacé : « Grand-messe pour les cordons-bleus ». « Chapelets d'escale pour fervents d'alizés ».

— Que c'est beau ! Que c'est beau ! répétait-elle. C'est vraiment comme cela votre pays ?

— C'est le pays de mon père, finit-il par avouer. Moi, je suis né en France.

Comme il s'y attendait, elle sembla déçue :

— Vous y êtes allé dans le pays de votre père ?

Il avoua d'un ton d'excuse :

— Pas encore. Comment vous appelez-vous ?

— Lubov.

Lubov bavardait sans arrêt, avec puérilité pourrait-on dire. Ses parents, des Russes, s'étaient réfugiés en Virginie et ne pouvaient pas l'aider, car ils envoyaient le gros de leur paye à des aînés restés au pays. L'un d'eux, ingénieur, gagnait l'équivalent de dix dollars par mois. Alors, comme elle ne pouvait compter que sur elle-même, elle avait pris un emploi un peu inhabituel et que les gens ne jugeaient pas sérieux. À l'Hôpital pour enfants russes malades — eh oui! cela existait! nous sommes en Amérique où les gens ne perdent jamais de vue l'endroit d'où ils viennent —, elle faisait partie de l'équipe qui distrayait les petits cancéreux. Elle était clown. On croit que c'est facile d'être clown. Rien n'est plus difficile. Il ne suffit pas de se peinturlurer la figure, ou de se mettre un gros nez rouge. Il faut faire rire, ce qui n'est pas donné à tout le monde.

Kassem qui avait lu Molière au lycée savait que c'est une foutue entreprise! Le soir, changement de décor, elle se penchait sur des tubes et des éprouvettes dans une école polytechnique de la 16e Rue, bien décidée à devenir laborantine. Ce bavardage rendu largement incompréhensible par d'innombrables erreurs de grammaire et d'accent enchantait Kassem. Il aurait souhaité qu'il ne s'arrêtât jamais.

Brusquement, elle regarda sa montre.

— Mon Dieu! Je dois partir.

Elle renfila son manteau, son bonnet, et redevint laide.

— Je vous reverrai? cria-t-il alors qu'elle s'engouffrait dans son studio.

Elle ne répondit pas.

Il referma sa porte, envahi d'un vif sentiment de culpabilité. Qu'espérait-il de cette fille? N'arrêterait-il jamais de flamber de désir pour le premier jupon venu? Mais Aminata n'avait pas répondu à sa lettre.

Aminata. Nata mia.
Pour être fidèle,
L'amour ne doit pas vivre séparé.
Réponds-moi,
Reprends-moi dans tes bras.

Il laissa l'inscription injurieuse en travers de sa porte comme s'il tenait à la garder en mémoire et reprit le chemin du Bon Plaisir. En attendant l'heure de servir les repas, il prenait place dans un coin de la cuisine et lisait les journaux. En anglais comme en français. Tiens, on venait d'élire un président. Un nouveau visage. Plus jeune. Plus autoritaire. Un peu inquiétant malgré le sourire de circonstance. Comme cela semblait loin ! Dans le *New York Times*, il tomba sur une information qui le fit bondir.

Une demi-douzaine de jeunes filles afro-américaines avaient été retrouvées mortes dans les dortoirs d'une université bien connue. La thèse de l'arrêt cardiaque collectif semblait improbable. Celle de l'intoxication alimentaire aussi. L'autopsie, pratiquée à la demande des familles, apporterait une réponse. Le fait était d'autant plus déplorable qu'avec ces jeunes filles disparaissait, d'un coup, la moitié de l'effectif de la minorité noire qui parvenait péniblement à être admis dans cette prestigieuse institution.

Ramené brutalement sur terre, Kassem reposa son journal.

Il n'avait pas besoin de résultats d'autopsie, lui. Il tenait la réponse à ses questions. Bruised Hibiscus était efficace. Le massacre des innocentes avait commencé.

— Tu en fais une tête! s'exclama Axel, venant lui serrer la main quelques minutes plus tard. On croirait que tu as vu un fantôme.

Non, j'ai vu la Mort, songea Kassem avec effroi.

VI

Voyager de Brooklyn à Manhattan constitue une véritable expédition. C'est passer d'une bourgade populeuse, bon enfant, où crèchent des immigrés de tous bords, à une cité cosmopolite et fiévreuse, souvent luxueuse, toujours intimidante. Kassem ne s'était jamais rendu chez Ramzi. Au sortir du métro, il lui sembla débarquer sur une terre inconnue où sa pauvreté faisait tache. Pas un S.D.F., pas un mendiant ni un bohème dans les parages. Le quartier était constamment patrouillé par des voitures de sécurité et, malgré le froid, les policiers baissaient leurs vitres pour dévisager l'intrus.

Pas de danger qu'on vous y coupe la gorge comme dans mon antre, songea Kassem. On ne se croirait pas dans la même ville. Mais, il en est de même partout dans le monde. Les riches ne veulent rien avoir à faire avec les pauvres.

Il ignorait que les sociologues constatent qu'en dépit des nobles discours le fossé entre les riches et les pauvres s'élargit. Bientôt, il deviendra un bras de mer, une Rivière Salée que personne ne pourra plus traverser.

Se faisant passer pour un coursier, il franchit sans trop d'encombres le barrage du portier galonné, debout dans le hall comme un maître de cérémonie, et prit l'ascenseur jusqu'au palier du sixième recouvert de moquette. La porte lui fut ouverte par un serviteur indien si beau que le cœur lui manqua. Il était vêtu d'un ensemble de soie blanche et coiffé d'un somptueux turban orange. On aurait cru une divinité échappée d'un bas-relief de temple. Était-ce l'amant de Ramzi ? La jalousie le tenailla. Son attirance refoulée, jamais franchement déclarée, jamais clairement élucidée, revint le torturer. Il comprit que ses émotions devant les femmes, son amour même pour Aminata, ne comptaient pas devant ce désir qui, hélas, ne serait jamais satisfait.

Le domestique maintint fermement la porte entrebâillée et secoua la tête :

— Il compose !

Il ne pouvait admettre personne en l'absence d'un rendez-vous notifié par écrit. Si monsieur Mayoumbe pouvait revenir dans une ou deux heures… Il saurait s'il pouvait le recevoir. Kassem, humilié mais se dominant, alla ronger son frein dans un café de Broadway. Il était rempli d'étudiants qui entouraient leurs professeurs comme en leur temps les apôtres avaient dû entourer Jésus. Ils buvaient leurs paroles, les couvaient de regards adorants, s'empressaient de les servir.

Pourquoi suis-je jaloux d'eux ? se reprocha Kassem. J'aurais pu devenir professeur si j'avais voulu. Si après le bac j'avais pris le temps de poursuivre mes études.

Mais j'étais trop pressé. Pressé de quoi, je me le demande à présent…

Pressé de mener une vie médiocre!

À deux pas, tel un ange tutélaire, l'université veillait sur la blancheur d'une neige qui ne se transformait pas en gadoue. Sa vaste cour était plantée d'arbres qu'un emmaillotement d'ampoules rendait féeriques. C'est ainsi que Kassem se rendit compte que Noël approchait. Noël n'est fête que pour ceux qui possèdent des parents, des amis. Noël n'est pas pour les S.D.F. du cœur. Une fois de plus, il se rappela son enfance. Kellermann et Drasta les traînaient à la messe de minuit. Depuis que des enragés avaient arraché la quête aux enfants de chœur, elle n'avait plus lieu à minuit, mais à vingt heures. Dans la nuit sèche et froide, les membres de la famille marchaient à la queue leu leu.

À la maison ils se partageaient les maigres cadeaux : un jeu de cartes, une tirelire, une paire de chaussons fourrés. Une année, pourtant — où ses parents avaient-ils trouvé l'argent? —, il avait reçu une bicyclette. Le week-end, il partait seul et pédalait jusqu'à la forêt du Helloux. Une forêt d'érables. Comment se passerait son premier Noël d'immigré à New York? Il neigerait probablement. *White Christmas* comme dans la chanson de Bing Crosby. La ville des nantis endosserait sa fourrure de gala, enfouirait des diamants dans ses cheveux. L'autre? Elle continuerait comme devant sa quotidienneté sordide et violente. On tue et on vole aussi les 25 décembre! Ni les meurtres ni les cambriolages ne font relâche. Il regarderait la télévision, la fidèle compagne des esseulés, puis il se rendrait au Bon Plaisir décoré pour la circonstance de banderoles en papier doré où seraient tracées des lettres rouges souhaitant à tous « Joyeux Noël ». On y servirait un réveillon traditionnel à l'intention des exilés, que l'occasion rendrait plus nostalgiques encore et qui égrèneraient sans se lasser leurs souvenirs de la marâtre adorée.

Au bout d'une heure, il revint à Riverside. Cette fois, le serviteur le laissa entrer.

Eh bien, les « parages » devaient rapporter gros ! Certes, il était habitué au luxe dans lequel son ami se plaisait depuis Samssara. Pourtant, il lui sembla qu'à New York, il dépassait la mesure. La lumière du jour pénétrait par l'immense baie qui occupait tout un côté de l'enfilade des salons. À travers les vitres se dessinait une carte postale déjà vue, néanmoins toujours séduisante. Derrière le ruban moiré de l'Hudson, les tours du New Jersey. L'autre côté était tapissé de tableaux. Aussi, avait-on l'impression de pénétrer dans une galerie d'art, ou un musée. Toutes sortes de Naïfs se côtoyaient, Européens, Russes, Croates, Haïtiens. Il y avait un superbe dessin sur papier, plume et encre de Chine d'Ivan Lackovic.

Kassem qui ne connaissait rien en peinture allait pourtant de toile en toile, curieux, enchanté, ravi. D'une certaine manière, ces tableaux symbolisaient la distance qui séparait son existence de celle de Ramzi. À l'un le luxe, le linge fin, les plaisirs d'esthète. À l'autre les tristes empoignades avec l'Ordre et la Loi.

Un temps, leurs vies s'étaient confondues. Pourquoi s'étaient-elles séparées ?

Il tomba en arrêt devant un tableau signé d'un dénommé Robert Saint-Brice intitulé *La Reine Erzulie*. Il représentait une femme enveloppée d'une robe rouge, du même rouge que ses yeux, du même rouge que les serpents qui sifflaient autour de sa tête.

— Tu admires *Erzulie zié rouj* ? fit Ramzi surgissant soudain derrière son dos. Moi aussi, je l'adore. Ce tableau incarne le pouvoir maléfique de la femme.

Comme Kassem ne répondait rien, il insista :

— Tu en sais quelque chose, n'est-ce pas ? Toi qui as aimé tant de garces !

L'apparence de Ramzi avait encore changé. Il avait laissé pousser ses cheveux qui frisaient comme une perruque afro, troqué ses élégants complets-veston pour une tunique d'épais brocart qu'il portait sur un curieux pantalon plissé. L'ensemble surprenait d'abord, puis séduisait. Il rappelait un ancien costume de samouraï.

À quoi joue-t-il à présent ? se demanda Kassem.

— Je suppose que tu es venu me remercier, dit Ramzi.

— De quoi ?

Ramzi s'assit sur un pouf de velours blanc et lui fit face :

— Ou plutôt Houston. Il a le bras long, tu sais ? Il connaît les juges, les magistrats, les avocats. Pour les prochaines présidentielles, nous allons essayer de le faire nominer par son parti. Ce ne sera pas une mince affaire. Il n'y a jamais eu de président noir. Il nous faudra des millions.

— Qu'est-ce que tu racontes ? bégaya Kassem, ahuri.

L'autre martela :

— Je raconte, mon cher, que, sans lui, tu croupirais encore au commissariat de Tribeca ou tu serais en route pour Fort Oregon afin de rejoindre ton ami Jihad !

C'était donc à lui, à Houston, qu'il devait sa libération rapide et inexplicable ? Comment étaient-ils au courant de ses déboires ? Ramzi coupa court aux explications en le couvrant d'un regard de dérision :

— Tu as vu ta dégaine ? On ne te paie donc pas dans ton pipi-room ? Ah ! J'oubliais ! On t'a viré.

Kassem se rappela le but de sa visite et ignorant ces moqueries s'efforça d'être ferme :

— Ce n'est pas pour cela que je suis venu te voir, je m'en excuse. Tu sais pourquoi ?

L'autre sourit malicieusement :

— Dis la vérité ! Tu mourais d'envie de me revoir. Moi aussi, je ne le cache pas. Mais, je te laisse jouer l'indépendant. Quand tu en auras ton compte, tu reviendras vers moi. Et je serai toujours là.

Kassem s'efforça de demeurer de glace :

— Ne plaisante pas. Je suis venu te parler de l'épidémie.

L'autre s'étira :

— Tout marche à merveille. Les filles meurent de droite et de gauche comme des mouches. La Food and

Drug Administration s'arrache les cheveux, enquête de tous les côtés. Mais elle ne trouvera jamais rien. Tu sais combien les « parages » nous ont rapporté dans le seul arrondissement de Brooklyn ?

— Je ne veux pas le savoir.

À ce moment, Shrinivas, le serviteur, entra, portant sur un plateau des verres de lait et des coupes de fruits. Il se pencha vers Ramzi qui, comme en se jouant, le retint aux épaules, l'embrassa dans le cou, tout en s'adressant à Kassem :

— Grande nouvelle ! Je ne « pare » plus moi-même.

— Tu ne « pares » plus ? répéta Kassem, aussi stupéfait que si la terre s'était arrêtée de tourner.

Ramzi fit gravement :

— Non ! Shrinivas m'a guéri. Je continue à m'assurer que le travail est bien fait. J'ai recruté les « pareurs » moi-même. Mais je ne m'en mêle plus. Au lieu de cela, je taquine la Muse.

— Toi ?

Ramzi expliqua complaisamment :

— J'ai toujours aimé écrire. Depuis tout petit. Quand j'écris... je suis... je deviens... Je possède alors un sentiment de plénitude que je n'ai jamais éprouvé. Shrinivas m'assure que je suis doué et que j'irai loin. D'autres aussi le disent.

Comme si Ramzi ne parlait pas de lui, le domestique au beau visage restait impassible. Il posa devant Kassem un verre de lait, une grappe de raisin d'un noir violacé et se retira, sans mot dire, comme il était venu.

Kassem refusa toute diversion et reprit gravement :

— Pourquoi fais-tu ce que tu fais ? Pour un peu d'argent, quelques biens matériels ? Rien que cela ?

Ramzi le fixa.

— Ne fais pas semblant de mépriser l'argent. Pourquoi te livres-tu à tous tes coups minables ? N'est-ce pas aussi pour de l'argent ? Personne n'est indifférent à l'argent. C'est l'argent qui mène le monde. Mais, attention à toi ! Ce sont les individus comme toi qu'on coffre.

Kassem s'entêta :

— Tu sais ce que tu es ? Un tueur en série.

Ramzi leva les yeux au ciel :

— De grands mots ! Quelle valeur peuvent bien avoir les vies de stupides donzelles friandes de hamburgers et de hot dogs ? Prêtes à se faire baiser par le premier venu, comme Sephora.

Il désigna les tableaux qui l'entouraient :

— Tu crois qu'une de leur existence vaut un seul de ces chefs-d'œuvre ?

— Celle de la Chascona, sanglota Kassem, ne valait donc rien à tes yeux ?

Ramzi haussa les épaules :

— La Chascona était une garce. Une putain comme les autres, toutes les autres. J'ai la preuve qu'elle trompait Oncle Jibril.

Kassem sanglota plus fort :

— Tu mens ! tu mens !

Ramzi se leva et vint le prendre dans ses bras comme autrefois. Il lui essuya le visage avec son mouchoir :

— Cesse de pleurer, cela me navre. Je t'aime et

t'aimerai toujours, sois-en persuadé. Shrinivas va te préparer une chambre. Est-ce que tu restes avec moi, ce soir ?

Kassem savait que rien de ce qu'il espérait ne se passerait entre eux. Il eut la force de le repousser, de prendre le chemin de la sortie. Dans le couloir, il se heurta à Shrinivas. D'un air pénétré, celui-ci lui mit entre les mains une mince brochure.

— Voilà son œuvre ! murmura-t-il.

La couverture jaune clair était illustrée d'une photo de Ramzi méconnaissable dans une pose digne du Bouddha, mains jointes sur la bouche fendue d'un sourire mystérieux. Elle portait ces mots, plus mystérieux encore :

Flux et Reflux.

« Il vous est venu un Envoyé élu par vous-mêmes. Lourdes lui sont vos fatigues. »

Que signifiait ce nouveau micmac ? Kassem fourra la brochure dans sa poche en bredouillant un remerciement et se hâta vers l'ascenseur. Alors qu'il enfilait ses galoches au rez-de-chaussée, une troupe d'hommes traversa le hall, précédée par le portier obséquieux devant ces messieurs cossus et avantageux. Parmi eux, Kassem reconnut les frères Jackson, Cornell et Houston.

Qu'est-ce qu'ils mijotent, ces faux bienfaiteurs ?

En proie à un sentiment d'impuissance, il se faufila au-dehors.

À présent, en bandes rieuses ou bien chacun serrant amoureusement le bras de sa chacune, les étudiants se pressaient vers les restaurants. Dans la cour de l'université, les illuminations scintillaient. Une blancheur cotonneuse capitonnait la ville.

Il n'allait pas tarder à neiger de nouveau.

Puisqu'il n'en était pas loin, Kassem alla rôder du côté de la Jackson Funeral Home de la 135ᵉ Rue. S'il en avait douté, le nombre de corbillards et de voitures particulières à l'arrêt aux abords de l'immeuble et la foule des personnes en deuil se pressant aux entrées l'auraient convaincu que l'épidémie battait son plein. Cela lui rappela les jours à Porto Ferraille quand la queue des véhicules s'allongeait le long de l'avenue menant à la « Maison des Esprits ». Jane n'était pas à la réception. Elle était remplacée par une jeune fille vêtue d'un coquet uniforme. Ce que les yeux stupéfaits de Kassem contemplèrent, ce ne fut pas ses formes avantageuses — une fois n'est pas coutume. Ce fut, reposant sur des tables basses, des piles et des piles de brochures analogues à celle que lui avait remise Shrinivas. Tous ceux qui traversaient le hall de la maison funéraire ne manquaient pas d'en prendre un exemplaire. Certains la feuilletaient religieusement comme on feuillette un livre saint. Plus surprenant encore, sur les murs, des clichés de Ramzi souriant, magnifique dans son nouvel accoutrement et sa nouvelle posture, côtoyaient des photos de paysages lumineux et reposants destinés à procurer la paix de l'âme. Qu'est-ce que tout cela voulait dire ?

La jeune fille sembla reconnaître Kassem et dit avec onction :

— Quel honneur, votre visite ! Croyez-moi, nous ne cessons de regretter votre départ et celui de l'Envoyé ! Les familles se plaignent que, depuis, les embaumées n'aient plus l'éclat et le velouté qu'elles possédaient autrefois.

— L'Envoyé ? balbutia Kassem.

Elle sembla étonnée de son ignorance. Ne savait-il pas que le docteur Ramzi An-Nawawî avait été unanimement rebaptisé l'Envoyé à cause de son exceptionnelle contribution au bien-être de la communauté ?

— Qu'est-ce qu'il a fait ? demanda Kassem, ahuri, se demandant s'il fallait rire, pleurer ou se mettre en colère.

Elle le fixa avec commisération et expliqua patiemment. L'Envoyé avait mis au point une ascèse de nature à transformer l'humanité tout entière, si elle lui prêtait l'attention qu'elle méritait. Elle se présentait sous la forme d'un recueil de poèmes à méditer chaque jour. Le *New York Times* lui-même en avait fait le compte rendu dans son dernier numéro, comparant ces subtiles élégies à celles de Walt Whitman. Ces méditations poétiques quotidiennes étaient complétées par un régime alimentaire permettant de combattre ce fléau national américain voire mondial qui avait nom : obésité.

— L'obésité, hein ?

Elle poursuivit d'un ton docte. Pour la communauté noire, ce régime alimentaire était particulièrement contraignant. Il interdisait les salaisons, les abats, les charcuteries, les « pois » rouges, noirs, zyé nwouè, d'angole, le gruau, le pain de maïs, le pain de patate, bref, toutes les délices de la cuisine traditionnelle du Sud, mitonnée depuis le fond des âges. Les jeunes filles qui arrivaient à le suivre néanmoins et à perdre du poids étaient récompensées par un coffret gratuit des produits de maquillage Queen of Sheba, dont le célèbre rouge à lèvres Bruised Hibiscus.

On y revenait à ce rouge à lèvres empoisonné!

Kassem demeura comme paralysé. La perversité et l'ampleur du plan le confondaient. Les malheureuses jeunes filles, traquées, attaquées de toutes parts, dans leur âme, dans leur chair, n'avaient aucune chance de s'en sortir.

— L'Envoyé est plus qu'un saint, un dieu, conclut la réceptionniste. Il est si beau qu'il ne peut pas être un humain.

Kassem se retira en titubant.

Que devait-il faire? Informer la police? Avec un frisson, il revit les visages de James et Dick. Ils ne le croiraient pas. C'est lui qu'ils jetteraient en prison s'il avait l'audace de se présenter devant eux. Que valait sa parole d'immigré, de métèque, de trafiquant de drogue, de terroriste contre celle de tous ces bienfaiteurs de l'humanité? Ramzi, Cornell, Houston Jackson...

Dans le hall de son immeuble, il croisa Lubov qui courait vers son école polytechnique et qui lui sourit. Il était si troublé qu'il ne la vit pas, ce qui la mortifia, car elle avait un faible pour lui. La vie est mal faite. Kassem ne se doutait pas qu'il n'aurait eu qu'un mot à dire pour posséder une femme jeune et jolie...

VII

Les clients du Bon Plaisir qui appréciaient Kassem durent bientôt déchanter. Soit ! Ils le connaissaient timide et peu causant. Mais tous étaient sensibles à sa douceur, à son exquise politesse et à sa serviabilité. Or, ne voilà-t-il pas qu'il devenait arrogant et mal embouché ? Il ne prêtait plus attention à rien, enlevait brutalement les assiettes des convives avant qu'elles soient vides, se trompait dans les commandes, quand il ne les oubliait pas. À croire qu'il ne se souciait plus que d'empocher ses pourboires. Certains osaient chuchoter qu'il devenait comme ces Afro-Américains pour qui le Blanc est toujours un ennemi. Un après-midi qu'il avait servi des quiches fourrées au jambon et au lard à une table d'habitués juifs, le patron, Axel, qui n'y allait pas par quatre chemins, l'attira dans un angle de la cuisine :

— Dis-moi ce qui se passe. As-tu des ennuis avec ta *girl friend* ?

— Avec ma *girl friend* ? Je n'ai pas de *girl friend* ! répondit tristement Kassem.

C'est peut-être là qu'est le problème, songea Axel. Il poursuivit tout haut :

— As-tu des soucis d'argent ?

— Non ! je suis très mal payé, mais je ne te demande pas d'augmentation, fit Kassem.

Axel feignit de ne pas saisir le reproche.

— Alors qu'y a-t-il ? Tout le monde se plaint de toi.

Kassem réfléchit longuement. Quel soulagement ce serait de se libérer et de tout avouer. Finalement, il se décida à ne rien cacher de la vérité. Mais conter une histoire n'est pas chose aisée. Une histoire, c'est comme un arbre. On voit les branches. On voit le tronc. On ne voit pas les racines qui plongent dans le terreau des souvenirs. Kassem décida de remonter jusqu'à sa première rencontre avec Ramzi, à Samssara, quand, esseulé, il errait à travers les rues après l'attentat du Dream Land. À l'époque, il l'avait pris pour un bienfaiteur. Au souvenir de ce temps-là, ses yeux s'emplirent de larmes. Quand il se tut, Axel haussa les épaules et le fixa, incrédule :

— Et tu espères que je vais avaler ça ?

— Je te jure que c'est la stricte vérité, fit Kassem avec lassitude. Tu connais la parole ? La réalité dépasse la fiction. Est-ce que tu crois que je pourrais inventer des choses pareilles ? J'en suis bien incapable. Je n'ai aucune imagination. J'ai toujours été dernier en composition française.

— Il faut que je réfléchisse ! dit Axel, soucieux. Le malheur, c'est que les gens d'ici, blancs ou noirs, adorent les charlatans. Les chefs de sectes, les prêcheurs, les inventeurs de régimes alimentaires bidon, tout ce monde fait florès.

Kassem s'arma d'un seau et d'un balai et s'en alla nettoyer la salle de restaurant à présent désertée par les clients. Depuis la veille, on connaissait un peu de répit. Un frileux soleil s'accrochait dans le ciel et ses rayons caressaient les joues des passants qui, emmitouflés, emplissaient de nouveau les rues. Sous leurs capuchons, certains ressemblaient à des pères Noël, sans la hotte de jouets à distribuer. Debout à un carrefour, en uniformes chamarrés, des membres de l'Armée du salut chantaient et faisaient tinter leurs clochettes au milieu de l'indifférence générale. Dans sa tête, Kassem tournait et retournait la même pensée. Si la justice, au lieu de s'acharner sur du menu fretin, de pauvres hères comme Jihad et lui, s'en prenait aux vrais coupables, la vie serait sûrement plus vivable.

— On ne poursuit que les petits truands, s'était un jour moqué Ramzi.

Eh oui, ainsi va le monde! Peut-être Ramzi deviendrait-il un écrivain célèbre. Peut-être Houston serait-il appelé aux plus hautes fonctions! Et lui, que serait-il? Toujours un minable!

Malgré le froid, une écharpe de laine rouge nouée autour du cou, Lilian faisait les cent pas sur le trottoir devant l'immeuble où habitait Kassem :

— Mon oncle a été kidnappé, annonça-t-il avec fatalisme. Et ces fous demandent à la famille qui n'a pas la peau de ses fesses, un demi-million de dollars de rançon. Le kidnapping devient un jeu national. Mais je ne suis pas venu te parler d'Haïti. Tu as reçu une lettre.

— Une lettre! cria Kassem.

— Et postée de Marseille, mon cher! fit Lilian qui n'ignorait rien des amours de son ami. Pas besoin d'être clairvoyant pour deviner qui t'écrit.

Aminata. Nata mia.
Est-ce enfin ta voix qui
Perce le silence?

Sans attendre d'être entré à l'intérieur, d'une main tremblante, Kassem déchira l'enveloppe d'un papier brun bon marché et déplia deux feuillets quadrillés arrachés à un cahier d'écolier. Des locataires qui attendaient l'ascenseur, debout dans le hall, le fixèrent d'un œil torve :

Allons donc! Il traîne encore dans les parages, cet Arabe!

Tout à son excitation, il ne s'en aperçut pas.

Mon cher Kassem,

Toute la famille te salue. Je ne voulais pas t'écrire avant d'en être tout à fait sûre. Hier, maman m'a accompagnée à l'hôpital Le Dantec. J'ai fait l'échographie : c'est un garçon. Louange à Dieu, Seigneur des Univers.

Vu son état, Babakar avait renoncé à la forcer à retourner au lycée. Il n'était plus question de baccalauréat. Elle avait eu beaucoup de chance, car elle avait trouvé du travail à La Main tendue où on ne l'avait pas oublié. Au contraire, chaque jour, on parlait de lui. L'association s'occupait maintenant de l'alphabétisation féminine. À cause de sa connaissance du wolof et du peul, Aminata avait été immédiatement recrutée. Quelle tâche exaltante que celle de l'alphabétisation! Bientôt, les femmes immigrées pourraient lire traduits

Vingt poèmes d'amour et une chanson désespérée de Pablo Neruda.

> *Mon corps de laboureur sauvage te creuse*
> *Et fait jaillir le fils du fond de la terre.*

À n'en pas douter, Aminata serait une femme parfaite. Elle ne lui adressait aucun reproche pour son abandon et sa fuite à l'anglaise, ni ses longs mois de silence. La lettre se terminait ainsi : « Celle qui n'a jamais douté de toi. »

Aminata. Nata mia.
Notre amour est une bougie
dont la flamme tremble,
Se couche, mais ne s'éteint jamais.

VIII

Comme le cœur humain ne lasse pas de surprendre !
Kassem croyait haïr l'Amérique où, ma foi, il n'avait accumulé que des déboires. Ne voilà-t-il pas qu'au moment de la quitter il s'apercevait que mille liens, invisibles et ténus, poussés à son insu, l'attachaient à cette terre ? C'est un fait, les prédictions d'Ousmane et de Joseph ne s'étaient pas accomplies. Il se rappelait leur dernière conversation au Brasero :

— C'est le seul endroit, avait affirmé Joseph, où un nègre peut montrer qu'il en a.

Il n'en avait pas, comme l'avaient bien deviné les filles du Brasero, puis du Flamingo. Pourtant, un regret le prenait. Quoi! Il ne jouerait plus des coudes parmi les besogneux des trottoirs de Brooklyn, courant à la poursuite du billet vert! Il ne s'enfoncerait plus, pressé contre des centaines d'autres poitrines, dans la bouche du métro, nauséabonde comme celle d'un vieillard qui n'a pas souci de ses gencives. Perdu parmi les innombrables déçus du rêve américain, à défaut d'autre chose, il ne s'emplirait plus les yeux de la lumière et des ors de Times Square!

Vers quoi retournait-il? La pensée de la cité Beaumarchais, avec son odeur de choura, ou de La Main tendue, avec ses adolescents rebelles, le prenait à la gorge.

Cependant, un obstacle de taille faillit empêcher tous ses projets. Comment se procurer l'argent du voyage? Il se serait fait tuer plutôt que de s'adresser à Ramzi. Ses rares amis, Lilian, Zaramian, Sephora étaient comme lui des meurt-la-faim. Restait Axel. Sollicité, celui-ci ne fit aucune difficulté pour avancer les sept cents dollars qui, pour Kassem, signifiaient la libération. Il ne posa qu'une question :

— Est-ce que tu as bien réfléchi à ce que tu fais? demanda-t-il. Tu es si jeune. Tu aurais pu t'inscrire dans une université et préparer un diplôme.

Kassem secoua fermement la tête et affirma, conscient de ne pas dire l'exacte vérité :

— J'ai toujours détesté cette ville, ce pays. Rien de ce qu'en disent les naïfs n'est vrai.

Axel insista :

— J'ai connu un garçon parti de rien du tout. Il a terminé des études d'engineering tout en étant laveur de carreaux. Aujourd'hui, il brasse des millions.

— Surtout, reprit Kassem avec passion, je ne veux pas que mon fils naisse bâtard, sans savoir qui est son père, et qu'il passe ensuite sa vie à le chercher. C'est déjà assez dur de s'en sortir quand on le connaît.

— Je te regretterai ! conclut tristement Axel.

En sortant du Bon Plaisir, la perspective de sa liberté toute proche l'enivra. S'y mêlaient cependant une curieuse tristesse et un vif sentiment de remords. Comme celui qui tourne le dos aux flammes d'un incendie et ne tente pas de l'éteindre. Pourtant, qu'aurait-il pu faire ? Comment aurait-il pu arrêter la résistible ascension de Ramzi ? La veille, passant devant une librairie, il avait vu en vitrine une grande photo de lui à côté d'exemplaires de *Flux et Reflux*. Il ne pouvait mesurer l'impact que ce recueil de poèmes ou plus exactement de méditations poétiques produisait auprès des vrais amoureux de poésie. Cependant, il en était sûr, la beauté et l'étrangeté de Ramzi suffiraient à attirer de nombreux acheteurs. Quelle étrange trajectoire que la sienne ! « Pareur » devenu écrivain ! Tous les chemins mènent-ils donc à la littérature ?

Le redoux n'en finissait pas. Les météorologues s'étaient trop avancés. Peut-être n'y aurait-il pas de *White Christmas* après tout et l'âme de Bing Crosby s'en désolerait-elle.

Le jour de Noël, je serai loin, se dit Kassem, se

persuadant qu'il était entièrement comblé. Avec ma petite femme ! À regarder s'arrondir son ventre ! Quoi de plus merveilleux qu'un ventre de femme enceinte ? C'est la promesse de demain. Oui, les vraies valeurs sont là : se marier, enfanter, cultiver son jardin, quoi !

On l'aura peut-être déjà remarqué, Kassem ne brillait pas par la détermination. La veille de son départ, malgré ses bonnes résolutions, il ne put résister à une terrible envie de voir Ramzi une dernière fois. Shrinivas le reçut courtoisement mais le fit patienter près d'une journée entière. L'Envoyé composait. L'Envoyé méditait. L'Envoyé dialoguait avec des journalistes canadiens, venus tout exprès d'Ottawa s'entretenir de son double enseignement, poétique et nutritionnel. De quel savant s'inspirait-il plus particulièrement ? D'un gymnosophiste indien ou du sophiste Antiphon d'Athènes qui, bien avant Freud, avait découvert l'étroite liaison entre corps et esprit ?

La nuit approchait. Au-dessus de l'Hudson River, le ciel avait revêtu sa livrée rouge quand Ramzi entra enfin dans la salle à manger. Il s'assit à côté de Kassem. Son corps et ses vêtements n'exhalaient plus l'âcre odeur des « parages ». Il émanait de lui les senteurs d'un parfum de prix.

— Tu fais la plus grande bêtise de ta vie, déclara-t-il. Tu laisses le pays où tout est possible, où tous les espoirs sont permis. Et pour quoi ? Et pour qui ? Le problème, c'est que tu n'as jamais accroché ta charrue à une étoile, comme dit le proverbe.

À quelle étoile avait-il accroché la sienne, se

demanda Kassem, lui qui répandait le malheur autour de lui ? Mais il n'était pas venu pour aborder des sujets déplaisants.

— Je ne veux pas parler de tout cela, fit-il fermement.

Ramzi l'attira contre lui et murmura :

— Ainsi, tu veux me quitter ? Tu veux mettre l'océan entre nous ? Qu'est-ce que je t'ai fait ? N'ai-je pas toujours été ton ami ?

Kassem se rappela les paroles saintes.

« Ne t'a-t-il pas trouvé orphelin ? Il t'abrita.

Trouvé dans l'errance ? Il te guida.

Trouvé nécessiteux ? Il te combla. »

En fin de compte, peut-être n'était-il qu'un ingrat, se piquant de jouer au justicier ? Mille souvenirs doux-amers l'envahirent tandis que déferlait en lui une marée de sentiments contradictoires, effroi, dégoût, mais surtout tendresse et désir. Quelque chose céda dans sa poitrine, se déchira doucement comme un linge usé par trop de lessives. Ses yeux s'emplirent de larmes et il s'entendit sangloter comme il n'avait pas sangloté depuis des années, depuis les jours de son enfance à Sussy.

FIN

DU MÊME AUTEUR

Aux Éditions du Mercure de France

MOI, TITUBA, SORCIÈRE, 1986 («Folio», *n° 1929*).

PENSION LES ALIZÉS, *théâtre*, 1988.

TRAVERSÉE DE LA MANGROVE, 1989 («Folio», *n° 2411*).

LES DERNIERS ROIS MAGES, 1992 («Folio», *n° 2742*).

LA BELLE CRÉOLE, 2001 («Folio», *n° 3837*).

HISTOIRE DE LA FEMME CANNIBALE, 2003 («Folio», *n° 4221*).

VICTOIRE, LES SAVEURS ET LES MOTS, 2006 («Folio», *n° 4731*).

LES BELLES TÉNÉBREUSES, 2008 («Folio», *n° 4981*).

Chez d'autres éditeurs

UNE SAISON À RIHATA, Robert Laffont, 1981.

SÉGOU :

LES MURAILLES DE TERRE, Robert Laffont, 1984.

LA TERRE EN MIETTES, Robert Laffont, 1985.

LA VIE SCÉLÉRATE, Seghers, 1987.

EN ATTENDANT LE BONHEUR (HEREMAKHONON), Seghers, 1988.

LA COLONIE DU NOUVEAU MONDE, Robert Laffont, 1993.

LA MIGRATION DES CŒURS, Robert Laffont, 1995.

PAYS MÊLÉ, Robert Laffont, 1997.

DESIRADA, Robert Laffont, 1997.

LE CŒUR À RIRE ET À PLEURER, Robert Laffont, 1999.

CÉLANIE COU-COUPÉ, Robert Laffont, 2000.

COMME DEUX FRÈRES, Lansman, 2007.

LA FAUTE À LA VIE, *théâtre*, Lansman, 2009.

EN ATTENDANT LA MONTÉE DES EAUX, Éditions Lattès, 2010.

Livres pour enfants

HAÏTI CHÉRIE, Bayard Presse, 1986, nouvelle éd. RÊVES AMERS, 2005.

HUGO LE TERRIBLE, Éditions Sépia, 1989, nouvelle éd., Sépia, 2010.

LA PLANÈTE ORBIS, Éditions Jasor, 2001.

SAVANNAH BLUES, Je Bouquine, *nº 250*, 2004, nouvelle éd., Sépia, 2009.

À LA COURBE DU JOLIBA, Grasset Jeunesse, 2006.

CHIENS FOUS DANS LA BROUSSE, Bayard Jeunesse, 2008.

COLLECTION FOLIO

Dernières parutions

5170. Léon Tolstoï	*Le Diable*
5171. J.G. Ballard	*La vie et rien d'autre*
5172. Sebastian Barry	*Le testament caché*
5173. Blaise Cendrars	*Dan Yack*
5174. Philippe Delerm	*Quelque chose en lui de Bartleby*
5175. Dave Eggers	*Le grand Quoi*
5176. Jean-Louis Ezine	*Les taiseux*
5177. David Foenkinos	*La délicatesse*
5178. Yannick Haenel	*Jan Karski*
5179. Carol Ann Lee	*La rafale des tambours*
5180. Grégoire Polet	*Chucho*
5181. J.-H. Rosny Aîné	*La guerre du feu*
5182. Philippe Sollers	*Les Voyageurs du Temps*
5183. Stendhal	*Aux âmes sensibles*
5184. Alexandre Dumas	*La main droite du sire de Giac* et autres nouvelles
5185. Edith Wharton	*Le miroir* suivi de *Miss Mary Pask*
5186. Antoine Audouard	*L'Arabe*
5187. Gerbrand Bakker	*Là-haut, tout est calme*
5188. David Boratav	*Murmures à Beyoğlu*
5189. Bernard Chapuis	*Le rêve entouré d'eau*
5190. Robert Cohen	*Ici et maintenant*
5191. Ananda Devi	*Le sari vert*
5192. Pierre Dubois	*Comptines assassines*
5193. Pierre Michon	*Les Onze*
5194. Orhan Pamuk	*D'autres couleurs*
5195. Noëlle Revaz	*Efina*
5196. Salman Rushdie	*La terre sous ses pieds*
5197. Anne Wiazemsky	*Mon enfant de Berlin*

5198. Martin Winckler	*Le Chœur des femmes*
5199. Marie NDiaye	*Trois femmes puissantes*
5200. Gwenaëlle Aubry	*Personne*
5201. Gwenaëlle Aubry	*L'isolée* suivi de *L'isolement*
5202. Karen Blixen	*Les fils de rois* et autres contes
5203. Alain Blottière	*Le tombeau de Tommy*
5204. Christian Bobin	*Les ruines du ciel*
5205. Roberto Bolaño	*2666*
5206. Daniel Cordier	*Alias Caracalla*
5207. Erri De Luca	*Tu, mio*
5208. Jens Christian Grøndahl	*Les mains rouges*
5209. Hédi Kaddour	*Savoir-vivre*
5210. Laurence Plazenet	*La blessure et la soif*
5211. Charles Ferdinand Ramuz	*La beauté sur la terre*
5212. Jón Kalman Stefánsson	*Entre ciel et terre*
5213. Mikhaïl Boulgakov	*Le Maître et Marguerite*
5214. Jane Austen	*Persuasion*
5215. François Beaune	*Un homme louche*
5216. Sophie Chauveau	*Diderot, le génie débraillé*
5217. Marie Darrieussecq	*Rapport de police*
5218. Michel Déon	*Lettres de château*
5219. Michel Déon	*Nouvelles complètes*
5220. Paula Fox	*Les enfants de la veuve*
5221. Franz-Olivier Giesbert	*Un très grand amour*
5222. Marie-Hélène Lafon	*L'Annonce*
5223. Philippe Le Guillou	*Le bateau Brume*
5224. Patrick Rambaud	*Comment se tuer sans en avoir l'air*
5225. Meir Shalev	*Ma Bible est une autre Bible*
5226. Meir Shalev	*Le pigeon voyageur*
5227. Antonio Tabucchi	*La tête perdue de Damasceno Monteiro*
5228. Sempé-Goscinny	*Le Petit Nicolas et ses voisins*
5229. Alphonse de Lamartine	*Raphaël*

5230. Alphonse de Lamartine — *Voyage en Orient*
5231. Théophile Gautier — *La cafetière* et autres contes fantastiques
5232. Claire Messud — *Les Chasseurs*
5233. Dave Eggers — *Du haut de la montagne, une longue descente*
5234. Gustave Flaubert — *Un parfum à sentir ou Les Baladins* suivi de *Passion et vertu*
5235. Carlos Fuentes — *En bonne compagnie* suivi de *La chatte de ma mère*
5236. Ernest Hemingway — *Une drôle de traversée*
5237. Alona Kimhi — *Journal de Berlin*
5238. Lucrèce — *«L'esprit et l'âme se tiennent étroitement unis»*
5239. Kenzaburô Ôé — *Seventeen*
5240. P.G. Wodehouse — *Une partie mixte à trois* et autres nouvelles du green
5241. Melvin Burgess — *Lady*
5242. Anne Cherian — *Une bonne épouse indienne*
5244. Nicolas Fargues — *Le roman de l'été*
5245. Olivier Germain-Thomas — *La tentation des Indes*
5246. Joseph Kessel — *Hong-Kong et Macao*
5247. Albert Memmi — *La libération du Juif*
5248. Dan O'Brien — *Rites d'automne*
5249. Redmond O'Hanlon — *Atlantique Nord*
5250. Arto Paasilinna — *Sang chaud, nerfs d'acier*
5251. Pierre Péju — *La Diagonale du vide*
5252. Philip Roth — *Exit le fantôme*
5253. Hunter S.Thompson — *Hell's Angels*
5254. Raymond Queneau — *Connaissez-vous Paris ?*
5255. Antoni Casas Ros — *Enigma*
5256. Louis-Ferdinand Céline — *Lettres à la N.R.F.*
5257. Marlena de Blasi — *Mille jours à Venise*
5258. Éric Fottorino — *Je pars demain*
5259. Ernest Hemingway — *Îles à la dérive*

5260. Gilles Leroy — *Zola Jackson*
5261. Amos Oz — *La boîte noire*
5262. Pascal Quignard — *La barque silencieuse (Dernier royaume, VI)*
5263. Salman Rushdie — *Est, Ouest*
5264. Alix de Saint-André — *En avant, route !*
5265. Gilbert Sinoué — *Le dernier pharaon*
5266. Tom Wolfe — *Sam et Charlie vont en bateau*
5267. Tracy Chevalier — *Prodigieuses créatures*
5268. Yasushi Inoué — *Kôsaku*
5269. Théophile Gautier — *Histoire du Romantisme*
5270. Pierre Charras — *Le requiem de Franz*
5271. Serge Mestre — *La Lumière et l'Oubli*
5272. Emmanuelle Pagano — *L'absence d'oiseaux d'eau*
5273. Lucien Suel — *La patience de Mauricette*
5274. Jean-Noël Pancrazi — *Montecristi*
5275. Mohammed Aïssaoui — *L'affaire de l'esclave Furcy*
5276. Thomas Bernhard — *Mes prix littéraires*
5277. Arnaud Cathrine — *Le journal intime de Benjamin Lorca*
5278. Herman Melville — *Mardi*
5279. Catherine Cusset — *New York, journal d'un cycle*
5280. Didier Daeninckx — *Galadio*
5281. Valentine Goby — *Des corps en silence*
5282. Sempé-Goscinny — *La rentrée du Petit Nicolas*
5283. Jens Christian Grøndahl — *Silence en octobre*
5284. Alain Jaubert — *D'Alice à Frankenstein (Lumière de l'image, 2)*
5285. Jean Molla — *Sobibor*
5286. Irène Némirovsky — *Le malentendu*
5287. Chuck Palahniuk — *Pygmy* (à paraître)
5288. J.-B. Pontalis — *En marge des nuits*
5289. Jean-Christophe Rufin — *Katiba*
5290. Jean-Jacques Bernard — *Petit éloge du cinéma d'aujourd'hui*
5291. Jean-Michel Delacomptée — *Petit éloge des amoureux du silence*

5292. Mathieu Terence	*Petit éloge de la joie*
5293. Vincent Wackenheim	*Petit éloge de la première fois*
5294. Richard Bausch	*Téléphone rose* et autres nouvelles
5295. Collectif	*Ne nous fâchons pas ! Ou L'art de se disputer au théâtre*
5296. Collectif	*Fiasco ! Des écrivains en scène*
5297. Miguel de Unamuno	*Des yeux pour voir*
5298. Jules Verne	*Une fantaisie du docteur Ox*
5299. Robert Charles Wilson	*YFL-500*
5300. Nelly Alard	*Le crieur de nuit*
5301. Alan Bennett	*La mise à nu des époux Ransome*
5302. Erri De Luca	*Acide, Arc-en-ciel*
5303. Philippe Djian	*Incidences*
5304. Annie Ernaux	*L'écriture comme un couteau*
5305. Élisabeth Filhol	*La Centrale*
5306. Tristan Garcia	*Mémoires de la Jungle*
5307. Kazuo Ishiguro	*Nocturnes. Cinq nouvelles de musique au crépuscule*
5308. Camille Laurens	*Romance nerveuse*
5309. Michèle Lesbre	*Nina par hasard*
5310. Claudio Magris	*Une autre mer*
5311. Amos Oz	*Scènes de vie villageoise*
5312. Louis-Bernard Robitaille	*Ces impossibles Français*
5313. Collectif	*Dans les archives secrètes de la police*
5314. Alexandre Dumas	*Gabriel Lambert*
5315. Pierre Bergé	*Lettres à Yves*
5316. Régis Debray	*Dégagements*
5317. Hans Magnus Enzensberger	*Hammerstein ou l'intransigeance*
5318. Éric Fottorino	*Questions à mon père*
5319. Jérôme Garcin	*L'écuyer mirobolant*
5320. Pascale Gautier	*Les vieilles*
5321. Catherine Guillebaud	*Dernière caresse*
5322. Adam Haslett	*L'intrusion*

5323. Milan Kundera	*Une rencontre*
5324. Salman Rushdie	*La honte*
5325. Jean-Jacques Schuhl	*Entrée des fantômes*
5326. Antonio Tabucchi	*Nocturne indien* (à paraître)
5327. Patrick Modiano	*L'horizon*
5328. Ann Radcliffe	*Les Mystères de la forêt*
5329. Joann Sfar	*Le Petit Prince*
5330. Rabaté	*Les petits ruisseaux*
5331. Pénélope Bagieu	*Cadavre exquis*
5332. Thomas Buergenthal	*L'enfant de la chance*
5333. Kettly Mars	*Saisons sauvages*
5334. Montesquieu	*Histoire véritable et autres fictions*
5335. Chochana Boukhobza	*Le Troisième Jour*
5336. Jean-Baptiste Del Amo	*Le sel*
5337. Bernard du Boucheron	*Salaam la France*
5338. F. Scott Fitzgerald	*Gatsby le magnifique*
5339. Maylis de Kerangal	*Naissance d'un pont*
5340. Nathalie Kuperman	*Nous étions des êtres vivants*
5341. Herta Müller	*La bascule du souffle*
5342. Salman Rushdie	*Luka et le Feu de la Vie*
5343. Salman Rushdie	*Les versets sataniques*
5344. Philippe Sollers	*Discours Parfait*
5345. François Sureau	*Inigo*
5346 Antonio Tabucchi	*Une malle pleine de gens*
5347. Honoré de Balzac	*Philosophie de la vie conjugale*
5348. De Quincey	*Le bras de la vengeance*
5349. Charles Dickens	*L'Embranchement de Mugby*
5350. Epictète	*De l'attitude à prendre envers les tyrans*
5351. Marcus Malte	*Mon frère est parti ce matin...*
5352. Vladimir Nabokov	*Natacha et autres nouvelles*
5353. Conan Doyle	*Un scandale en Bohême* suivi de *Silver Blaze. Deux aventures de Sherlock Holmes*
5354. Jean Rouaud	*Préhistoires*
5355. Mario Soldati	*Le père des orphelins*
5356. Oscar Wilde	*Maximes et autres textes*

5357. Hoffmann	*Contes nocturnes*
5358. Vassilis Alexakis	*Le premier mot*
5359. Ingrid Betancourt	*Même le silence a une fin*
5360. Robert Bobert	*On ne peut plus dormir tranquille quand on a une fois ouvert les yeux*
5361. Driss Chraïbi	*L'âne*
5362. Erri De Luca	*Le jour avant le bonheur*
5363. Erri De Luca	*Première heure*
5364. Philippe Forest	*Le siècle des nuages*
5365. Éric Fottorino	*Cœur d'Afrique*
5366. Kenzaburô Ôé	*Notes de Hiroshima*
5367. Per Petterson	*Maudit soit le fleuve du temps*
5368. Junichirô Tanizaki	*Histoire secrète du sire de Musashi*
5369. André Gide	*Journal. Une anthologie (1899-1949)*
5370. Collectif	*Journaux intimes. De Madame de Staël à Pierre Loti*
5371. Charlotte Brontë	*Jane Eyre*
5372. Héctor Abad	*L'oubli que nous serons*
5373. Didier Daeninckx	*Rue des Degrés*
5374. Hélène Grémillon	*Le confident*
5375. Erik Fosnes Hansen	*Cantique pour la fin du voyage*
5376. Fabienne Jacob	*Corps*
5377. Patrick Lapeyre	*La vie est brève et le désir sans fin*
5378. Alain Mabanckou	*Demain j'aurai vingt ans*
5379. Margueritte Duras François Mitterrand	*Le bureau de poste de la rue Dupin* et autres entretiens
5380. Kate O'Riordan	*Un autre amour*
5381. Jonathan Coe	*La vie très privée de Mr Sim*
5382. Scholastique Mukasonga	*La femme aux pieds nus*
5383. Voltaire	*Candide ou l'Optimisme. Illustré par Quentin Blake*
5384. Benoît Duteurtre	*Le retour du Général*

5385. Virginia Woolf — *Les Vagues*
5386. Nik Cohn — *Rituels tribaux du samedi soir et autres histoires américaines*
5387. Marc Dugain — *L'insomnie des étoiles*
5388. Jack Kerouac — *Sur la route. Le rouleau original*
5389. Jack Kerouac — *Visions de Gérard*
5390. Antonia Kerr — *Des fleurs pour Zoë*
5391. Nicolaï Lilin — *Urkas ! Itinéraire d'un parfait bandit sibérien*
5392. Joyce Carol Oates — *Zarbie les Yeux Verts*
5393. Raymond Queneau — *Exercices de style*
5394. Michel Quint — *Avec des mains cruelles*
5395. Philip Roth — *Indignation*
5396. Sempé-Goscinny — *Les surprises du Petit Nicolas. Histoires inédites-5*
5397. Michel Tournier — *Voyages et paysages*
5398. Dominique Zehrfuss — *Peau de caniche*
5399. Laurence Sterne — *La Vie et les Opinions de Tristram Shandy, Gentleman*
5400. André Malraux — *Écrits farfelus*
5401. Jacques Abeille — *Les jardins statuaires*
5402. Antoine Bello — *Enquête sur la disparition d'Émilie Brunet*
5403. Philippe Delerm — *Le trottoir au soleil*
5404. Olivier Marchal — *Rousseau, la comédie des masques*
5405. Paul Morand — *Londres* suivi de *Le nouveau Londres*
5406. Katherine Mosby — *Sanctuaires ardents*
5407. Marie Nimier — *Photo-Photo*
5408. Arto Paasilinna — *Le potager des malfaiteurs ayant échappé à la pendaison*
5409. Jean-Marie Rouart — *La guerre amoureuse*
5410. Paolo Rumiz — *Aux frontières de l'Europe*
5411. Colin Thubron — *En Sibérie*
5412. Alexis de Tocqueville — *Quinze jours dans le désert*

Composition CPI Firmin Didot
Impression Maury-Imprimeur
45330 Malesherbes
le 7 avril 2013.
Dépôt légal : avril 2013.
1er dépôt légal dans la collection : octobre 2009.
Numéro d'imprimeur : 181012.

ISBN 978-2-07-039844-7. / Imprimé en France.